갔던 길을
뭐하러
가노

김복건 수필집
갔던 길을 뭐 하러 가노

인쇄 | 2022년 1월 25일
발행 | 2022년 1월 29일

글쓴이 | 김복건
펴낸이 | 장호병
펴낸곳 | 북랜드
　　　　06252 서울 강남구 강남대로 320, 황화빌딩 1108호
　　　　41965 대구 중구 명륜로12길 64, 2층(남산동)
　　　　대표전화 (02)732-4574, (053)252-9114
　　　　팩시밀리 (02)734-4574, (053)252-9334
　　　　등록일 | 1999년 11월 11일
　　　　등록번호 | 제13-615호
　　　　홈페이지 | www.bookland.co.kr
　　　　이-메일 | bookland@hanmail.net

책임편집 | 김인옥
교　　열 | 전은경 배성숙

ISBN 979-11-92096-52-0 03810
ISBN 979-11-92096-53-7 05810 (E-book)

값 15,000원

갔던 길을 뭐 하러 가노

김복건 수필집

북랜드

들어가며

한 그루의 솔향 나는 나무처럼 살고 싶었다. 따가운 햇살 아래로 그늘도 만들고 싶었다. 하지만, 어릴 적 오랜 병고 끝에 어머니는 돌아가시고 몇 년 뒤 아버지마저 세상을 떠나신 뒤 마음에 상처를 입은 나는 길 모르는 길을 걸었다.

길의 비밀, 삶의 비밀을 모른 채 나이만 들었다. 세월이 흘러 부모님께서 어떤 마음으로 자식을 키우셨는지 알게 되었다.

발걸음은 그저 세상의 시간표대로 바쁘게 흘러가는데 눈꺼풀이 천근만근 되도록 공부도 하지 않고 시간을 보냈다. 그렇다고 자식들에게 물려줄 큰돈을 번 것도 아니었다.

내면의 나에게 말하고 아들딸에게도 전하고 싶은 말. 인생은 결코 걷는 만큼 멀리 가고, 생각하고 느끼는 그만큼만 안다는 것을……

그리고 자신을 진정으로 사랑해야 한다는 것을 알았다. 바라
보는 관객이 아무리 적을지라도 한번 시작된 생의 연극은 막이
내릴 때까지 집중할수록 깊이가 있고, 아름답게 변해 가기에 언
젠가 지나온 길을 돌아보게 되어 있다.

그렇기에 나에게 도움을 주신 많은 이들에게도 고맙다는 말
을 전하고 싶다. 말없이 인생길을 함께 걸어온 사랑하는 아내와
아들딸 그리고 누님과 동생이 더불어 살아갈 수 있었기에 행복
하다.
지나오면서 깊은 감명을 주는 말이 아닐지라도 정열의 부채
를 부쳐준 인연 있는 모든 이들에게도 감사의 마음을 전한다.

2022년 1월

화당 **김복건** 배

2부 산중 여인과 꽃무릇

3부 잃어버린 지번을 찾아서

4부 언약의 반지

| 서평 | 장사현

웅숭깊은 정회情懷를 통한 진솔한 언어의 결구結構 · 304

― 김복건 작가의 수필집 『갔던 길을 뭐 하러 가노』의 작품세계

1

천고天鼓에
비는 내리고

서원書院과 오백 년 은행나무

가을이 노란 은행잎으로 유혹한다. 갑자기 어디론가 여행이라도 가고 싶은 마음이 불쑥 든다. 나뭇잎은 지난날들의 사연을 가지에 걸어두고 함께 떠나자며 내려앉는다.

은행나무는 자기 보호를 위해 본능적으로 고약한 냄새를 풍기지만 수나무는 냄새가 없다. 그래서 노란 잎이 되어 떨어진 황금 카펫 길을 걸으면 참으로 기분이 좋아진다. 바람이라도 불어오면 잎들은 이곳저곳에서 나비가 되어 춤을 춘다. 하얀 눈이 내리는 겨울과는 전혀 다른 느낌이 든다.

바람과 어울려 춤사위를 하는 나비를 한참 바라보는 나의 눈이 젖어든다. 옛 직장에서 사표를 내고 쉴 때다. 매일 출근

하였던 사람이 집에 있자니 갑갑하고 서성이자니 실업자라는 이미지를 줄까 봐 이러지도 저러지도 못했다. 아들이 유치원에 갈 나이가 되었는데 직장을 잃었으니 맛있는 것과 좋아하는 것을 마음대로 해줄 수 없었다.

무료하게 집에 틀어박혀 있던 어느 날 저녁, 아내는 바람에 날려 떨어진 은행 열매를 주워 빨간 고무장갑을 끼고 빡빡 문질러 겉껍질을 벗겨냈다. 그리고 프라이팬에 기름을 붓고 통마늘과 함께 달달 볶아 내가 좋아하는 맥주 안주를 만들었다.

"여보! 힘내세요." 하며 차려진 조그마한 상에는 남편에게 용기를 주려 노릇노릇 구워진 은행 열매가 있었다. 그 아픈 기억으로 남아있는 은행나무가 소수서원 입구에서 오백 년을 버티고 서 있다. 서원의 역사를 되돌아보는 첫걸음부터 많은 생각을 하게 하였다. 유네스코 세계유산 차원에서 보고 느끼는 '생각의 서원'에 들어선다.

우리 민족은 위계질서와 단체생활을 중히 여겼다. 크고 많은 것보다 작아도 알찬 생활을 하였으며, 은행잎처럼 따스한 색감의 마음을 가진 사람들이었다. 그런 숨결을 느낄 수 있는 곳이 바로 서원인 것이다.

풍기 지역 사람들이 향촌의 중심이라 생각하는 곳으로 대원군이 서원을 철폐할 때도 훼손되지 않고 남은 서원 중 한 곳이다.

고려 말 원나라에 사신으로 갔던 안향 선생이 돌아와 주자학을 알렸기에 주세봉 선생은 위패를 봉안하고 체계를 갖춘 것이 백운동 서원의 시초가 되었다 한다.

향교의 성격을 띠었지만 학문을 배우고 전수하는 지방 사립대학의 수준이었다. 걸어서 안으로 들어서니 직선으로 일신재, 지락재, 학구재가 배열되어 있다.

스승과 제자들 사이에 각각 별도의 경계 건물도 없고 갑을 관계의 흔적도 없음이 예사롭지 않았다.

지금의 시절에는 위계질서라는 명목으로 별도의 방을 쓰고 있다. 그리고 의견충돌이라도 있으면 부하 직원에게 책임을 전가하기 일쑤다. 그런데 그 시절에 스승과 한 공간의 마당을 사용하였으며 함께 거닐며 대화를 나눈다는 것은 과히 획기적이라 할 수 있겠다.

내가 첫 직장생활 할 때만 하여도 대표자와 윗선의 간부 그리고 중간 간부들의 방은 별도였다. 윗선의 간부와 의논하고 업무를 추진한 후에 그것이 잘못되었을 때는 경영주에게 문책을 당하는 것은 윗선의 간부가 아닌 실무를 보는 중간 간부였기에 모든 책임을 져야 하는 나로서는 가슴 아픈 과거가 되었다. 함께 거닐고 좀 더 진지하게 즉시즉시 문제를 푸는 대화가 있었다면 하는 생각을 해본다. 그랬다면 더 현명한 판단의 결과를 이뤘을 것이다.

경험 많은 현인을 뒤따르면 길을 잃을 염려도 없고 헤매지도 않을 것 같은 배움의 공간에 닿았다. 학구재 옆에 스승의 공방인 직방재와 일신재를 우측에 두고 나란히 세우지 않고 약간 뒤로 물려 사제 간의 예의를 엿볼 수 있게 한 건축물.

통상적으로 지체 높은 사람들은 별채 혹은 뒤쪽의 별도 건물을 사용하건만 소수서원은 동학서묘로 배움의 공간은 동쪽에 두고 제향은 서쪽에 세웠다.

스승과 제자가 한 대문을 사용했다는 것은 가시적인 질서 없이 일렬로 배열한 것 같으면서도 통일되고, 단아한 모습 속에 위계질서를 느낄 수 있었다.

당시 선비들이 학문을 배우면서 심신이 피로할 때, 잠시 거닐었을 것 같은 마당 한쪽의 소나무 아래 이르러 나도 걸음을 멈추었다. 선비처럼 먼 하늘을 보았다. 파란 하늘 저 멀리 흰 구름이 흘러간다. 어디선가 불어오는 바람은 흐트러진 몸맵시를 바로 하라는 듯 모자를 흔든다. 햇볕을 가리려 비뚤하게 쓴 모자를 고쳐 쓴다.

옛 선비의 문화 속에서 미래지향적인 것을 찾고 싶은 나의 마음이 행동으로 표출된 것일까? 다시 천천히 걷는다.

선조들의 서책과 영정이 모셔진 곳에 이르러 우측에서 좌측으로 옛 사람들의 예의 방식을 지키며 한 발 한 발 옮겼다. 당시 유생들은 어떠한 마음이었는지 더 많이 느끼기 위함에서이다.

오백 년 전 세월에서 한참이나 머물다 입구로 돌아왔다. 그 사이 서원으로 들 때 맞아 주었던 나무는 전혀 다른 모습이 되어 서 있었다. 보이지 않았던 수많은 노란 열매가 달려 있었다. 시간이 지나면 이렇게 큰 결과를 낼 수 있음을 보여주고 있다.

눈을 크게 뜨고 마음을 열면 못 보던 것을 볼 수 있고, 느낄 수 있음을 나무는 말하려 기다리고 있었던 것이다. 수많은 세대를 지켜보았던 나무는 우리가 이 세상을 떠나고 없을지라도 무엇을 해야 할지를 말하고 싶었나 보다.

매화처럼 아름다운 꽃을 피우지도 않고, 고운 향을 풍기지도 않지만 천년을 살아가며 널리 인간을 이롭게 하였다. 그런 은행나무를 보고 있으니 왠지 모를 힘이 났다. 남편에게 용기를 주려고 구운 열매가 생각나서인지도 모른다. 고약한 냄새가 나는 열매를 구우면서 아내는 무슨 생각을 했을까? 한 그루의 나무에서 맺히는 수천 수만의 열매를 보여주고 싶었나 보다.

나무는 오래되고 자랄수록 더 큰 보답으로 되돌려 준다는 것을 눈으로 확인했다. 나는 길을 걸으며 오백 년의 역사를 읽었고, 의견 충돌로 어려움에 처했던 지난 시절도 오늘을 바로 세우는 기틀이 되었음을 인지하였다.

석양에 물들어가는 귀갓길에 아내의 눈물 같았던 오백 년의 토실한 황금 열매가 톡톡 떨어진다.

길 따라 바람 따라

갑자기 훅, 하고 어디론가 여행을 가고 싶었다. 유럽으로의 여행을 잡아놓았는데 출발 보름 전 코로나 사태로 취소를 하였다. 사람들이 모이는 곳도 피하고 살았으니 마음도 갑갑하였다. 그래서 한 해가 거의 끝나는 늦가을까지 참고 지낸 스트레스도 풀 겸 집을 나섰다.

소위 말하는 자유여행이다. 친한 형님 내외분과 우리 부부는 여유 옷을 가방에 챙겨 넣고 차를 몰았다. 언양에 도착하여 불고기로 이른 점심을 먹었다. '어디로 갈까?' 하고 생각에 잠겼는데 얼마 전 만남에서 십리대밭을 한 번도 가보지 못했다는 말이 생각났다. 든든하게 식사를 마치고 닿은 곳은 울산이 자랑하는 대밭이다.

여름 태풍에 많은 나무들이 쓰러졌기에 관리하는 사람들이 나일론 줄을 쳐놓고 출입을 통제하며 넘어진 대나무를 톱으로 제거작업을 하는 중이었다. 잘린 나무는 살아온 지난 세월을 보여주며 누워있다.

텅 빈 대통의 시간은 울림만으로 채워져 있었다. 각 칸에는 각자의 사연들을 담고 있었다. 출입을 통제하지만 대나무 앞에서 기념사진 찍는 데는 별 어려움은 없었다. 대충 기념사진을 찍고 있는 우리들 앞에서 꿀이 뚝뚝 떨어지는 표정으로 결혼을 앞둔 연인이 웨딩 사진을 찍고 있다. 세월은 사진 찍는 모습에서도 우리들과 차이가 났다. 오랫동안 그렇게 서로 사랑하며 살기를 바라며 마음으로 축하하고 안쪽으로 걸어간다.

사군자에 속하는 대나무는 신라 시대 이전부터 자라온 나무다. 납작하고 길쭉한 잎이 가지에 매달려 바람이 불 때면 '사그락 사그락' 가을 소리로 말을 걸어온다. 그러더니 슬그머니 나를 과거로 데리고 갔다. 아직 학교도 다니지 않고 코 찔찔 흘리던 어린 시절이다. 집으로 손님이 오셨다.

형과 나 그리고 막냇동생이 놀고 있었는데 손님은 막내에게 동전 한 개를 주셨다. 지금으로 치면 만 원쯤의 가치가 있는 동전이라 생각되었다. 우리 형제들은 손님이 가시고 난 뒤 동전이 없어졌음을 알았다.

아버지께서는 형들이 군것질하려고 가져간 것으로 아셨는지 처음에는 고운 말을 하시더니만 나중에는 회초리를 드셨다.

아무리 찾아도 찾을 수 없었기에 "지금 내어놓고 용서를 빌면 거짓말을 용서해주마." 하시며 얼른 바른말을 고하라 겁을 주셨다. 하지만 그 동전은 어디로 갔는지 찾을 수가 없었다. 그때 조심성 없다며 종아리를 맞은 최초의 매가 대나무로 만든 회초리였다. 가벼웠지만 '찰싹찰싹' 공포의 소리는 번개가 튀는 것같이 따가웠던 기억이 있다. 이틀이나 지나 바짓가랑이에서 찾았지만 아버지가 원망스러웠다. 나 또한 모든 부모와 마찬가지로 자식이 바르게 자라고 행복하기를 바라며 매를 든 적이 있다. 그렇기에 대나무 앞에서 발걸음을 쉽게 뗄 수가 없었다.

대나무는 절개와 정절의 상징이었으며 유교에서는 아버지를 상징하고 있었기에 더욱 마음이 아려왔다. 일상생활에서도 유용하게 쓰이는 대나무는 낚싯대와 건축재, 바구니, 죽세공품으로도 널리 사용되지만 정원수와 관상용으로 더 가치 있게 쓰이고 있다.

아련한 추억이 있는 대나무 숲에 있으니 곧고 바르게 살라 하시던 부모님의 가르침대로 꼭꼭 채우지 못하고 숱한 날들을 헛바람으로 지낸 것 같아 마음이 먹먹해졌다.

멀리서 바람이 불어온다. 가지 위의 댓잎이 휘날리며 겨울이 가까이 다가오고 있다고 윙윙거린다. 대나무 사이를 요리조리 빠져나오는 소리는 마치 빠르게 지나가는 계절을 알지 못하면 인생의 계절 또한 차갑게 맞게 된다며 더 크게 씽씽 울린다. 가지 위의 댓잎 하나가 어지럽게 돌며 떨어진다. 서릿발처럼 예리한 잎이지만 나무를 꼭 붙들지 못한 자신을 탓하며 '이렇게 살다 떨어져야 하나?' 하는 듯 후회의 몸짓이다. 세상을 제대로 느끼지 못하고 나이가 들었거나 병들었음을 나타내고 있었다.

모든 잎들이 푸르게 매달려 있는데 하나만 왜 떨어질까? 다른 잎들이 아등바등 매달린 것도 아닌데 그 잎만 유달리 나무에서 손을 놓은 것은 푸르름을 놓쳤기 때문일 게다. 푸름은 살아가는 데 용기와 힘을 주기에 놓치면 희망을 잃게 된다.

떨어지는 댓잎은 아마도 대나무의 상징을 한순간 잊었기에 바람에게 당한 것이라 생각되었다.

매달린 대나무는 '많은 종류의 나무들이 단풍으로 붉게 물들고 아름다움을 자랑할 때 우리들이 물들지 않은 것은, 잎 떨어진 겨울이 왔을 때 초심을 보여주고 싶었다.'고 나에게 말하는 것만 같았다.

나무는 아름다운 단풍이 떨어진 뒤에 앙상한 가지만 남긴 채 긴긴 겨울을 맞아야 한다. 그때 대나무는 다른 나무들의 지나온 길을 노래로 들려주며 인간들의 삶에 휴식과 교훈을 주고 싶었는지 모른다. 가지에 많은 잎들을 간직하였다 겨울이 오기 전 잎을 떨구어 버리는 다른 나무와 달리 애초부터 욕심을 채우지 않았다. 먼저 속을 비우는 법부터 배운 후에 제 키를 키우며 살아왔다. 잎을 버리면서 성장하지도 않았으며 오히려 잎과 한 몸이 되어 채울 수 있는 빈 공간이 있는데도 영양분을 나눠주며 비움의 마음으로 살아왔다.

함께하는 법을 보여준 나무를 보고 있으니 삭막한 사회를 살아가는 나에게 남은 세월을 어떻게 살아가야 하는지를 생각하게 한다. 머리카락이 희뿌옇게 변해가는 오늘날까지 대나무같이 곧은 덕성을 쌓은 것도 아니었고 통소처럼 아름다운 소리를 낸 적도 없는 나의 지난 시절이었다. 그렇거늘 오늘 이렇게 대숲 앞에 서 있다고 해서 없던 상징들이 갑자기 생길 것도 아니기에 지나온 길과 시간들을 되돌아본다.

옛 문장가들은 글을 쓸 때 무엇을 쓸까 정해놓고 고심에 고심을 거듭한 후에 붓을 잡아 한 줄의 글을 썼다고 하였다. 아마도 대나무 붓으로 글을 쓰기 때문에 조심하는 마음에서라 생각되었다.

나도 스스로를 채찍질하며 비바람 속에서도 가지를 곧게 세우려 노력하며 살아왔다. 그렇기에 대나무 앞에 당당하게 서보고 싶었다. 그러나 지나온 인생의 시곗바늘은 열두 시 방향만으로 세워진 것도 아니었고 자극의 당김에 유혹당하여 흔들렸음을 후회한 적도 있었다.

잠시 눈을 감고 댓잎을 흔드는 바람 소리를 듣는다. 태화강을 따라 흐르는 물줄기는 나무의 과거를 아는 듯 말없이 흘러간다.

무엇이 진정한 행복인지 느낄 시간적 여유도 주지 않았던 삶이었기에 목적지 없이 떠나온 갈밭은 사색의 길이 되었다. 대나무는 사군자 중에서 단연 최고이며 나뭇잎이 떨어지는 계절이 되면 성자와 같다. 해마다 죽어버리는 풀도 아니며 몇 년에 걸쳐 다 자라고 나면 스스로 나무가 되어 단단하게 자신을 지키며 살아간다. 그렇기에 대나무는 그의 지나온 삶을 수

정하려고 몸부림치며 구부리지도 않는다. 그래서 나는 그를 통해서 행복을 위한 생활의 지표로 삼는다.

부드러운 죽순에서 출발하여 사람이 살아가는 데 필요한 곧음과 푸름을 잃지 않는 절개를 보여주는 대나무. 땅에 뿌리를 단단히 내리고 먼 하늘을 향해 올라가는 그의 삶에서 자식이 잘되길 바라는 아버지의 마음도 함께 느낀다.

단풍이 주는 눈의 즐거움은 없을지라도 대나무의 나이테인 냥 남아있는 왕대 속에 멋지고 아름다운 나의 삶을 꾹꾹 채우고 싶다.

물방울의 여행

톡, 하고 뭔가 어깨에 떨어진다. 고개를 들어 천장을 바라본다. 수많은 물방울들이 박쥐처럼 거꾸로 매달려 있다. 팔에 힘이 빠진 하얀 박쥐 몇 마리가 또 탕 속으로 떨어진다. 퐁! 퐁!

그러나 보석같이 하얗게 빛나던 녀석은 이내 잠수를 하고 보이지 않는다. 찾으려 했으나 어디에도 없다. 순식간에 산화한 그들은 수증기가 되어 창가로 날아가고 내 마음을 실은 물방울의 여행이 시작된다. 윙윙거리는 목욕탕 환풍기 사이로 빙그르르 돌며 나오니 탕 속과 달리 바깥 공기는 참으로 시원하다.

비행기가 이륙하듯 한참을 하늘로 오르니 내가 있었던 큰

탕은 조그마한 물바가지 같다는 생각이 든다. 도시 전체가 눈에 들어오고 올라갈수록 기온이 떨어진다. 준비 없이 갑자기 태어나듯 옷도 걸치지 않은 채 하는 여행인지라 추운 기운이 돈다. 어디서들 왔는지 재래시장처럼 '복닥복닥' 구름들이 모여 있다. 서로가 춥다고 몸을 마구 비빈다. 순간 번쩍 번개가 일어난다. 천둥소리에 놀란 물방울들이 도망가듯 아래로 빠르게 떨어진다. 새로운 탄생이다.

그때, 사람들은 외친다. 와! 비다. 아이들이 비를 피해 뛰어간다. 어린 나도 뛴다. 그런데 옆에 할아버지 한 분이 지팡이를 짚고 갑자기 내리는 소낙비가 원망스러운지 쳐다보고만 있다. 빗줄기를 바라보고 서 계신 눈에는 뛰지 못하는 세월의 야속함이 비친다. 하지만 젖어가는 노인의 어깨에서 피어오르는 하얀 김은 오래전 가족을 사랑하셨던 어머니가 지피시던 아궁이 연기같이 모락모락 피어오르고 있다. 세월의 무게를 잔뜩 짊어지셨던 아름다운 어깨였다.

그렇게 내리는 아름다운 빗줄기는 대지에 촉촉이 젖어든다. 달리는 차창 위로 떨어지는 어떤 친구는 진행속도에 수십 수백의 조그만 알갱이가 되어 튕겨 나간다.

순식간의 강제적 이별이다. 아쉬워할 시간도 없다. 눈 깜빡

할 사이에 우주의 유희에 뛰어들었다. 나도 자연의 놀이에 일원이 된 것 같다. 어릴 적 팽이치기 할 적에 튕겨 나가는 물방울을 본 적이 있다. 나는 팽이 위에서 빙그르 돌다 춤추듯 튕겨 나갔다.

팽이 위의 물방울처럼 우리가 사는 세상은 어느 것 하나라도 그냥 그 자리에 있는 것이 없다. 모든 것은 시공 속에 흘러가고 흩어진다. 바위가 빗물에 깨어져 자갈이 되고 자갈은 또 모래가 되듯이 목욕탕에 앉아서 바라보던 물도 증발되어 하늘로 올라 구름 되어 떠돌듯 어딘가에 그 무거운 짐 보따리를 내려놓을 것이다. 여울물이 되고 또다시 목적지를 향하는 강물이 될 것이다.

나도 물처럼 그렇게 세상을 살아왔고 또 흘러가고 있다. 물이 그렇게 돌다 보면 깨끗한 물도 오염된 물도 만날 수밖에 없다. 그렇게 물은 사람을 닮아 있다. 나이가 들어 '아이코! 허리 아퍼.' 하시며 굽은 허리를 펴 보이시는 할머니처럼 큰 비가 올 때나 한 번 허리를 펴 보는 실개천은 오늘도 비를 기다리며 굽어있다.

물을 가두어 놓으면 경제부흥은 물론 맑은 물을 공급할 수 있다던 보에는 녹조가 끼어 우리들의 건강마저 위협하고 있다. 보 가까이 가보면 싸락눈 같은 하얀 거품이 세탁기의 거품처럼 많이 생겨있다. 물의 입장에서는 숨을 쉴 수 없을 것이다. 물은 맑음에서 끝없이 정화하며 여행을 해야 한다.

오랫동안 깨끗한 개울에 살았더니 세상이 궁금하다고 내려온 물이 있는가 하면 먼저 떠난 영감이 생각나서 뒤따라 내려왔다는 거품을 무는 물도 있을 것이다. 실개천에서 흘러온 노수들은 힘이 없어 보의 중앙으로 힘차게 내려가지 못하고 내가 보고 있는 가장자리에 기대어 빙그르르 돌면서 휴식을 취하고 있었다. 세월이 물들인 흰 머리카락 같은 거품을 바람에 나부끼는 채로….

하지만 멀리서 바라보면 여행에 지친 얼굴에도 손주 생각에 웃는 듯 초록빛 감도는 치아를 간간이 드러낸다. 그럴 때는 참으로 멋진 풍경이 된다. 바람이 불어오면 보의 이마에도 잔주름이 생긴다. 그것은 가족을 위해 노고를 아끼지 않은 어머니의 정성이요, 올챙이국수같이 흘러내리는 가장의 땀방울처럼 빛이 난다.

파도가 없으니 맑은 거울이요, 한 폭의 유화다. 그 속에는 울창한 나무와 푸른 숲이 그려져 있다. 하이얀 구름이 쪽빛 물에서 그네를 타고 구름은 바람을 조각배 삼아 노래를 부르며 흘러가고 있다.

그렇다! 여정수旅情水는 생명수요, 고정수固定水는 폐수다. 물방울은 맹추위가 오면 얼음이라는 고체가 된다. 더위가 오면 물이라는 액체가 되고, 수분이 날아가면 기체가 되는 것이다. 물방울 속에는 흐름의 미학이 녹아 있는 것이다.

물이 흘러가지 않으려 하고 물의 분자가 구름비가 되지 않으려 한다면 나무도, 풀도, 집도, 가축도 없다. 뿐만 아니라 지구상의 모든 것을 연결해 주는 매개체가 사라지는 것이다. 물방울이 흐르는 물 되어 흘러가는 것은 우리네 인생이 흘러가는 것과 같다.

철모르던 어린 시절엔 천천히 가는 것 같지만 세상을 조금만 알고 나면 그 속도를 따라잡기조차 힘들 것이다. 젊은 시절에 나이조차 신경 쓰지 않고 지내다 언제 내 나이가 이렇게 되었지 하고 뒤돌아본다. 물이 바다 가까이 다 닿았나 생각이 들면 나도 어느새 황혼길에 접어든 것을 느낄 때가 있다. 내가 목욕탕에서 거꾸로 매달린 물방울을 탕 속에서 찾으려 한 것은 지나온 삶 속에서 잘못된 시간들을 되돌리고 싶었는지도 모른다.

물은 너와 나를 연결하는 탯줄이다. 내가 물이 될 때 진정한 생명을 탄생시키는 탯줄이 되는 것이다. 나는 고개를 들어 물방울 박쥐를 다시 본다. 물방울이 떨어지며 정답게 들려주는 여정의 소리 퐁! 퐁! 퐁!

금연과 저금통

　토요일 오후, 칠성시장 주방용품 가게에서 20리터짜리 플라스틱 물통을 구입하였다. 그리고 사무실 구석 자리에 거꾸로 해서 고정시키고 불에 달군 드라이버로 한일자 구멍을 뚫었다.

　움직이지 않는 새 저금통이다. 예전 같으면 오늘처럼 약간의 일을 할 때도 몇 개비의 담배를 피웠을 것이다. 그러나 이제는 그러지 않고도 즐거운 마음으로 일한다. 매주 월요일이면 남은 동전과 일주일 치의 금연 담뱃값을 저금통에 넣어왔다. 그래서 가득 찬 저금통을 바꿨기에 아들의 이른 귀가를 종용하고 앞전 플라스틱 물통을 개봉하였다.

동전은 오랫동안 뭇사람들의 손에서 손으로 손때 묻어 여행을 한 후 탈색된 얼굴로 한동안 갇혔지만 환한 LED 조명 아래 밝게 보였다. 동전이 높이 쌓여 있는 모습에 나는 가벼운 미소를 짓는다. 거실에 깔아놓은 신문지 위의 돈을 보고 아들은 적잖이 놀란 표정이었다.

"담뱃값을 절약하여 모은 이 돈을 줄 터이니 하나의 결심이 어떤 결과를 가져오는지 너도 해보아라. 그러나 아빠가 결심한 결과로 모아진 이 돈을 어떻게 쓸 것인가는 아들이 알아서 해라."는 말과 함께 그동안 모은 몇백만 원을 주며 아들에게 금연을 권했다.

금연한다는 것은 오래된 습관을 단번에 바꾼다는 것이기에 무척 힘이 든다. 나 역시 중독성 강한 담배를 끊는다는 것이 어디 쉬웠겠는가. 고통이 따르지 않는 일은 없다.

무슨 일이든 그 일을 성공하려면 결심을 굳게 하여야 한다. 그래서 나는 감기에 걸린 날을 디데이로 잡았다. "금연 1일 차, 금연 2일 차."라고 사람들에게 선포하며 열흘까지 버텨나간 후 다시 백일을 목표로 두고 더욱 마음을 다졌다.

술자리는 되도록 피하고 차량의 핸들 앞에는 결심의 증표로 가위로 '싹둑' 잘라놓은 담뱃갑에다 "금연"이라고 붉은 매직으로 써 놓고 다녔다.

담배의 유혹은 식사 후와 회식 때는 물론 커피를 마시거나 비 오는 날과 스트레스를 받을 때는 더욱 생각이 났다. 그러나 세월이 지날수록 몸은 가벼워졌고 성공의 기쁨은 고통보다 더 컸던 기억이 있다.

동전을 세면서 아들은 무슨 생각을 했을까? 동전은 금연을 시행한 결심의 표시요, 건강의 증표이며 풍요의 상징임을 느꼈다.

행복의 길로 안내하는 부모로서 지난 시절 아들딸에게 그저 눈앞의 것만 보여주지는 않았는지 반성하게 되었고 적은 돈이지만 한 가지라도 더 생각하는 시간을 주고 싶어서 저금통을 보여주고 돈을 증표로 준 것이다.

동전에는 과거와 현재와 미래가 공존한다. 과거의 저축 속에는 여유로운 현재가 있고 아름답고 풍족한 생을 살았노라 말할 수 있는 미래가 기다리고 있는 것이다.

과거 어느 외국인이 "한국은 백 년이 지나도 가난하고 미개한 국가로 있을 것"이라 한 글을 본 적 있다. 자원도 없고 한국 전쟁후의 폐허만 보았으니 그럴 수밖에 없었을 것이다. 그러나 그는 우리의 민족성을 보지 못했다. 배고픔에 한이 맺힌 국민은 노력하였고 우리는 배고픔을 해결하고 잘 먹고 잘살고 있다.

이제는 서민들조차 추운 겨울에 여름 과일을 먹으며 히터를 틀어놓고 커피를 마시는 시대에 산다. 그것은 미래를 향하여 한 발 한 발 나아간 결과라 생각되었다. 결심은 시작인 것이다.

과거에 절약하지 않았다면 어려운 삶을 어떻게 면할 수 있었으며, 현재가 된 미래를 내다보지 않았다면, 미래의 현재는 참으로 암담하였을 것이라 생각되었다.

나의 주위를 둘러보아도 부자는 공연히 부자가 된 것이 아님을 볼 수 있다. 작은 것일지라도 지금 당장 필요치 않으면 구입하지 않았고, 있는 것을 아껴 쓰고 알뜰히 모았기에 그렇게 된 것이다.

오늘보다 더 나은 내일을 원한다면 꼭 필요치 않은 낭비는 줄일 줄 알아야 함을 보아왔다.

물자가 풍부하고 교육수준의 높고 낮음에 관계없이 행복지수가 높은 나라는 아마도 최선을 다한 현재를 만족하기 때문인지도 모른다. 만족 속에는 더 나는 미래로 가는 새로운 에너지를 얻을 수 있다.

행복지수는 돈의 많고 적음이 문제가 되는 것은 아닌 듯하다. 돈은 우리가 살아가는 데 필요한 것이다. 그리고 쓰고 남은 것을 모으는 것이 아니라 두 개 가질 것을 하나만 가지고 꼭 필요한 것인지 한번 생각한 후 구입하는 절약정신 속에 모여지는 것이다.

나는 자식에게 특별히 물려줄 재산도 없다. 그렇지만 아들과 딸이 이웃과 어울려 적은 것으로도 만족할 줄 아는 행복한 삶을 살았으면 좋겠다.

사랑하는 아들아!

꽃이 피려면 꽃 스스로 피려는 노력이 필요하듯, 금연은 한번 물장구질하는 행복의 두레박이라 여기고 더 맑고 더 시원한 물을 길렀으면 좋겠다.

선디얼 고둥

늦더위가 기승을 부린다. 더위에 지친 매미가 더 큰 소리로 가을을 재촉하며 울어댄다. 풀 섶을 지나니 은빛 백사장이 펼쳐졌다.

푸른 바다로 한 발 한 발 내딛는 발이 추상화 앞에서 멈춘다. 어느 유명한 화가가 이곳에 그림을 그려 놓은 것같이 너무나 아름답다. 마치 세계 7대 불가사의 중의 하나인 나스카 지상화같이 묘한 느낌이 든다. 관람객이 온 것도 아랑곳하지 않고 화가는 그림을 계속 그리고 있다.

힘차게, 그리고 천천히 온몸으로 그리고 있는 모습은 마치 행위예술의 극치를 느끼게 한다.

숨을 죽이고 그를 내려 보고 있으니 모래 캔버스의 그림은 외계의 아티스트가 그리는 크롭 서클crop circle로 변하고 있다.

그때였다. 쏴~아 하고 큰 파도가 밀려오니 해변의 그림은 흔적도 없이 사라지고 만다. 화가 역시 모래 세계로 사라졌다. 그 화가의 이름은 선디얼 고둥이라 했다.

아열대 현상으로 유난히도 덥고 긴 여름인지라 휴가차 떠나 온 비금도의 아침 해변에서 자연을 한가득 담아 가려던 나의 시선을 파도는 질투라도 한 듯 냉혹하게 뺏어가 버렸다. 아쉬워하며 고개를 드니 유리구슬보다 맑은 공기가 온몸을 휘감는다. 도시의 매연과 생활의 스트레스를 씻어 버릴 것 같은 진한 감동이 솟구쳐 오고 나도 모르게 두 팔을 벌려 자연을 받아 준다.

다도해 해상국립공원으로 지정된 이곳은 매가 하늘을 나는 형상을 하고 있다고 하여 비금도라 한다. 텔레비전 드라마 '봄의 왈츠'에서 하트 모양의 해변이 발견되고서 사랑의 언약 장소로 많이 찾는 곳이다.

해우넘 해변 언덕에 올라 아내와 사진을 찍으니 오래전의 일이 생각난다. 놀러온 것처럼 딸을 데리고 오신 장모님과 의논할 것이 있다고 누나 집으로 불려들어간 드라마 같은 합동

작전 속에 그녀와 첫 만남이 이루어졌다. 번잡한 시내 예식장 다방에서 서로를 못 알아보고 두 번째 만남을 지나쳤던 인연 속의 아내가 나에게 '고동 껍질은 되지 마세요.' 하던 말이 생각난다.

사회생활을 하면서 서로 정보를 공유하고 미래 지향적으로 나아가는 것은 건설적이지만, 자신만이 가지고 있어야 할 알 맹이는 다 내어주지 말기를 바라는 마음에서 그런 말을 하였던 것 같다.

어릴 적, 탱자나무 가시나 옷핀으로 빙빙 돌려서 짭조름한 고등 속을 쏙 빼 먹고 껍질을 버렸던 기억이 난다. 아부하듯 살살 돌리면 안에 있는 제 살점을 다 내어주고 더 얻을 것이 없는 껍질은 버림받게 된다.

나는 첫 직장에서 남들보다 성실하게 일했기에 병원부서장으로 임명되어 회사에 많은 기여를 하였고 부원들은 한 사람이 여러 명의 일을 할 만큼 모두 다 능력과 의욕이 넘쳐있었다.

그러나 문제는 내가 아니라도 누구나 서로의 업무를 다 하게 만든 나의 생각이 잘못된 건지 경험이 부족한 부사장과의 의견 충돌로 사직서를 제출하게 되고 가족에게 한동안 정신적인 고통을 주었다. 나의 업무를 누구나 쉽게 할 수 있도록 한 나의 작은 실수였을까?

경험을 알려주고 내가 아는 모든 것을 의논하고 더 발전시켜 나가고 싶은 성격인 나에게 모두가 당신 마음처럼 순수하지 않을 수도 있으니, 배신당하지 않으려면 속을 다 보여주거나 업무를 너무 속속들이 알려주면 안 된다고 오랜 세월을 살아온 지금도 가끔씩 아내는 이야기하곤 한다. 그런 뜻이 담겨 있어서인지 고둥은 왠지 낯설지 않다.

선디얼 고둥은 자신의 등에 빙글빙글 돌아가는 해시계 같은 문양을 가지고 살아간다. 마치 나에게 등에 있는 인생의 해시계를 보고 잘 처신하라는 것처럼 진하게 다가왔다.

버림받지 않으려면 어떻게 살아야 하는 걸까?

인생은 다람쥐 쳇바퀴 돌듯이 살아간다 했다. 해변의 고둥처럼 멈출 수 없는 것이 삶이라면 어려움이 닥쳐올지라도 용기를 내어 한 발 한 발 나아간다면 언젠가는 자신이 바라는 곳에 다다를 수 있으리라 생각되었다.

올여름은 예년에 비해 유난히도 길고 덥다. 해변에서 마주한 고둥은 녹록지 않은 파도가 밀려와서 그가 힘겹게 그린 그림을 지워버리니 큰 등짐이 무척이나 무겁게 보인다.

쉽게 그려지지 않을 모래 그림일 텐데 불만 없이 자신을 표출하고 지워지면 또 그리기를 반복할 뿐이다.

세상을 살아가는 데 자신의 노력이 지워질 수도 있음을 보여 주고자 하는 것일까?

수평선 멀리 흰 구름이 뭉실 피어오르고 나도 백사장에 발자국 그림을 남기며 걷는다.

링거 폴대 끄는 소리

또르르, 또르르 복도에 소리가 굴러다닌다. 도르래가 고장 난 링거 폴대를 끄는 소리임을 단번에 느낄 수 있다. 환자의 슬리퍼 소리와 함께 귀에 익은 그 소리는 하루에도 몇 차례나 멀어졌다 가까웠다를 반복한다. 직감적으로 누군가 걷기 운동을 하는구나 생각된다. 교통사고로 병원에 입원한 지 오늘로 5일째 되는 날이다. 하루에 두 번씩 진통주사를 맞고 약을 먹건만 시간에 따라 통증은 찾아온다.

업무차 아들과 울산을 갔다 대구로 오던 중 앞차가 몇천 분의 일초와 같은 시간에 중앙분리대를 받고 정면으로 튕겨오니 하나님 부처님을 찾을 사이도 없다. 순간 핸들을 꽉 잡았다.

무서움과 두려움이 번개 같은 속도로 다가왔다.

119에 실려 가는 아들은 나를 걱정하고 나 역시 우왕좌왕하며 몸을 제대로 가누지도 못하면서도 아들을 걱정한다.

경주 동국대병원 응급실에서 CT, MRI 등 촬영 후 머리에 이상이 없음을 설명 듣고 약간 안심이 되어 앰뷸런스를 이용해 대구로 와서 입원하게 되었다.

며칠간 밤낮으로 지키며 간호하던 아내는 늦은 밤이 되어서야 잠이 들었다. 걸어다닐 수 있어 다행이라며 걱정 말라고 하였으나 아들과 남편이 한날한시에 병원에 누워 있으니 얼마나 놀랐을까? 쪼그려 잠이 든 아내의 모습을 바라보니 콧등이 짠하다.

병실에 누워있으니 안팎이 너무나 다르게 돌아가고 있다. 잠은 잘수록 더 많이 온다더니 밤에 잠을 자건만 낮에도 졸음이 오고 아침에는 길가의 자동차 소리 요란한 출근 시간대쯤에 눈을 뜬다. 창밖은 정신없이 빠르게 돌아가는데 창 안은 누워서 텔레비전만 쳐다보는 느림보 채널 세상이 되어있다.

창밖 세상도, 창 안 세상도 해가 뜨고 지는 것은 마찬가지이다. 사고 이전에는 세상에서 제일 바쁜 사람인 양 바쁘게 살아왔는데 아직도 가족을 모든 면에서 여유롭고 행복하게 해주지 못한 것 같아 마음이 무겁다. "만약에 무슨 일이라도 생겼다면…."

생각하니 참으로 소름이 돋도록 아찔하다. 이제부터라도 내가 사는 집을 좀 더 편안하고 행복하게 가꿔야겠다고 다짐한다.

많이 놀랐을 아내와 딸에게 안심을 시키기 위해 "조상님들께서 잘 지켜 주시니 걱정일랑 붙들어 매셔." 하였지만 나 역시 많이 놀랐다. 어머니의 배 속에서의 탄생만이 탄생의 전부는 아닐 것이다. 새로운 탄생을 맛본 것이다. 아침잠에서 깨어나 사랑하는 가족을 한번 본 후 살며시 미소를 보내고 안도하는 하루의 시작에서 나의 삶은 달라져 가고 있다.

추운 겨울이 지나고 봄이 오면 역경을 이겨낸 봄꽃이 아름답게 느껴지는 것처럼 가정을 뿌리째 흔들 뻔했던 이번 일은 충격이 컸다.

겨울을 지나지 않으면 봄의 따스함을 느낄 수 없을 것이다. 우리 인생에서도 어려움을 겪은 뒤 희망이 큰 용기가 되듯이, 안전이라는 예방주사를 맞음으로 행복을 더 느낄 수 있는 것 같다. 살아가면서 큰 어려움에 부딪치는 것은 갑자기 찾아온 겨울과도 같은 것이다. 나의 인생에서 추운 겨울이 갑자기 온다면 어떻게 해야 할까?

　나는 겨울 추위와 고통을 이겨낼 준비를 했었는지 자신에게 묻고 또 물었다. 물론 노후 준비도 포함이 된다. 나 역시 만약을 대비한 준비가 미약했다. 노후 자금도 그렇지만 이번 사고가 아니었다면 늘 건강하다고 생각하면서 나를 돌아보는 각도도 전과 별반 달라지지 않았을 것이다. 주위에서 항상 건강한 것이 아니라고 말하는 소리를 보통으로 흘려들었다. 필요한 소리는 차곡차곡 쌓아 놓고 수시로 재생시키며 들어야 함을 잠시 잊은 것이다.

　소리는 사람마다 차이는 있지만 평균 20~2만 헤르츠 사이의 소리를 들을 수 있다고 한다. 하지만 그 주파수 대역만이 소리가 아닌 것이다. 가만히 눈을 감는다. 말하지도 않는 소리도 들려옴을 느낄 수 있다. 그것은 귀로만 듣는 것이 아니라 가슴으로도 듣는 확실한 소리다.

　우리는 참으로 많은 소리 속에서 살아간다. 부모님의 사랑 담긴 애정 소리에서 출발하여 선생님의 바른 가르침 소리와 전국을 연결하는 자동차 소리 등 문명의 소리가 있을 것이다. 그리고 새소리, 풀벌레 소리, 바람 소리 등등 마음의 안식을 주는 자연의 소리도 있다.

소리는 그렇게 소리로서는 똑같지만 위치와 듣는 대상에 따라 크게 또는 작게 그리고 기쁘거나 슬프게도 들린다. 그것은 소리의 묘미요 받는 자의 파장에 따라 연관된다 하겠다.

소리 중에서 가장 큰 소리는 바람이 산을 두드리는 소리요, 가장 작은 소리는 봄 햇살이 꽃을 어루만지는 소리라 했다.

가장 이로운 소리는 귀를 통과해서 몸을 한 바퀴 돌아 사랑으로 반죽된 후 베풀어지는 행동일 것이며 가장 안타까운 소리는 아프거나 배고파서 끙끙거리는 새끼들을 바라보는 어미의 한숨 소리요. 가장 듣기 좋은 소리는 내 새끼 방실 웃으며 엄마젖 빠는 아기 웃음소리요, 가장 간절한 소리는 사랑하는 이를 다시는 만날 수 없는 먼 곳으로 떠나보내지 않으려는 절규의 소리인 것이다.

병실에 누워 있으니 창밖은 이전보다 훨씬 선명하게 보인다. 벽에 걸려있는 시계는 혼자서 소리를 내며 계속 돌아가고 있다. 새삼스럽지도 않게 움직이고 시계추에 올라서 있는 것 같은 나의 모습을 느낀다. 추가 멈춰있으면 시간 또한 멈추기에 건강을 회복시키는 수액이 혈액 속으로 잘 들어가는지 힐끔 쳐다본다.

수액을 흘려보내는 주사침의 위치가 아래로 있어 야하듯

가장으로서의 역할 또한 위에 군림하지 않고 아래에서 가족을 잘 받쳐 주어야 함을 사고 후에 새삼 느낀다. 링거팩은 바로 서 있으면 사람에게 도움을 주지 못한다. 링거를 보고 나를 본다.

그래! 나도 링거처럼 거꾸로 서자. 침대에서 일어나 걷는다. 그리고 복도에는 새로운 소리가 추가된다. 또르르 또르르.

물과 행운의 2달러

여름이 깊어가는 어느 날 저녁. 정년을 앞둔 경찰 간부가 "지금처럼 좋은 인간관계를 유지하자."며 뭔가를 둥글게 말아서 맥주잔을 건네 왔다.

건배 후 손을 펴보니 지폐가 쥐어졌다. 소위 말하는 행운의 지폐다. 하루의 피로를 한 잔의 시원한 맥주로 풀고 앞으로 행운이 함께하시라며 고맙게도 선물로 준 것이다. 사연이 담긴 돈에 대한 설명도 하였다.

'세계 물 포럼' 관계차 한국에 들렀다 떠나는 국왕의 경호를 맡은 지인이 "행운의 2달러 주인공이신 그레이스 켈리를 어머니로 두신 국왕을 만나게 되어 행운이었습니다." 하자

국왕은 노고의 보답으로 어머니의 사연이 담긴 행운의 2달러 백 장 묶음 한 다발을 선물했다. 그리고 그는 받은 행운을 혼자 지니지 않고 만나는 사람에게 나눠주고 있었고 그중 한 장이 내게 온 것이다. 과연 나에게는 어떤 행운이 올지 기대가 된다.

행운의 달러는 미국의 아리따운 여배우 그레이스 켈리가 상류사회라는 영화에 같이 출연했던 프랭크 시나트라로부터 선물 받은 후 '하이눈'에서 게리 쿠퍼의 상대역으로 출연하여 인지도를 크게 높였으며 '갈채'로는 여배우로서 최고상인 여우주연상을 수상하는 영광을 누렸다.

화보 촬영차 모나코에 들렀을 때 국왕 레니에 3세는 그녀의 미모에 반하여 청혼을 하여 세기의 결혼식을 올렸다. 지폐를 선물 받은 후 모든 일들이 잘 풀리고 왕비가 되었기에 그 후 2달러는 행운의 상징이 되었던 것이다.

나 역시 행운을 바라며 살아왔다. 행운이란 과연 어떤 것이며 어디에서 오는 것일까? 한마디로 행운이란 좋은 운수를 말한다. 오늘처럼 갈증이 날 때 맥주 한 잔을 받아도 기분이 좋은데 행운의 2달러까지 잔에 빙 돌려져 왔으니 더욱 그렇다.

나 역시 평소에 지인들에게 인사말로 "당신의 앞날에 건강과 행운이 함께하시길 기원합니다."라는 말을 곧잘 사용하고 있다. 그것만 봐도 행운은 우리 주위에 있음을 알 수 있다.

하늘에 떠 있는 구름의 부드러움을 손으로 잡아 느낄 수 없듯이 행운 또한 현재 누리고 있으면서 감각이 무뎌져 못 느끼고 있을지 모른다. 느낀다는 것은 좋은 감성과 만족할 줄 아는 마음을 가진 사람들에게 주어지는 축복 같은 것이다. 그래서 매 순간 최선을 다하는 사람들의 삶이 행운의 삶이라 생각된다.

우리 곁에는 돈보다 소중한 가족들이 행운이 되어 함께한다. 내가 힘들 때 힘이 되어주고 슬플 때 같이 슬퍼해 주는 사람이 있다는 것이 행운인 것이다.

언젠가 외국을 다녀온 지인으로부터 행운의 네 잎 클로버를 선물 받은 적이 있다. 그는 수백 개의 네 잎 클로버를 코팅하여 봉투에 넣어 나눠주고 있었다. 그가 여행 간 나라에는 네 잎 클로버가 지천에 깔려 있다고 했다. 오히려 세잎 클로버가 귀하고 행운을 가져다 준다는 것이다. 그들이 찾는 것이 나의 주위에 있다는 사실을 상기시킨다. 우리가 몰랐던 행운은 늘 아쉬움 없이 사용하는 물과 같은 것이라 생각된다.

인구는 끝없이 증가하는데 사용할 물은 자꾸만 줄어간다.

우리는 물 부족 시대에 접어들었다. 먼지 풀풀 나는 마른 땅을 수많은 아프리카 어린아이들이 맨발로 물을 찾는 애처로운 그 눈동자에는 살기 위한 간절함이 보였다. 지친 다리를 끌며 갈증을 해소해줄 한 모금의 물을 찾아 소리치는 애달픈 모습도 보았다.

물 부족과 수질 악화는 심각한 수준까지 와 있다. 많은 나라에서 물로 인한 질병으로 생명을 잃기도 한다. 그래서 국왕역시 물 부족을 걱정하고 이 문제를 해결하기 위하여 한자리에 모인 것이다. '물 쓰듯 한다.'는 말이 있을 만큼 물 걱정 없이 살던 우리나라도 이제는 물 부족 국가가 되었다.

물은 인류생존에 꼭 필요한 요소이다. 우리 몸의 약 70%는 물로 이루어져 있고 수분이 부족하면 당장 생명의 위험까지 느낄 수 있다. 혈액을 맑게 하고 노폐물을 배출하고 신진대사를 원활하게 하는 물이 이제는 세계적인 화두로 떠오른 것이다.

고대로부터 인류는 물로 인한 싸움이 종종 있어 왔다. 머지 않은 미래에 아프리카나 서아시아 중국과 인도 그리고 파키스탄과 멕시코 지역은 물 부족으로 인한 전쟁의 위험까지 있다고 했다.

인도 뉴델리는 동네마다 물통을 들고 줄을 선 사람들이 가득하다. 마실 물이 부족한데 세수하고 샤워한다는 것은 사치로 여기는 사람들이 부지기수다. 물통을 들고 몇 시간씩 걸어가 오염된 물을 길어 끓여 먹는 사람들도 많다.

한 해도 중순밖에 지나지 않았는데 올해만 벌써 수천 명이나 되는 많은 사람들이 물로 인해 목숨을 잃는 슬픈 현상까지 생겼다. 국민은 물 부족으로 고통을 받고 있는데 범죄 단체는 마피아까지 합세하여 물을 독점하여 비싼 가격으로 판매하고 있다. 이처럼 물로 인한 범죄는 날로 증가하고 있다.

캄보디아를 여행 갔을 때다. 우기 때 집이 물에 잠기는 것을 방지하기 위해 이층집을 지은 그들의 생활상을 보기 위해 가이드에게 부탁하여 즉석 현지인 집을 방문했다.

천으로 쳐진 입구를 들어서니 발이 빠질 것같이 얼기설기 설치된 나무 아래로 잡풀이 자라고 있었고 몇 발자국 걸어가니 부엌에는 타다 만 나무와 시커멓게 그을린 화로가 보였다. 옆에는 찌그러진 냄비와 주방용기 몇 개가 덩그러니 놓여 있었고 안쪽으로는 신줏단지 모셔진 듯 세숫대야와 페인트 통 같은 곳에 그나마 맑은 물이 담겨 있었다. 몇 군데 담겨 있었지만 물통은 지저분했고 식수로는 왠지 꺼림직하였다. 그러나 아이는 바가지로 맛있게 퍼 먹는다.

맑고 초롱한 눈으로 쳐다보기에 과자를 주었다. 물론 집을 구경한 대가로 가이드를 통해서 안주인에게 달러로 사례도 하였다. 상수관이 설치되지 않은 그들의 삶은 고통이 되어 나에게 전해진다.

'물은 만물의 근원'이라 하였다. 인류가 살아가는 데 강대국이든 약소국이든 부자든 아니든 최소한의 행복은 누릴 수 있어야 한다.

수도꼭지를 틀면 '콸콸' 맑은 물이 흘러나오는 나라에서 갈증 날 때 마음대로 마시고 어느 때나 샤워할 수 있기에 행복을 잊은 채 살아온 것만 같아 미안함마저 든다.

머물렀던 자리의 온기를 뒤로하고 지하철로 향하는 나의 발걸음이 무겁다. 어둠이 내려앉은 신천 강변길을 행복한 미소를 지으며 사람들이 걸어간다. 흐르는 물소리를 들으며 걷는 그들의 머리 위에 밤하늘 별빛은 반짝이고 행운의 2달러를 받은 나는 물을 마음껏 쓸 수 있는 행운이 있었음에 감사한다.

목탁! 그리운 울림

가을이 익어가고 있다. 팔공산 동화사는 '국화꽃 축제'가 한창이다. 꽃의 크기는 물론 모습도 제각각이다. 그러나 다가오는 하나, 모두가 향기롭기만 하다. 바람에 실린 목탁 소리도 염불 소리와 함께 스피커를 타고 산사의 이곳저곳을 날아다닌다. 향기와 소리와 공 사상이 하나가 된다.

대웅전 앞마당에 설치된 광대무변한 화엄사상은 2백10자로 압축되어 54각의 네모꼴 도인에 조성된 국화 꽃길이 되었다. 합장하며 걷는 발걸음 위에 음률을 맞추게 한다. 꽃 속에서 근심 걱정을 내려놓은 듯 보살의 얼굴이 되어 합장하고 행복해하는 불자가 있는가 하면 무표정으로 바라보는 이들도 있다.

꽃 축제의 꽃인 양 사람들의 표정은 제각각이다. 마음속에 무엇이 되었든 실속 있고 행복하다는 생각을 하고 살았으면 좋겠다. 너무 넓은 공간이 비어 있다면 채우려는 욕심 또한 크기에 힘들고 무거운 삶을 살 것이다. 무엇이 되었건 꽉 채우려면 불만족의 표정과 헛웃음만 나올 것이며 향기로운 이 가을이 슬프게 여겨질 것이다.

오늘처럼 채움에서 비워냄으로 아름다운 소리를 내는 것이 있으니 그것은 꽃향기와 함께 바람을 타고 온 목탁 소리다.

목탁! 그는 자신을 비운다. 그리고 자신을 채찍질하듯 때려야만 맑고 아름답고 청아한 소리가 낸다. 목탁은 불교에서 사용되는 기구이며 사찰에서 예불과 대중 공사 때 주로 사용한다.

과거 어느 날 게으름을 피우던 작은 스님이 큰스님의 훈계에도 수행정진을 않고 세월을 보내다 젊은 나이에 세상을 떠나게 되었다. 몇 해 지나 큰스님이 배를 타고 어디를 가고 있는데 등에 나무가 박혀있는 물고기가 다가와 눈물을 흘렸다고 한다. 스님은 전생의 제자가 업보로 물고기의 몸을 받아 바람이 불거나 큰 파도가 치면 살이 찢어지는 고통과 함께 후회

의 눈물을 흘리는 것을 단번에 알아차렸다. 그래서 전생의 제
자를 위해 수륙재를 지내고 고통을 면하게 해 주었다.

이후 물고기 등의 나무로 목어를 만들어 절에 걸어두고 조
석으로 치면서 제자들이 경계심을 가지게 하였다. 그리고 몸
에 지닐 수 있도록 작게 만든 것이 목탁이라는 설화가 전해져
온다. 그래서일까? 목탁을 두드리면 경계의 소리가 은은하게
들리는 것만 같다. 그 맑음의 소리를 중요시하는 스님이 계셨
기에 꽃망울 위에 모습이 스크랩된다.

좋은 목탁을 찾으려 강원도에서 대구로 내려와 목탁장인의
집을 찾아 달라 부탁하기에 묻고 물어서 불로동에서 선대로
부터 목탁 제작을 하는 전문가를 찾을 수 있었다.

"목탁은 벼락 맞은 대추나무가 좋은데 구하기 힘들어 요즘
은 벗나무나 살구나무를 주로 사용합니다."

그는 물에다 오랫동안 담궈 두었다 그늘에서 한 달 넘게 말
린 나무를 꺼내왔다. 그리고 적당한 크기로 잘라낸 나무로 원
형과 손잡이의 윤곽을 잡았다. 이내 숙달된 솜씨로 구멍을 뚫
고 속 파기에 들어갔다.

소리가 울리는 공간을 만드는 것이다. 구멍 안으로 시선을
고정시키고 회전용 칼로 수백 수천 번을 돌려가며 후벼 파냈

다. 쌓여진 나무 찌꺼기를 배출시키기 위해 멈추었다 돌리기를 끝없이 하다 보니 속은 점점 비워져 갔다. "속을 너무 많이 비우면 깨어지고 비우지 않으면 탁한 소리가 납니다."라고 말하는 장인은 참으로 섬세한 손놀림으로 계속 공정을 이어 갔다.

목탁은 서서히 스님의 머리처럼 둥글고 윤기 있게 변해갔다. 스님은 목탁을 바라보고 나는 스님을 바라보았다. 스님은 한국전쟁 때 이북에서 부모님 등에 업혀 남으로 내려왔다 하였다. 그리고 얼마 지나지 않아 아버지를 여의고 홀어머니 슬하에 자랐다.

외아들을 키우시는 어머니는 부처님께 의지하며 살아갔기에 어머니를 스님이라 불렀으며 자신도 머리를 깎았다. 그리고 연로하신 어머니의 건강이 염려되자 강원도 태백의 조그만 절을 인수하여 수리한 후 어머니를 봉양하며 계속 수행 정진하여 왔다.

도시의 사찰은 신도들이 방문하기 좋지만 강원도 외진 데 자리 잡은 사찰인지라 신도들의 방문이 적어 경제적으로 많은 어려움을 겪었다. 그럴수록 목탁을 더 세게 쥐고 스님을 길을 외롭게 걸어갔다. 힘든 만큼 고통이 따랐고 속으로 건강이 나빠졌는지 아름다운 목탁 소리를 좋아했고 부처님의 말씀을 큰 소리로 전파하시던 스님이 어느 날 갑작스레 하늘나라로 가셨다.

나의 귀에는 아직도 스님의 목탁 소리가 들린다. 그래서 언젠가 함께 갔었던 제조공장을 찾았으나 이십여 년에 가까운 세월인지라 그는 어디로 가고 없었다. 구멍가게 아저씨도 옆집 할머니도 모른다 하였다. 제작을 하지 않는다는 소문도 들었다.

돈벌이 수단이라면 아마도 힘들 수 있겠다 싶었다. 그러나 다른 업을 하면서 그의 손을 통해 아름다운 소리의 명맥을 이어갔으면 좋겠다는 생각을 해본다.

목탁은 찾는 사람도 한정되어있고 이윤도 적기에 제작자가 포기할 수밖에 없었을 것이다. 더구나 요즘은 중국에서 수입되고 있으니 무슨 말을 더 하겠는가. 허전한 마음으로 집에 와 책장을 바라보니 그때 장인이 기념으로 내게 준 목탁에 먼지가 뽀얗게 앉아있다. 목탁을 칠 일도 없으니 소리를 내는 채는 어디에 두었는지 곁에 보이지 않는다.

가정에서 큰소리를 내거나 다투지 말라는 뜻으로 생각한 나는 찾지를 않았다. 그러나 채 없는 목탁에서 추억의 소리가 들려온다.

"세상 살아가면서 서둘지 말고 한 타임만 더 생각하고 한 타임만 천천히 행동하면 행복해집니다."라고.

천고天鼓에 비는 내리고

영동에도 오랜 가뭄 끝에 단비가 내린다. 사람들은 비가 반가운지 우산도 없이 걷는다. 비는 미처 우산을 준비하지 못한 나의 어깨 위에도 바람에 실려 사뿐히 앉는다. 어디선가 울려오는 북소리에 귀를 기울이며 멀지 않은 언덕을 천천히 오른다.

뜻하는 바를 이루고 싶다면 간절한 마음을 담아 세 번 두드리면 하늘까지 그 소리가 닿아 소원을 이룰 수 있다는 전설이 서려 있는 북. 그래서인지 많은 사람들이 줄을 서서 소원을 빌고 힘껏 두드린다. 그러고는 마치 소원이 이루어진 것처럼 얼굴에 환한 미소를 머금고 뒷사람에게 북채를 건네주고 있다.

　과거 영동군 심천면의 한 노파가 손자의 과거급제를 위하여 밤마다 뒤뜰 장독대에 정화수를 떠 놓고 치성을 드렸다. 그랬더니 하늘이 감동하여 큰 북채를 주시기에 노파는 신령이 건네준 북채로 힘껏 두드리는 이상한 꿈을 꾼 며칠 뒤 손자가 과거급제를 하여 금의환향하였다 한다.

　세월이 흘러 영동군민은 할머니의 소망이 서린 울림의 북을 만들었다. 그리고 기네스북에도 등재된 세계 최대의 북에다 하늘의 북이라는 뜻이 담긴 '천고'라 이름 지었다. 바로 세파에 시달리는 사람들의 마음을 위로하려는 소망의 북인 것이다.

　우리 국악에서 북은 대표적인 타악기며, 오케스트라에서도 제일 뒤쪽에 자리를 잡고 전체를 아우르며 리듬을 맞춘다. 여러 악기들의 소리와 함께 절제된 웅장한 소리는 감동을 준다.

　각 악기들은 서로를 배려하여 소리의 높낮이를 맞춰가며 생동감이 있는 바쁜 연주를 한다. 빨랐다 느렸다 하는 연주에서도 앞서거나 뒤처지지 않고 장단을 맞춰 아름다운 소리를 낸다. 그때 북은 격려를 하듯 둥둥 소리로 울림을 준다.

　북은 조화가 만드는 예술에는 필요한 악기임에는 틀림없

다. 자리만 지키고 있어도 안정된 느낌이 든다. 모든 악기가 바쁘게 소리를 내어도 기다리다 어울림이 필요할 때, 바로 그 때 나선다. 마치 요리의 한 부분처럼 자리를 지키고 있다.

그래서 북은 조미료와 같은 존재다. 간이 맞지 않아 음식의 맛을 제대로 느낄 수 없을 때 소금을 뿌리듯 긴장감을 넣어 화음을 한층 멋들어지게 한다.

북은 리듬 조절과 강한 박자를 줄 때 쓰인다. 전통 타악기인 북은 동물에게서 얻을 수 있는 가죽제품이다. 가죽은 천보다 질기고 내구성이 좋으며 쇠보다 가벼워 오래전부터 선조들이 이용해 왔다.

전쟁터에서 전사들에게 용기를 주었던 북. 오래 칠수록 가죽은 처음보다 한층 부드러워지고 소리 또한 길고 큰 울림을 준다. 울림의 소리는 가죽과 북통의 조화에서 오며 가죽은 북통에 붙여지는 중요한 과정을 거쳐야 한다.

소가죽을 아무렇게나 붙이는 것은 아니다. 이삼 일을 물에 불려 세척한 후 달포가량 유화소다를 이용한 처리방식으로 발효시킨다. 원피의 수축을 막기 위해 가죽이 늘어날 수 있도록 못질과 끈으로 팽팽하게 당겨주고 또다시 물에 불렸다 무두질을 한다. 모피의 털과 기름을 뽑는 무두질의 과정을 거치면 가죽은 부드럽게 늘어난다. 이 과정을 얼마나 잘했느냐에 따라 소리도 달라진다.

우연히 북 만드는 장인을 찾아갔던 기억이 새롭다. 이런저런 이야기를 나누고 북 만드는 과정을 조용히 지켜보는 과정에서 주문받은 큰북을 보내야 하는 날이었다. 때문에 마지막 공정도 볼 수 있었다. 나는 조용히 그의 손길을 보고 있었다. 악기장은 한 땀 한 땀 바느질하듯 일정한 간격으로 둥근 못을 박은 뒤 북채로 북을 여러 번 두드리며 미소를 지었다. 북이 완성되었다는 표정이었다.

소리가 실린 북은 이제 어디론가 떠날 것이다. 그리고 다른 악기들과 어울려 화음을 맞출 것이다. 화음을 얼마나 조화롭게 맞추느냐에 따라 안정적인 협화음이 되기도 하고 듣기 싫은 불협화음이 될 수 있을 것이다.

화음은 일종의 일치이며 어울림이다. 둘 이상의 여러 악기가 잘 어울려 아름다운 소리가 나야 화음이 잘 맞다 하겠다. 인생도 각자의 삶이 세상과 어우러졌을 때 세상을 이롭게 하고 자기의 삶이 행복할 때 인생화음이 잘 맞았다 할 수 있을 것이다.

한번 흘러간 물에는 발을 담글 수 없듯이 소리 또한 악기를 떠나면 다시 담을 수 없다. 우리가 만나는 모든 일에는 조화가 필요하듯 북을 쳐서 소원을 빈다는 것은 내가 바라는 바를 이루게 하기 위해서다.

나는 북을 치듯 힘찬 세상과 화음을 맞추고 싶다. 비는 계속 내리고 바람에 나뭇잎이 한 잎 두 잎 떨어진다. 비를 피하려 한 마리 새가 앉으려다 깜짝 놀라 천고 소리를 안고 푸드득 하늘로 날아오른다.

보현보살의 스마트폰

바람이 포근하다. 성격이 급한 일행이 "먼저 출발합니다. 전화하세요." 하며 앞서 출발한다. 내가 합승한 차도 내비게이션을 목적지인 도리사로 맞춰놓고 옆 사람과 이야기하며 뒤따라간다. 굳이 길을 잃을까 봐 긴장하여 전방을 주시할 필요도 없다.

현대는 길을 잘 아는 가이드가 없어도 염려 없는 시대다. 그것은 스마트폰이라는 든든한 안내자가 있기 때문에 가능한 것이다.

요즘 사람들은 잠시라도 손에서 스마트폰이 떨어지면 불안해한다. 얼마 전 나도 그런 적이 있었다. 친구가 보내온 스마트폰에는 딸의 결혼을 알리는 청첩장이 있었다.

그걸 믿고 일요일 아침 일찍 예식장이 있는 수원행 열차를 탔다. 기차가 동대구역을 막 출발하자 아내에게 이제 올라간다며 연락하려니 주머니에 스마트폰이 없음을 뒤늦게 알았다. 예식장 이름은 물론 전화번호와 식을 올리는 장소조차도 모른다. 참으로 당황스러웠다.

그래, 지금 걱정한다고 달라질 것은 하나도 없어, 내려서 생각하자며 진정하고 눈을 감으니 심심하리만큼 손과 마음은 편안하였다.

차창 밖은 세월처럼 빠르게 삶의 현장들이 스쳐간다. 눈을 감고 아무 생각 없이 먼 과거도 가볍게 상상하며 웃고 있는데, 언제 도착했는지 내릴 곳을 알린다.

공중전화 부스를 우선 찾아야 했다. 이리저리 눈을 돌렸으나 대합실 어디에도 전화할 곳은 없었다. 한때 몇백 미터 간격으로 있었던 공중전화부스는 흔적도 없다. 참으로 막막했다.

또다시 한참을 걸어가도 찾을 수 없어 지하철역 사무실로 들어가 사정을 이야기하고 집으로 전화를 할 수 있었다. 그동안 친구들은 연락이 되지 않으니 아내에게 전화하여 사정을 알고 있었다.

예전 같으면 업무전화번호는 물론 친구들 전화까지 줄줄 외우고 있었건만 기계의 노예가 된 후로 바보가 된 것처럼 전화번호를 기억하지 못했다.

단축키를 누르거나 단어 한 자만 눌러도 친절히 알려주니 복잡한 전화번호를 외우고 있지 않아도 되었다. 그것이 이런 사달을 불러왔다.

이처럼 스마트폰은 우리들의 삶 속에서 큰 자리를 차지하고 있다. 어디서나 도움을 받을 수 있고, 은행 업무는 물론 음식을 시켜 먹을 수도 있고, 글쓰기와 회사의 업무는 물론 집이나 사무실의 업무 등 못 하는 것이 없다. 그렇게 중요한 휴대폰을 가지고 먼저 출발한 사람들은 목적지에 도착하였다는데 어디로 갔는지 보이지 않는다.

잠시 뒤, 띵똥 하고 문자가 왔다. 주차장에서 보이는 종무소에서 커피 한잔하고 있으니 오라고 알려왔다. 휴대폰은 참으로 편리하였다. 만약에 휴대폰이 없었다면 넓은 사찰 이곳저곳을 찾아 다녔을 것이다. 휴대폰 덕으로 따끈한 커피와 녹차를 함께 마셨다.

찻잔 위의 수증기가 컵을 벗어나 슬그머니 사라질 때쯤 우리도 자리에서 일어나 걸어가며 문화해설사의 설명을 듣는다. 바쁘게 왔다 겉만 보고 갔을 우리들은 종무실장과의 사전 연락으로 해설사가 배정되었기에 상세히 설명을 들을 수 있었다.

잠시나마 속세의 짐을 내려놓고 자연 속에서 역사와 함께 천천히 사는 삶을 느낀다. 처마 끝 낙숫물 같은 인생에서 무얼 그리도 바쁘게 살아왔고 또 남은 길은 어떻게 살아가야 하는지 돌아보는 오후였다. 나에게 도움을 주면 좋아하고 그렇지 않으면 소식도 끊어버리고 배척하는 경쟁의 사회가 아닌 차향처럼 은은하게 섞여 살아가길 바라며 일행들과 어울려 걷는다.

추운 겨울에 복숭아꽃과 오얏꽃 활짝 핀 곳에 절을 짓고 신라불교의 초전지로 천년이 넘는 세월 동안 불교문화를 전파한 구미시 해평면 도리사의 오후는 한가로웠다.

고구려의 아도화상이 해동 최초 가람인 이곳 태조산에서 신라 사람들에게 전한 것은 최초의 전화기와 같은 놀라운 연기법이었다.

오늘날 수많은 사람들의 삶 속에는 원인과 결과의 모든 것은 연결되어 있음을 전하고자 하였던 것이다. 성국공주의 마음병은 어디서 왔는지 조용히 생각하며 소나무 사이의 계단을 올라 적멸보궁으로 발길을 옮긴다.

길목의 나무에서 피톤치드 향이 코를 스친다. 도심생활에 바쁜 나는 나무의 향긋함에 마음이 행복해진다.

피톤치드는 테르펜이란 물질로 상쾌함을 느끼게 하기에 일반적인 도시의 가로수 밑에서는 상상도 할 수 없다. 향긋하면서도 아직은 차가운 바람이 나를 지나 나무를 휘감고 속세로 내려간다.

그때, 해설사가 단체사진을 찍어 주겠다기에 줄을 맞춰 섰다. 앗! 그런데, 오른쪽 대리석 조각으로 서 계신 보살의 손에 통상적으로 들고 계신 꽃이 아닌 이상한 것이 들려 있었다.

나는 설마하며 "해설사님! 혹시 여래의 손에 들려있는 것이 스마트폰 아닙니까?" 하고 질문을 하였다. 아니나 다를까 해설사도 이상하다 싶어 그 자리에서 조각가에게 전화로 알아보니 그렇게 조각을 하였다 했다. 조각가는 어떤 의미로 휴대폰을 쥐게 하였을까?

고통 속의 중생들이 여래에게 전화했을 때 과연 어떤 대답을 해줄까 생각하게 하는 작품이었다.

'이것이 있으므로 저것이 생기고, 저것이 사라짐으로 이것 또한 사라진다.'는 연기법과 전화기를 연계시킨 것이다. 사람들은 자기와 생각이 다르면 의견이 맞지 않는다며 연락을 끊고 가슴에 질투와 미움의 싹을 키운다. 그것은 살아가면서 아무런 도움이 되질 않는다. 사랑의 씨앗을 심는다면 그 씨앗은 행복의 꽃을 피울 것이다. 전화는 씨앗이며 대화는 꽃이다.

조각품의 손에 휴대폰이 들린 뜻은 지금껏 살아오며 미워했던 사람도, 질투했던 사람도 모두 내려놓고 소식을 주고받으며 살라는 뜻으로 받아졌다.

자신이 제 마음을 다스리지 못한다면 어찌 자기의 마음이라 하겠는가. 나무와 흙이 함께하기에 산을 이루었듯이 소식을 전하고 만남으로서 행복이 우리들에게 올 수 있는 것이다. 저만치서 산새가 허공을 가르며 난다.

머잖아 봄이 올 모양이다. 나는 바쁘다는 핑계로 한동안 안부를 전하지 못한 큰누님께 전화를 건다 .

배려의 섬나라

여행의 둘째 날이다. 깜찍하고 발랄한 인기 여가수 써니와 털털한 할배 연예인들의 유머 섞인 대만 여행기 '꽃보다 할배'가 TV에 방영된 후 대만은 한국 여행객들로 북적인다. 오죽했으면 대만 정부에서 방송국 피디에게 감사장을 줬겠나 싶다.

아침이 밝아오니 안개 낀 지오펀 라우찌에 겨울비가 내린다. 우산을 들고 오르는 긴 상가 골목의 색다른 풍경은 내가 어릴 적 어머니와 가보았던 오래된 재래시장 골목 같았다.

이곳은 예전에는 광부촌이었는데 폐광이 되자 광부들이 떠나고 사라질 위기에 처한 골목길에 먹거리 상인들이 하나둘 들어오고 관광객들이 조금씩 찾아오면서 이제는 유명 장터 시장이 되었다 한다.

우리나라도 재래시장은 골목으로 쭉 이어진 곳이 많았다. 골목을 잘못 들어가면 다른 곳으로 나오기 일쑤였다. 하지만 이곳은 언덕으로 나 있는 길을 따라가면 되니깐 길을 잃을 염려는 없다. 사람들은 아침부터 저녁까지 먹거리와 관계 맺으며 살아왔다.

자급자족하여 지내다 여유가 생기면 물물 교환하던 시대를 거쳐 어느 때부터는 시장에 내다 팔았다. 그러더니 이제는 책상 위 컴퓨터나 이동하면서 손안의 핸드폰으로 클릭하면 간단히 내가 사는 집까지 배달해주는 시대에 살고 있다. 그러기에 예전에 엄마 손잡고 따라 다니던 그런 맛을 느낄 수 있는 골목 시장은 많지 않다. 그런데 이곳은 옛 추억을 이용하여 관광객을 상대로 먹거리와 기념품을 팔도록 형성된 거리였다.

좁은 골목이 시작되는 입구에서 사람들 인파에 밀려들어간다. 어린 시절 시장의 추억을 떠올릴 수 있는 각종 먹거리가 길옆으로 진열되어있다. 어머니가 손으로 집어 주시던 어묵과 김이 모락모락 나는 만두랑 셀 수 없이 많은 것들이 눈을 즐겁게 하였다. 기름기 많은 특유의 향료를 섞는 가게를 지날

즈음에는 익숙하지 못한 나의 코가 실룩거린다.

앞장선 가이드가 유명한 가게에서 주문하여 나온 먹거리를 맛본 우리 모두는 감탄사를 연발했다. 연한 떡 피 속에 땅콩을 부드럽게 갈아서 만든 땅콩 아이스크림을 한입 가득 베어 무니 냉기가 입속에 퍼져 김이 호호 나는 겨울이 되었다 이내 부드러운 봄을 만들었다.

쫄깃함 속의 부드러움은 관광을 하며 느끼는 이곳 사람들의 배려하는 마음 같았다. 배려는 관심이며 미래를 위한 투자다. 배려는 사람들의 마음 한쪽에 싹으로 자라고 있어야 하며 부추처럼 잘라 내어도 또다시 푸르게 자랄 수 있어야 한다.

관광觀光은 보는 것이다. 아무 부담 없이 다니며 심신의 피로를 풀 수도 있겠지만 관광을 통해서 눈은 물론 마음으로 한번 더 보고 자신을 한발 더 내딛는 것이다.

비가 자주 내리는 대만. 시내를 걸을 때 갑자기 소나기라도 퍼부으면 우산을 갖추지 못한 사람들은 오도 가도 못하고 당황하기 마련이다. 그런데 이곳 사람들은 건물 1층 도로 쪽을 디귿 모양의 통행로를 만들었다. 비를 맞지 않고 지금 서 있는 건물에서 옆 건물로 다닐 수 있게 했다. 그것은 바로 행인들에게 내어준 배려의 인도인 것이다. 남을 생각하는 마음이 너무나 잘 보였다. 마치 땅콩 아이스크림같이 부드러운 마음이 녹아 있었다.

대만을 처음 여행 왔을 때에는 보고도 그냥 무심결에 지나쳤던 것이었다. 자기 점포를 넓히려고 가게의 물건까지 인도에 내어 놓는 우리 사회와는 사뭇 달랐다.

남을 위해서 자기 땅을 도로로 내어준다는 것은 쉬운 일은 아닐 것이다. 그들의 마음에는 공동체가 있었다. 그렇게 함으로써 자신 역시 도움을 받는다는 것을 분명히 보여 주고 있었다. 그들의 배려는 나와 이웃 그리고 세대 갈등을 해결해 주는 중화제가 되어 있었다.

나는 우리나라에서 길을 걸을 때마다 수많은 간판들을 보곤 한다. 어느 날에는 길을 가다 인도에 내어놓은 많은 물건들 때문에 차가 회전하는 데 지장을 초래하기에 슈퍼마켓 주인에게 치워 줄 것을 부탁했다. 그러나 그때뿐 다음 날에도 물건은 또 나와 있었다. 지적하고 따졌더니 구청에서도 아무 말 않는데 왜 간섭이냐며 인상을 찌푸렸다.

혹시 단속이라도 나오면 며칠간 치웠다 또 슬그머니 길에 내다 놓으면 이웃 간에 너무 삭막한 것 같아 그냥 두는 우리들의 마음이 통행로를 좁게 만들고 있었다. 그러니 생수통이랑 수십 개의 박스들은 주인을 닮은 양 얼굴도 붉히지 않고 하루 종일 그 자리에 있다.

　지나는 사람들 어느 누구도 지적을 않는다. 나에게 큰 불편이 없으니 그냥 참거나 고통을 감수하는 것인지 모르겠다. 마트의 주인 역시 처음에는 도로를 점령함에 약간의 미안함이 있었겠으나 별다른 지적이 없음으로 해서 이제는 아예 도로가 점포인 양 사용하고 있다. 그러더니 시간이 흐를수록 더 많은 물건들을 점포 밖에 진열하고 있음을 볼 수 있다. 주인도 행인들도 달라져야만 한다.

　의식이 바뀌고 철저한 준법정신을 생활화해야 할 것이다. 행복은 법 위에 세워지고 배려심이 함께할 때 든든해진다. 수많은 외국 사람들이 우리나라를 찾아와 보고 배우려 하고 있는데 우리가 보여줄 것은 진정 무엇인가 생각해 보았다.

　물줄기는 사방에서 흘러와 강을 만들고, 그 강은 또 흘러서 한 가지의 짠맛을 내는 바다가 된다. 만약 여러 갈래에서 흘러온 물줄기가 각각의 다른 맛을 낸다면 그것은 바다가 아니다. 이와 같이 우리들의 수많은 과거가 현재를 만들고 우리들의 조그만 배려가 이웃과 함께할 때 모두가 행복한 미래의 삶이 만들어지는 것이다.

배려는 우리들이 추구하는 행복의 바다로 가는 끝없는 물줄기인 것이다. 대만인들의 모습을 보며 잠시 생각에 잠겼는데 일행들이 안 보인다. 멀리서 부르는 소리가 나기에 따라 골목길을 오른다.

백 년도 넘은 고택에서 영업을 하는 전통 찻집에서 줄을 서서 세월을 맛보고 있다. 전통을 지켜온 찻집이라면 차도가 있을 것이란 생각이 들었다.

언제가 들었던 말이다. 첫 모금은 감사할 이에게 마음속으로 먼저 권한 다음 천천히 세 번으로 나누어 마시란 말이 생각났다. 차도에도 감사를 표하고 배려하는 마음이 있음을 느꼈다. 그래서 가정을 포근하게 지켜준 아내에게 감사하는 마음으로 첫 잔의 향기를 보냈다.

천천히 차를 마신다. 찻잔의 차향에서 어찌 지난 세월을 찾을 수 있겠냐마는 전통을 계승하고 재래시장을 발전시키는 그들의 모습이 아름답게 보여 차마 발길을 뗄 수 없다.

떠나기 아쉬워하며 지오펀 옛 거리에 말없이 서 있는 나의 발끝에 갑자기 소낙비가 내린다.

가슴 찡한 아산로

아산로! 이 길을 차로 달리면 유난히 기분 좋은 길이다. 내
가 이곳을 지나칠 때면 졸리던 눈이 맑아오고 힘이 생긴다.

수출용 선박에 자동차가 줄지어 선적되는 것을 볼 수 있고,
갈매기도 기쁘다며 끼룩끼룩 노래한다. 그 장단에 맞춰 길가
회색 벽의 담쟁이는 바닷바람에 둥실둥실 어깨춤을 추는 것
만 같다.

현대 자동차의 긴 벽돌담에 열을 맞춰 매달려있는 담쟁이
응원단들이다.

가을 운동회 때 '청군 이겨라! 백군 이겨라!' 외치며 힘차게
달리는 릴레이 선수들에게 응원하는 것처럼 파란 잎들은 자

동차가 지나감으로써 생기는 바람에 차례대로 일어나 응원을 한다.

마치 야구장에서 신명 난 관중들이 파도타기 응원을 하는 것 같다. 그러니 그 앞을 지나가면 누구나 응원의 힘을 받게 되고 느낌에 따라 기분은 더욱 좋아질 수도 있다.

울주군 가지산과 고헌산에서 발원하여 울산만을 거쳐 동해로 빠져나가는 길목의 이 길은 태화강 십리대밭에서 많은 산소를 받고 있으며 철새 도래지로도 아름다운 풍광을 자랑하는 곳이다.

천연기념물인 말똥가리와 물수리를 비롯한 황조롱이, 직박구리, 민물 가마우지 등이 날아들고 특히 북쪽 시베리아의 까마귀가 더 넓은 하늘을 비행할 겨울에는 참으로 장관을 연출한다.

이곳의 길옆 대리석에는 다음과 같은 문구가 새겨져 있다.

"이 도로는 인생을 불굴의 도전 정신과 개척정신으로 국가와 울산 발전에 헌신한 고(故) 아산 정주영 회장의 뜻을 기려 아산로라 명명한다."

차에서 잠시 내려 강변로를 따라가니 갑작스런 방문객에 놀란 풀 여치가 동료들에게 도망가라 때때 소리치며 사방으로 흩어지는 무더운 여름날 오후.

도시 중앙을 가로지르며 흐르는 강물은 이글거리는 태양의 뜨거운 시선에 반짝이는 보석을 물 위로 마구 토해낸다.

소프라노 고음으로 여치와 매미가 노래를 시작하니 바람에 휘청거리는 억새는 점잖게 늘어진 수염을 쓰다듬으며 베이스로 화음을 맞춘다.

강물은 여기저기서 함께 청중이 되어 손에든 형광봉을 반짝거리며 열광하니 나는 마치 대자연의 공연장에 서 있는 느낌이다.

본시 길이란 본인이나 타인이 이용하려고 만든 것이다.

나만 이용한다면 언젠가는 사라져 버릴 것이고 함께 이용한다면 가치 있는 길로 계속 사용될 것이다. 이 길의 주인공인 왕 회장의 말이 생각난다.

"이봐! 해봤어?"

희망을 가지고 해보지도 않고 먼저 '그것이 될까?' 하는 부정적인 생각을 하는 직원들을 질책하고 많은 사람들에게 긍정적인 마인드를 심어준 말이다.

배고픔을 벗어나고파 소 한 마리를 팔아 떠났던 한 많은 길은 성공의 길이 되었고, 황소 1,001마리를 몰고 북으로, 고향으로 가면서 '소떼길'이라는 새로운 명칭을 생기게 한 그의 정신을 기리기 위해서 현대자동차의 담 따라 길을 새로 만들고 호를 도로명으로 하였다.

그 길을 지나갈 때면 안 되면 되게 하라는 그분의 정신이 내게로 전해져 오는 것만 같다. 그래서 목적을 이룰 수 있다는 용기가 생기게 된다.

직장에서 한때 호흡이 맞고 잘 따르던 부하 직원이 있었다. 아산의 정신을 수없이 내게서 들은 그가 퇴사 후에도 성실하였기에 여러 명의 직원을 거느리며 연 매출 50억 원이 넘는 사장이 되었다. 그런데 누구의 잘잘못도 없이 바쁘다는 핑계로 오랫동안 한 달에 몇 번 만나던 사이가 되었고 이제는 일 년에 한두 번쯤 만나는 사이가 되었다.

길이란 쭉쭉 뻗은 길도 있지만 자주 지나치지 않는 길도 있을 것이다. 자주 지나가지 않으면 숲이 생기고 길은 없어지게 된다.

그와는 마치 실개천이 말라가듯 말라가고 있다. 교류가 이루어지지 않으면 언젠가는 끊어진 산길처럼 길을 찾을 수 없게 될 것이다. 길은 새롭게 생기고 강물처럼 이어져야 한다.

아무리 돈을 많이 들여 만든 길일지라도 삶에 도움이 되지 않거나 마음이 동요하지 않으면 진정한 길이 아니다.

길은 자신이 걸었던 길도 있지만 하늘을 나는 새처럼 보이지 않는 길과 걸어보지 않은 길이 더 많을 것이다. 새들이 길을 갈 때 경험이 많은 대장 새가 앞서가면 다른 새들이 뒤따른다. 새가 날아가는 길에도 사람들이 걸어가는 길에도 삶이 녹아있어야 한다. 그렇기에 길은 교류인 것이다.

국가 간이든 개인 간이든 잦은 만남이 있어야 한다. 교류가 없으면 발전은 없다.

물길에 돌 턱이나 경사가 높다면 물의 양을 많게 하든지 그 경사를 깎아야 한다. 그대로 두게 된다면 물은 흐를 수 없다.

물이란 물줄기가 서로 교차하기도 하고 또 합쳐지기도 하면서 흘러갈 때라야 썩지 않고 생명력을 유지할 수 있다.

아산로 중간쯤에 이르니 바다와 만나는 강물이 흐름을 멈춘 것 같다. 아래로 내려가 물결을 바라보니 억새 숲길 끝의 파란 하늘이 더욱 푸르다.

갔던 길을 뭐 하러 가노

칼바람이다. 정상에서 얼음 미끄럼을 타고 내려오는 계곡 바람이 세차고 차갑다. 옷깃을 한 번 더 여미는 나의 옆을 마치 경쟁이라도 하듯 등산객이 씩씩거리며 지나간다. 그때 지인으로부터 전화가 왔다. 등산 겸 갓바위로 간다고 하니 "이 사람아! 한두 번 갔으면 됐지, 뭐 볼 게 있다고 거기를 자꾸 가노?" 한다.

그 말에 "그때는 여럿이 갔었고 지금은 친구와 걷고, 봄이면 꽃길이요 겨울이면 눈을 맞으며 걷는데 뭣이 같아요?" 하니 또 다른 토를 단다.

갓바위는 팔공산 한쪽 바위에 위치한 돌부처님이시다. 보물로 지정되어있으며 정식 명칭은 '관봉석조여래 좌상'으로 한 가지 소원은 들어 주신다 하여 많은 불자들이 전국에서 찾아들고 있는 곳이다.

하나의 소망을 가슴에 품고 산길을 오르는 저만치에, 굽은 등에 편히 가는 바랑이 간들거린다.

주름진 손에 힘없이 쥐어진 나무 작대기는 할머니의 앞길을 안내하는 듯 '톡톡' 발걸음에 맞춰 앞서고 그 뒤를 따라가신다. 나는 "참으로 대단하십니다. 좀 쉬었다 가시지요." 하고 위로의 말을 건네니 가쁜 숨을 연신 몰아쉬면서 '뭣이 힘들어.' 하는 표정으로 나를 보신다. 팔순의 나이가 되었다는 할머니의 팔다리는 자식을 위하여 빌며 살아오신 세월이 근육이 되었는지 높은 산길을 불평 없이 웃으며 오르신다.

경북 김천의 시골 면에서 새벽버스와 열차를 이용하여 수십 년을 한 달에 두 번씩 다니신다는 것이 어디 보통 일이겠는가?

당신의 일생은 오로지 자식의 미래를 밝히고자 하는 일심의 합장이셨다. 그 결과 판검사 둘에다 공무원 아들딸까지 두셨다고 그동안의 고생을 자랑스럽게 이야기보따리를 풀어 놓으신다.

할머니의 걸음은 길을 인도하는 샛별이며 사랑이었지만 나는 한낮의 여가 선양이며 운동이었다.

똑같은 발걸음이었지만 같을 수 없었고, 똑같이 출발하지만 다를 수밖에 없었다. 그런 부모님께 조금이라도 더 기쁨을 드리려고 자신과의 투쟁을 하였으니 당연히 국가공무원 시험에 합격되었던 것이다.

"저거들 앞길이 트이도록 늙은이가 할 끼 뭐 있겠노, 내사 마 갓바위 부처님께 빌러 간다 아이가."라는 그 말씀이 머릿속에서 떠나지 않았으니 어찌 허튼 시간을 보낼 수 있었겠는가.

사랑은 자식의 갈 길을 확인시켰으며 오랜 세월 동안 오르내렸던 산길은 인생의 나침반이 되었을 것이다. 할머니의 쪼그라든 손을 보니 나도 모르게 눈이 젖어 고개를 옆으로 돌린다.

흐르던 개울물은 지난여름의 지독한 무더위에 지쳤는지 하얀 얼음 코트를 입고 큰대자로 누워 있다. 새들은 돌구멍 속에서 춥다며 '짹짹' 거리니 풀들은 술래잡기 놀이로 착각 하고 눈 속에 몸을 숨겼다. 큰 키를 다 숨기지 못한 갈색 잎은 삐쭛 머리카락을 보인다.

시간은 할머니의 사랑과 같이 결과가 있기 마련인지라 햇볕에 눈이 녹으면 금방 들킬 터인데 풀잎은 미동조차 않고 있다. 세상사 모든 일이 한순간도 같을 수 없고 쉼 없이 변하고 있음을 그들은 잊었나 보다. 새도, 흰 눈도, 나의 발걸음조차도 시간의 길에서 숨바꼭질을 하고 있다.

우리들이 살아가는 세상은 초를 다투며 변한다. 거대한 산은 깎이고 가족은 천년만년 살 것처럼 지내다 분가를 이루고, 입사할 때의 힘찬 청년은 나이가 들어 젊은 시절 최선을 다하지 못했음을 후회한다. 나 역시 바른 길을 가지 못했음을 후회하였다.

우리가 살아가는 인생의 길에서도 사랑하는 사람과 팔짱을 끼고 걸을 때는 행복의 콧노래를 부르지만 이별이 올 때는 지구가 꺼지는 무거운 한숨을 맛보게 된다. 길은 똑같은 사람과 걷더라도 오늘이 다르고 내일이 다르다. 아니 순간마다 다를 것이다.

조석으로 다르고 바람이 불 때와 안 불 때가 다르고, 걸을 때의 감정마저도 다른 것이다. 기쁠 때는 가벼운 발걸음이지만, 그 길이 십여 분 뒤 슬픈 전화만 받아도 자석처럼 땅에 붙어 한 발자국도 뗄 수 없는 천 길 낭떠러지 같은 또 다른 길이 되는 것이다. 그런 그 길에서 교만하거나 불평하지도 않는 할머니의 모습을 나는 보고 있다.

길은, 혼자 걷거나 여럿이 걸어도 나를 밟고서라도 그대의 갈 길을 가라며 묵묵히 몸을 내어줄 뿐이다. 모두에게 공평한 그 길을 사랑과 자비를 보이시는 꼬부랑 할머니처럼 나도 걸어가리라 다짐을 한다. 할머니를 보니 어머니가 생각난다.

철없는 어린 시절 친구들과 군것질할 약간의 돈을 가지고 콩나물시루 같았던 완행열차를 타고 해운대 해수욕장에서 모든 것을 잊고 물놀이를 하고 놀았다. 파도와 한 몸이 되어 공중으로 올랐다 내려오니 가족을 생각할 여유도 없었다.

그러다 '아차!' 싶어 배를 쫄쫄 굶은 늦은 밤에 집에 도착하니 아이들을 찾아서 온 동네는 난리가 났다.

파출소에 신고도 하고 동네는 비상이 걸렸다. 그런 난리를 친 후에 집에 도착한 나를 보신 아버지께서는 꾸중을 하시고 회초리를 드셨고 어머니는 우선 밥이라도 먹이자며 몸으로 막아서셨다. 사랑이 무엇인지 세월이 흐른 지금도 그때 생각을 하면 눈가에 이슬이 맺힌다. 철없던 그 시절의 바다도 참으로 많이 가보았던 바닷길이었다.

갔던 길도 내가 가보고 싶었던 길이었으며, 섰던 길 또한 내가 서 보고 싶었던 길이었다. 저 멀리 언덕 너머 보이는 길 역시 내가 가야 할 길이며 지금 걷고 있는 이 길 역시 똑같은 길은 아닐 것이다. 길에서 똑같은 길이란 없음을 나는 느낀다.

이정표 하나가 있다면 인생길을 큰 어려움 없이 나아갈 수 있을 것만 같았던 지난 시절. 그러나 우리네 삶은 갔던 길 같지만 항상 초행길을 걸었듯이 그 길에서 첫발을 잘못 들이면 또 다른 길을 가게 되어있다. 그리고 고난 또한 따른다. 그러니 갔던 길을 새롭게 느끼며 초심을 가짐이 어찌 중요하지 않겠는가.

지금 걷고 있는 이 길은 일생일대에서 영원히 만날 수 없는 길이다. 아름답고 신비로운 첫길인 것이다. 그러기에 길 위에서 나는 또 다른 길을 찾기 위해 오늘도 갔던 길을 걷는다.

2

산중 여인과
꽃무릇

슬픈 사연의 꽃 축제

영축산 서운암 주차장에 차를 세운다. 맑은 기운이 산을 휘감고 다가와 살포시 나를 안는다. 연로해 보이는 퇴역 해병대원들의 안내로 뜰 앞에 섰다. '전국 문학인 꽃 축제' 플래카드가 바람에 휘날리고 나는 행사의 학춤에 어깨를 들썩인다.

도도하면서 고귀한 자태를 뽐내는 학은 물가를 노닐며 가족들과 행복한 표정을 지으며 자연을 즐긴다.

느렸다 빨랐다 학의 날갯짓은 이어진다. 한 발로 온몸을 지탱하며 서 있을 때는 넘어질 듯 넘어질 듯 위태하게 전개되는 춤. 안전에 대한 자신감을 넘어 묘기가 된다. 천천히 큰 나래를 펼칠 때는 마치 선녀의 비단옷이 나폴 나폴거리는 모습이며 하얀 날개 끝은 사대부집 대감의 검은 수염같이 가지런하다. 쭉 뻗은 다리는 난과 같이 미끈하며 군자같이 도도하다.

부드럽게 그리고 천천히 좌우를 두리번거리며 강바닥을 주시하는 두 눈은 마치 고공에서 먹이를 노리는 수리의 모습이 되었다 이내 어린 자식에게 풍요롭고 행복한 삶을 일깨워 주는 어버이의 마음이 된다.

부모가 자식에게 한없는 사랑을 보여주는 것이 어찌 사람에게만 있겠는가.

하늘을 나는 학에게서 서로 의지하고 베풀며 행복하게 살아가는 마음을 배운다. 오랫동안 강가와 나무에서 사랑을 나누고 즐거운 날들을 보내다 먼 하늘로 날아가는 모습은 마치 우리들의 삶을 보여 주는 것 같다.

꽃 축제가 홍매가 피는 봄에서, 구절초가 피는 가을로 바뀌게 된 것은 제주도 수학여행 길에 올랐다 너무나 많은 학생들이 초유의 해난사고를 당했기 때문이다.

따스한 봄날 어린 학생들을 태운 여객선이 제주도를 향하다 사고를 일으켜 TV를 통해 생중계되는 충격적인 뉴스가 보도되고 있었다.

선원들은 불법개조와 과적의 선상에서 안전수칙조차 무시

한 채 오로지 저들만 살자고 우왕좌왕하며 탈출하고 있었으며, 가장 책임이 중한 선장은 제일 먼저 속옷 차림으로 빠져나왔다니 어이가 없었다. 사람들은 주먹을 쥐며 "저런! 저런!" 소리치며 울분을 토한다.

실시간 특종으로 사망자와 함께 300여 명이 실종되었다는 충격에 우리 집뿐만 아니라 나라 전체가 비통에 빠졌다. 자녀를 잃은 가족들의 울부짖음과 통곡 소리는 진도 앞바다를 넘어 삼천리 방방곡곡을 오랫동안 슬픔에 젖게 하였다.

구하지 못함에 하늘조차도 슬피 운다. 전국에 조문소가 설치되었다. 대구의 두류공원 조문소, 나는 그리 가 보기로 하였다. 집에서 가는 내내 내리는 비가 슬프다. 우산을 들지 않기로 하였다. 어른으로서 사과와 반성의 뜻을 그렇게라도 표현하고 싶어서다. 조문장 입구 도로에 길게 둘러쳐진 노란 리본이 슬픔에 젖어있다. 선장과 선원이 도망친 세월호에서 "모두 자리에 조용히 앉아 기다리라."라던 방송만 믿고 속절없이 잘려버린 생명들.

안내에 따라 질서를 지키고, 기다리던 아이들이 저렇게 노란 리본이 되어 흔들리고 있다. 수백 명의 착한 학생들은 부모 형제와 웃으며 행복하게 살아가련만…….

헬기도 뜨고 구조선도 다가왔건만 살려 달라는 아우성에도 아무런 대답이 없네. 기다림이 안전하다는 어른들의 그 말이 피어나는 꽃들을 칼이 되어 잘랐구나.

아! 슬프구나. 꽃봉오리 떨어진 그 자리에 행복은 사라지고 검은 리본이 웬 말이냐. "가난했지만 행복했는데 이제는 가난만 남았구나."라는 원망어린 푸념이 노란 띠가 되어 해풍에 애간장을 녹인다. 여인의 통곡 소리에 나의 두 눈에도 눈물이 고인다. 가족을 잃은 슬픔은 이루 말로 표현할 수 없는 것이다. 기쁜 마음으로 "다녀오겠습니다." 하고 떠난 그 길이 사랑하는 부모 형제에게 이별의 전화를 나누고 침몰해가는 선상에서 자신의 마지막 모습을 동영상으로 찍어 전송하는 가슴 아픈 모습으로 이어질 줄 상상이라도 했을까.

거친 바다로 자식을 찾아 미친 듯 다니는 부모의 얼굴을 누가 바로 볼 수가 있으며 보듬어 줄 수 있겠는가? 왜 우리 사회는 되풀이되는 대형 사고를 당해야 하고 예방대책이라고 수없이 말하는 그 예방책은 어디에 있단 말인가?

우리가 살아가는 모든 일에 '만약에'라는 단어만 붙여 본다면 화를 면할 수 있을 것이다. NGO단체 HAM 본부장으로 있을 때이다. 다사초등학교에서 안전교육 협조 요청이 와서 우리는 봉사단체로 쾌히 승낙한 후 산업안전관리공단과 소방서, 승마협회 그리고 안전실천연합 등에 협조공문을 보내고 우리 동호인들 수십 명이 참석하여 어린 학생들이 좋아할 수 있는 안전교육 프로그램을 만들었다.

화재 신고 전화 걸기, 승마체험, 무전기 교신 체험, 물로써 불끄기 체험, 소화기 발사 체험, 소방차 견학 및 타보기, 연기 나는 교실에서 안전하게 반별로 대피하기 등 어린이들의 수준에 맞고 재미있게 교육을 하였다. 물론 학생들은 좋아했고 처음으로 멋진 말을 타본 어린이들은 안전훈련의 경험을 평생 잊지 못할 것이다.

이런 것들이 예방교육의 한 방편이라 생각된다. 어려서부터 오랫동안 기억할 수 있는 예방교육과 대처법을 교육받으면 성인이 되어서도 책임 있는 행동을 하리라 생각된다. 그리고 각자의 위치에서 맡은 책임을 다한다면 사고는 충분히 예방 가능한 것이다.

종은 울림이 있어야 그 가치가 있다. 종에서 소리가 없다면 종으로서의 가치는 없는 것이다. 그러므로 우리는 각자의 맡은 위치에서 가치를 나타내려면 소리가 나야 하는 것이다. 꽃은 피기까지 시간이라는 준비 과정과 외부의 위험으로부터 꽃

나무가 지켜져야만 훗날 아름다운 꽃을 피울 수 있는 것이다.

깊어가는 가을 저녁 암자의 뜰에서 흔들리는 풍경 저 너머 바람은 제 할 일을 잊지 않고 구름을 힘차게 밀고, 산 아래 구절초는 아직 잔치가 끝나지 않았다며 바람과 어울려 한판 춤을 춘다.

꽃은 언제 보아도 아름답다. 가만 가만히 흔들리는 모습은 더욱 그러하다. 그러나 눈으로 보는 꽃만이 꽃이 아니다.

세상의 모든 사물이 아름다운 꽃이 될 수 있으며 사물을 아름답게 만드는 우리들의 마음은 진정한 꽃 중의 꽃인 것이다.

행복은 안전이라는 테두리 안에서 싹이 트고 꽃피게 할 수 있음을 다짐해본다. 해가 지는 산사의 바람은 생활의 꽃을 잘 가꾸라는 듯 화초의 향기를 내게 보내준다.

몸이 천 냥이면

하늘이 높고 시리다. 단풍 곱게 물든 나뭇잎 사이를 지난 햇살이 발끝에 와닿는다. 가을이 성큼 내려와 앉았다. 그것은 눈이 있기에 볼 수 있는 것이다. 하얀 구름과 함께 걸으니 왠지 가슴 뭉클해진다.

대로를 따라 걷다 건물 이층계단을 올라서니 좀 전의 느낌과는 사뭇 다른 긴장된 표정의 사람들이 앉아있다. 나의 표정도 굳어진다. 이유는 이곳이 병원이기 때문이다. 나이가 들면 제일 먼저 시력이 나빠진다고 하였다. 나도 그중 한 사람으로 의자에 앉아 호출을 기다리고 있다.

시력검사, 굴절검사, 안압검사를 마치고 전문의 진료를 받기 위해 대기 중이다. 지난봄이었다. 업무를 마치고 집으로 오니 왠지 눈에 모래가 든 것처럼 까칠까칠하였다. 다음 날 아침, 눈이 붓고 충혈과 통증으로 도저히 견딜 수 없어 일요일인지라 대학병원 응급실을 찾았다. '급성 유행성 각결막염'이라 하였다. 일명 아폴로 눈병이었다. 안약을 넣었으나 통증은 더욱 심해졌고 밝은 빛조차 보기 힘들었다.

며칠 출근도 못 한 채 집에만 있으니 갑갑하여 선글라스를 끼고 밖을 나섰다. 하지만 평소 걷던 이전의 그 길이 아니었다. 거리는 울퉁불퉁하고 원근의 측정이 잘 되지 않았다. 솜털처럼 부드러운 바람은 바늘로 찌르는 듯 쓰리고 아파왔다. 하얀 거즈로 눈물을 닦으니 지나치는 사람들은 무슨 슬픈 일이나는 듯 힐끔 쳐다본다. 눈물을 흘리는 반성 아닌 반성의 걷기는 보름쯤이나 이어졌다.

누군가 '고통은 자신이 겪어봐야 안다.' 하였다. 눈에 대한 경각심을 일깨워 주는 긴 날들이었다.

지난날이 생각난다. 모임의 함께하는 회원들과 장애인들에게 맑은 공기를 쐬게 하는 나들이를 계획하였고, 두 사람이 한 조가 되어 앞을 볼 수 없거나 척추를 다쳐 누워만 계시는 분들을 관광버스로 모시기 위해 댁을 방문하여 업거나 부축하여 차에 올랐다.

　즐거운 노래와 먹거리로 조금이나마 더 기쁨을 주려 노력하였으나 그분들은 밝은 표정이 아니었다. 자신의 현재를 한탄하며 생색내기 일회성 행사로 마지못해 따라가는 표정이었다. 점심시간이 되어 야외 소나무 숲에서 자연에 순화되었는지 밝은 표정을 조금씩 보이기 시작하였다. 갑갑한 방에만 지내시다 풀냄새와 새소리를 들으며 가슴 깊이 자연의 공기를 맘껏 마신 상쾌함 때문이었으리라 생각되었다.

　눈으로 볼 수 없는 분들은 코로 냄새를 맡고, 귀로는 나무 사이를 요리조리 휘젓고 다니는 새소리와 시원스레 흐르는 물소리가 답답한 가슴을 뻥 뚫리게 했을지도 모른다.

　옆에 앉아 있는 한 장애자가 "살아가면서 누구나 갑자기 예상치 못한 장애를 당할 수 있어요."라며 순간 내뱉는 말속에서 오랫동안 묻어둔 장애자의 서러움이 깔려있었다.

　사랑하는 가족을 위하여 새벽밥 먹고 공장에서 일하다 높은 작업장에서 떨어져 척추 이상으로 평생을 누워 지내야 하는 이와, 교통사고로 하반신을 사용 못 하시는 이 그리고 돈이 없어서 안과 질환을 대수롭지 않게 여기다 합병증으로 시력을 완전히 잃게 된 이들과 함께하기 이전에는 그들의 마음을 몰랐었다.

　오늘 나의 눈이 불편한 이후에 밖을 나와 보니 사회는 건강할 때와는 전혀 다르게 변해 있었다. 장애인들을 위한 시설은 터무니없이 부족하고 쉽게 다닐 수 있는 사회구조도 아님을 알았다. 그러니 장애인들은 혹시나 잘못될까 봐 아예 집에만 지내다 이제는 더욱 사회와 멀어지게 되어 사회는 두려움의 장소가 되었던 것이다. 몸 장애에서 마음까지 상처를 입은 것이다.

　우리들은 안동댐 주변으로 자리를 옮겼다. 부축을 받는 그들이 출발할 때와는 표정이 많이 달라졌다. 경치를 설명해 주고 되도록 긍정적인 이야기를 해주었다. "속이 다 시원합니다. 이렇게 멀리 와보긴 처음입니다." 라는 말속에 그동안의 서러움이 조금이나마 녹은 듯 보였다.

　장애인들에게 계단은 태산이요 건널목은 두려운 강이 될 수 있는 것이다. 그보다 더한 것은 그들을 바라보는 편견과 귀찮게 여기는 눈빛이 더욱 불편하게 하였음을 휠체어를 밀면서 다시 생각하게 되었다.

　한쪽 눈을 금액으로 환산하면 사백억 원의 가치가 있다 하였다. 어마어마한 두 눈을 지니고도 그 가치를 모르고 살아오다 눈에 이상이 생기니 그 소중함을 절실히 느꼈다.

눈은 마음의 거울이며 연애할 적 상대의 두 눈에 나의 모습이 호수에 떠 있는 달처럼 평화로울 때 사랑이 시작된다고 누군가 말했다. 사랑하는 사람을 눈으로 볼 수 있다는 것은 참으로 행복한 것이다. 어디 그뿐이겠는가 모든 확인은 눈으로부터 시작된다. 눈을 통해서 생의 기쁨을 누릴 수 있는 것이다.

인생의 수많은 날들은 눈뜨며 시작되고 눈을 감음으로써 끝맺는다. 폭풍우 몰아치는 날들은 물론 봄꽃 피던 동산의 나비를 쫓아다니던 어린 시절의 추억도 눈으로 기록하여 왔다. 눈은 마르지 않는 우물이요 지워지지 않는 크레파스로 그린 오래된 그림책 같은 것이라 하였다.

눈은 본 것을 그대로 기억한다. 그래서 좋은 것만 보아왔고 다른 생각을 가미하지 않고 순수함 그대로 보려고 노력하였다.

나는 오늘도 내비게이션에도 나오지 않는 인생길을 가고 있다. 그렇기에 더욱 잘 보고 가려 한다. 그리고 매일매일을 특별한 날로 만들 것이다.

오늘 이 순간은 다시 돌아오지 않기에 아름다운 것과 진실

된 것을 보려 눈을 더욱 크게 뜰 것이다. 눈의 소중함을 느낀 뒤 하늘을 다시 본다.

오늘은 유난히 더 푸르다.

삼국유사의 길 따라

언젠가 들었던 말이 생각났다. "여행의 시작점을 군위로 잡아봐라! 그러면 삼국유사를 알게 되고 인각사에 들르게 될 것이다." 그래서 군위로 향했다. 도로의 열기를 헤집고 달려온 차는 불덩이 같은 얼굴로 내비게이션이 안내하는 주차장에 섰다. 도착한 도감소에서는 「삼국유사 목판 복각」 작업을 하고 있었다.

복각이란 판본을 복사한 종이를 널빤지에 붙여 조각칼로 각자하는 것을 말한다.

역사의 보고로 평가받는 《삼국유사》는 인쇄본으로 전해질 뿐 원본은 소실되어 전해지지 않는다. 칠백 년이 지난 오늘날

전국에서 선발된 각수 7인이 벚나무로 다듬는 목판 복각을 다시 하고 있는 것이다.

복원은 가치 있는 일이다. "판각을 위한 전권을 복각하는 작업은 한 사람이 하루 8시간에서 12시간씩 열흘 정도 큰 돋보기로 보며 조각칼로 한 자 한 자 팔 때 앞뒷면 한 판을 팔 수 있습니다."라고 말하는 동안에도 각수의 눈길은 벚나무 판을 벗어나지 않았고 손 또한 쉬지 않았다. 옆에서 보고 있는 나는 좀이 쑤시는 것만 같은데 그들은 사대부집의 아리따운 규수가 자수를 놓듯 보각국사의 혼을 불어넣고 있었다. 누에고치가 실을 뽑듯 한 자 한 자 새겨져 나온 글자는 부드러우면서도 강한 춤을 추고 있었다.

우리 집에도 정성이 깃든 물건이 있다는 생각이 불쑥 들었다. 그것은 아내가 시집올 때 가져온 병풍이다. 여고 시절 한 수 한 수 정성을 들이고 어느 때는 밤을 지새운 추억의 자수라 하였다. 그런 고생의 날들에 대해 이야기를 들었기에 그 장면을 바라보는 나는 《삼국유사》를 깊이 알지 못했음이 부끄러웠다.

기껏 안다는 것이 김부식의 《삼국사기》와 함께 우리나라의 보물로 지정되어 있으며 귀한 자료라는 것쯤으로 여겼다. 그것은 너무나 유명하기에 생긴 아이러니라 할 수 있겠다.

외국에서도 높이 평가받는 《삼국유사》는 고려 충렬왕 때 보각국사 일연이 지은 것으로 단군 신화를 비롯해 고구려, 백제, 신라와 가락국 등 한반도 전체의 이야기가 바다처럼 넓게 담겨있다.

전설 및 설화를 비롯하여 당시 서민들의 풍속과 종교, 문학에 관한 것들은 민족사 연구에 매우 가치 있는 것이다. 그렇기에 《삼국유사》는 눈으로 읽는 것이 아니라 가슴으로 읽는 책이라 하였다. 하지만 원본과 목판 자료가 전해지지 않기에 판각하는 작업장을 눈으로 보러 온 것이다.

이곳에 설치된 목판 도감소는 판각, 교정, 인쇄 등의 과정을 직접 볼 수 있도록 하였기에 세월을 거슬러 가는 느낌이 들었다. 경산에서 태어나 아버지를 일찍 여의고 어머니 손에서 무신 정권시대를 사신 스님은 진전사에서 출가하여 인각사에서 연로하신 어머니를 모시고 열반에 들기까지 《삼국유사》를 집필하였다.

무신정변으로 어지러운 시절에 왕권은 무너지고 몽골의 침략으로 온 백성의 고통이 끊이질 않았던 비참한 삶을 조금이나마 느낄 수 있을까 눈을 감아본다. 당시 고려는 강화에서 항복한 후 개경으로 환도하여 몽골에 충성한다는 약속을 하고 역대 임금들조차도 충성 충 자를 붙였던 시대였다. 그래서 의지할 곳 없던 시절에 스님은 백성들에게 희망을 주려고 생활체험을 통한 이야기를 서술하였는지 모른다.

수많은 이야기 속에서도 머리를 떠나지 않는 것이 있다면, 그것은 《삼국유사》 권5 감통 제7에 전하는 월명사가 지은 「제망매가」이다. 누이에 대한 안타까운 그리움을 애상적으로 잘 나타냈다.

'생사의 길은 여기에 있으매 두려워지고 나는 갑니다, 하는 말도 다 못 하고 가버렸는가. 어느 가을 이른 바람에 여기저기 떨어지는 잎처럼 한 가지에 낳아 가지고 가는 것 모르누나. 아아 미타찰에서 만나볼 나는 도를 닦아 기다리련다.'라며 한 나무 한 가지에서 태어나 함께 지내다 바람에 떨어지는 나뭇잎처럼 이별 인사도 제대로 못 하고 누이와 이별을 해야 하는 슬픔을 말했다. 나뭇잎 같은 인생에서 부모와 형제애를 아니 느낄 수 있겠는가. 현대를 살아가는 우리들은 너무나 자기중심적으로 살아가기에 곱씹어볼 대목이었다.

삶과 죽음의 갈림길은 바로 내가 살고 있는 이 자리 지금 이 순간임을 일러주니 비바람 불면 떨어지는 삶을 스님의 글에서 어찌 다시 돌아보지 않을 수 있으리오.

'유사'란 예로부터 전해져 내려오는 사적 또는 죽은 사람이 남긴 생전의 자취를 말하는 것인 줄 안다. 그런데 저자는 스님의 신분이어서인지 사찰에 관한 것도 많이 기록하였다.

효행孝行 효선孝善은 물론 설화와 우리 민족의 풍습까지 기록하였기에 더욱 가치가 높은 것 같다. 그렇기에 복각 작업을 하는 사람들조차 사명감을 가지고 좁은 방에서 긴 시간을 꿈쩍 않고 집중하고 있었다. 한순간도 눈을 떼지 않고 작업을 하는데 괜스레 이것저것 질문하는 것이 미안스럽기만 하였다.

한참을 이야기하고 보았으니 이제는 인각사로 가 보아야겠다는 당위성이 들어 군위에서 망설이는 발걸음을 돌렸다. 하늘에는 구름이 길을 안내하듯 흐르고 사찰로 가는 길에는 말 없는 학소대가 병풍이 되어 둘러쳐져 있다.

삼국유사를 조금 더 느낄 수 있는 인각사에 도착했다. 천년 고찰이기에 나무와 숲이 우거졌으리라 여겼건만 도로변에 사찰의 입구가 있었다. 옛 숨소리를 느끼려 잠시 걸음을 멈췄다.

사찰이 앉은 자리가 기린이 앉은 자리라 하여 인각사라 지어졌다기에 잡목을 헤치고 봉긋한 곳에 올랐으나 기린의 뿔 자리인지 알 수 없었다. 천천히 마당으로 발걸음을 옮긴다.

산신각 옆에 조각난 채로 뒹구는 기와는 천년의 아픔을 간직한 듯 흙이 묻은 채 얼굴을 씻어내지 못하였고, 스님을 기리기 위해 세운 탑은 나의 눈길을 떠나지 않았다. 바로 보물 제428호로 지정된 보각국사 탑과 비였다. 탑은 받침대, 몸돌, 지붕돌의 3단으로 구성되었으며 팔각 받침돌에는 연꽃이 새겨져 있었다.

비문은 국사의 제자인 문장가 민지가 왕명을 받들어 왕희지필체로 집자하였는데 조선을 찾은 중국사신을 물론 일본과 한국 사람들의 무절제한 탁본으로 심각하게 훼손되었다 했다. 어머니를 모셨던 방은 흔적도 없이 사라졌지만 소리는 들리는 것만 같았다.

법당의 종소리가 울린다. 마음 깊은 곳까지 메아리 되어 돌고 돈다. 흔적을 통한 세월에서 《삼국유사》의 참뜻을 헤아려 본다.

고개를 들어 하늘을 보니 "즐겁던 한 시절 자취 없이 가버리고 시름에 묻힌 몸이 덧없이 늙었어라. 한 끼 밥 짓는 동안 더 기다려 무엇 하리. 인간사 꿈결인 줄 내 이제 알았노라." 며 일연선사의 한 줄 시가 구름 되어 흘러간다.

묵언 수행

TV를 켰다. 묵언 수행의 고행을 마치고 무문관을 나서는 스님께서 "3년의 수행의 끝은 났는데 이렇게 돌아보니 지난 세월이 안 보여요. 나라고 하는 자신이 왜 이렇게 힘들어하고 원하는 것은 많은지……." 천일 결사를 마치고 나서도 속 시원한 해답을 찾지 못하는 자신에게 하는 푸념이시다.

세월의 속도는 10대에게는 십 킬로미터의 속도로 20대에게는 이십 킬로미터로 80대에게는 팔십 킬로미터의 속도로 간다고 하였다. 나이가 들수록 세월의 속도가 빠르다는 것이다. 그러나 세월이 참으로 빠르게 흘러가는 것처럼 느껴지지만 가만히 생각해보면 세월은 그대로인데 나만 바삐 설쳐대는 것을 볼 수 있다. 세월이 변덕스럽게 이랬다저랬다 하였다.

한때는 세월이 너무나 빠르게 가더니 이제는 세월은 변하지 않는 것 같은데 나만 변하고 있음을 느끼는 묘한 이 기분은 무엇일까?

나이가 든 후에야 지난날들을 현명하게 대처하지 못한 자신을 발견하기도 한다. 세상을 살아가면서 욕심을 많이 내면 그만큼 세상은 빨리 돌아갈 것이고 욕심을 적게 내면 적게 낸 만큼 여유로울 것이다.

회전목마와 같은 세상을 천천히 돌리면 여러 가지를 볼 수 있을 것이고 빨리 회전시킨다면 어지러워서 아래만 볼 뿐 멀리는 볼 수 없는 것은 자명한 일이다.

세상은 우리에게 회전법에 대하여 느끼게 해줄 뿐 회전 속도의 빠르고 느림은 각자의 몫으로 돌린 것 같다. 어릴 적에는 세월이 빨리 흘러가 어른이 되고 싶었다. 갖고 싶은 것도 많았고 돈도 많이 벌고 싶었다. 어른들은 공부를 하지 않으면서 아이들만 공부하라는 것도 싫었고, 예쁜 여자 친구도 사귀고 늦게까지 놀고도 싶었다. 담배 피는 것도 멋져 보였고 어른이 되면 뭐든 할 수 있어서 좋게만 느껴졌다. 그러나 지금은 천천히 가라며 붙잡아 두려 해도 어릴 적보다 더 빠른 속도로 흘러가고 있다.

손에 쥔 것은 무엇이며 앞으로 잡아야 할 것은 무엇이 남았는지 생각하면 안갯속 같다. 그럴 때 가끔 점심 식사 후 눈을 감고 나를 본다. 내가 먹은 점심은 입을 통해서 목과 식도를 거쳐 위에서 소화를 시킨 후 여러 장기를 거쳐 나의 몸을 한 바퀴 휙 하니 돈 후 일부는 남고 일부는 빠져나가는 모습을 생각한다. 그리고 하루 이틀 십 년 이십 년이 지난 또 다른 점심시간을 그려도 본다. 그때도 지금처럼 점심을 맛있게 먹을 수 있을까?

우리는 너무 잘 먹어도 탈이고 너무 못 먹어도 탈이다. 모두가 탈만 내는 또 다른 나와 붙어 살아간다. 떨쳐내려 해도 뗄 수도 없다.

그래서 어쩔 수 없이 그런 나를 잘 지키려고 한 달에 한 번 초하룻날은 절을 찾았다. 그리고 지난 느낌을 이야기해 주곤 하던 것이 이제는 십 년 넘게 사시불공을 올리기 전 나와 같이 절을 찾는 불자들에게 행복한 삶을 살아가는 방법에 대하여 잠시 말하고 덕 높으신 스님들의 오도송으로 입정에 들어가는 순으로 법회를 한다.

사람들이 행복을 찾고 부처님 가까이 가기 위해서였다. 내가 다니는 절은 높은 산에 있는 사찰이 아니라 집에서 걸어서 십여 분이면 갈 수 있는 도심지 사찰이다.

아내가 오래전부터 먼저 다녔던 곳이다. 비탈길을 올라 사찰 입구에 서면 왼쪽 담에서 관세음보살의 미소가 반기고 있다. 일주문 격인 대문을 들어서 합장하면 주지 스님은 반가운 음성으로 환영하신다.

나무 계단을 올라 이층 법당의 부처님 전에 앉으면 마음이 포근해진다.

삼배를 올린 후 잠시 마음을 내려놓는다. 고개를 드니 수많은 연등이 매달려 있다. 마치 진리의 별처럼 아름답다. 신도들이 음력 삼월이 되면 지난해의 꽃잎을 떼어낸 후 새 꽃잎을 하나씩 하나씩 붙인다. 마치 성자의 도를 실천하는 사람들처럼 고요한 가운데에서 기도를 올리듯 그렇게….

나도 풀칠을 해본 경험이 있기에 손가락에 붉게 물든 물감을 생각하며 싱긋 웃는다. 연등은 앞뒤 좌우 손을 꼭 붙들고 진리의 세계로 나아가는 대열처럼 미동조차 않고 있다. 창가에서 미세한 바람이 불어온다. 이름표가 그네를 탄다.

마치 인생을 살아가면서 어떤 사항에 처할 때마다 이럴까

저럴까 망설이는 우리들의 가냘픈 마음을 보여 주는 것 같다. 그네 아래로 불자들이 하나둘 자리에 앉는다. 우리 부부보다 먼저 온 불자들이 있는가 하면 법회 시작 전 부랴부랴 들어오는 불자들도 있다. 일찍 오셔서 염주를 굴리며 염송을 하시는 어느 불자는 예전에는 수백 수천의 절을 하였건만 이제는 무릎 아파서 그것도 못 하겠다며 나이가 적은 사람들을 부러워하신다.

의사와 약사의 자녀를 두고 부러울 것이 없는 듯 좋은 분이시건만 건강이 따라주질 않으니 세월을 한탄하신다.

나는 연세가 많으신 불자들을 보며 살아갈 길에 도움을 받는다. 요즘은 불교 대학을 나오신 분들이 많아서 함부로 말하면 잘난 척한다는 오해를 받기 쉬우니깐 아무 말 하지 말고 자기 기도만 하고 오라는 아내의 부탁에도, "제가 하는 이 말이 잘 아시는 이야기일 수도 있지만 오늘 처음 오시는 분들은 불교를 어려워하시기에, 먼저 절에 다니신 보살님들은 뒤따라오시는 분들을 위해 그냥 들어주시고, 또 들었던 이야기라면 그때와 지금이 다르므로 내가 얼마나 변했는지 새로운 느낌이 들 수 있도록 그때와 지금의 나를 비교해 보세요." 하고 말씀을 올리고 오랜 세월 동안 법회의 시작을 이어왔다.

그 결과 많은 보살들이 오히려 격려를 해 주셨다. 앞서 인도하시는 거사님이 계시니깐 참으로 많이 좋아졌고 모든 것이 달라졌다고 하셨다. 우리가 절을 찾는 것은 절이 좋아서 구경 오는 것이 아니다. 절이라는 연결 고리를 두고 성불이라는 목적지로 가기 위해서이다.

깨달음이라는 곳으로 가기까지는 긴 과정의 고통을 겪어야 가능한 것이다. 그 먼 길을 가기 위해서 묵언 수행이라는 또 다른 수행의 길을 겪으며 간다. 그 과정의 억만 분의 일이라도 느끼고 함께 가기 위해서 입정이라는 짧은 침묵의 시간을 가지게 하였다. 하나 "입정." 하고 목탁을 세 번 쳐도 옆 신도와 이야기하는 소리는 물론 전화 받는 소리와 자리다툼의 소리가 들릴 때도 있다.

입정에 든다는 것은 그냥 앉아있는 것이 아니다. 일상에서 바쁜 것들을 잠시 내려놓고 자신을 살피는 묵언 수행의 기초 단계인 것이다. 자신을 MRI 영상 촬영하듯 조곤조곤 살펴봄으로써 나의 마음이 어디에서 어디로 가고 있으며 그리고 진리를 채울 공간은 비워 두었는지 확인하는 시간인 것이다. 사찰은 몸을 닦고 정신을 수양하는 곳이다.

특히 법당에서는 더욱 그렇다. 그러할진대 내가 학교 공부를 좀 하였다 하여 남의 말을 들으려 하지 않는 행동과 자신을 돌아보지 않는 것은 이제껏 지나온 길이 잘 걸어온 것인지를 확인하지 않겠다는 것이다.

종교는 마음의 고통을 해결하거나 더 나은 미래를 위해서 믿는 사람들이 대부분이다. 그러나 가만히 보면 그냥 절을 하고 복을 달라고 비는 기복 신앙의 신도들 또한 많다는 느낌을 받는다.

복은 빌어서가 아니라 만들어 가야 할 것이다. 진정한 행복은 돈 많이 벌고 좋은 집에서 살고 맛있는 음식을 많이 먹는 데 있는 것이 아니라 나의 무지를 깨우치는 데 있는 것이다. 하루 굶어보면 음식의 소중함을 알 것이며 하루 말하지 않으면 말로인한 망언은 없을 것임은 자명할 것이다.

"말을 잘하는 사람은 말없이 말하는 사람이며, 말을 잘 듣는 사람은 말을 듣지 않고도 듣는 사람"이라고 하였다. 말을 잘하기 위해서 입을 닫는 연습을 하고 살아봄도 좋을 듯하니 오늘 하루쯤은 묵언 수행이라도 해볼까?

산중 여인과 꽃무릇

　모든 문제는 만남으로 시작된다. 나뭇잎은 찬바람을 만나 단풍을 만들고 남이란 단어는 깊어진 그리움을 만나서 님을 만든다.

　가을바람에 나뭇잎이 부끄러운 듯 얼굴을 붉힌 어느 날, 나도 많은 사람들과 함께 선운사행 문학기행 버스를 탔다. 시를 낭송하는 차 안과는 달리 차창 밖에는 얼굴을 붉힌 가을 나무들이 빠르게 스치고 지나간다. 자작시 낭송을 하며 우리들을 태우고 달리던 차는 점심시간이 한참 지난 후 진흥가라는 식당에 닿았다.

　식탁의 노란 양푼이에는 쌀밥과 표고버섯, 도라지, 취나물

등 산나물들이 올려져 있다. 출출하던 차 얼른 고추장을 한 숟가락 넣은 후 휙~휙 저어서 입안으로 가져갔다. 허기진 가을 산이 살아 움직였다. 작은 도자기 잔에 한 잔씩 돌아온 복분자주를 마시고 풍천 장어를 상추쌈에 올려 또 입에 넣었다. 마늘의 알싸한 맛과 장어의 담백함에 입가에는 미소가 피었다.

고창의 3대 명물인 장어와 복분자주 맛을 보았으니 이제는 작설차를 마셔야 될 텐데 하며 두리번거렸으나 주인은 그런 서비스는 제공하지 않았다. 아쉬움을 뒤로하고 식당을 나와 선운사로 발길을 잡는다. 전북 고창군 아산면 도솔산 기슭에 자리 잡은 선운사.

전성기 때는 대사찰이었으나 정유재란 때 대부분 불타버리고 지금은 대웅보전, 영산전, 사천왕문과 암자만 전해져온다. '구름[雲] 위에 머물면서 지혜와 도를 닦아 선정의 경지에 이른다.'는 뜻에서 이름 지었다는 선운사.

절을 지을 당시 사찰 근처에 굶주린 사람과 도적들이 들끓었기에 검단선사는 그들을 따뜻하게 대하며 불법으로 교화하고, 소금 만드는 법과 숯과 한지 만드는 법을 가르쳐 주었다. 선사는 좋은 인연으로 함께 살아가는 법을 실천한 것이다.

마을 사람들과 도적들은 소금과 숯 그리고 한지를 만들어 팔아 가족의 생계를 이어갈 수 있었다. 그때부터 선사의 은혜에 보답하기 위해 해마다 소금을 보시하기 시작했는데 이 소금이 '보은염'이란 이름으로 천 년이 지난 오늘까지 이어지고 있다. 이 같은 사람들과의 인연을 알고 있는 듯 사찰 주변에는 언제부터인가 붉은 꽃이 피었다. 참다운 사랑을 하라는 뜻을 가진 꽃무릇이다.

꽃무릇이 남녀의 사연을 담고 있어서일까? 도솔천에서 흘러내리는 물소리가 님을 부르는 소리만큼 애잔하다. 사람들이 맺어가는 인연이란 무엇일까 생각하며 극락교를 지나 천왕문 앞에 섰다. 합장을 하고 안으로 들어서는 순간 '앗!' 하고 놀라지 않을 수 없었다.

언젠가 강화 전등사를 갔던 적이 있었다. 아직 추위가 가시지 않은 2월 대웅전 지붕 아래에 여인이 발가벗은 몸으로 대들보를 받치고 있던 모습이 기억에서 잊히지 않았다. 처마 밑에 있던 그 여인과 꼭 닮은 여인이 이곳 사천왕 발밑에 잡혀있다니 놀라지 않을 수 없었다.

강화도 전등사 창건 당시 공사를 맡게 된 유명한 도편수는 아침마다 목욕재계하고 대웅전 짓기에 온 정성을 다하였다.

공사는 잘되어 갔으나 오랜 공사로 인한 스트레스와 쌓인 피로를 풀 겸 막걸리 생각에 아랫마을 주막집을 찾았다. 술이란 한 잔이 두 잔 되고 두 잔은 또 다른 잔을 부르게 되어있다.

나도 직장생활을 할 때 피로를 풀 겸 동료들과 마신 적도 많았다. 많이 마실 때는 다음 날 업무에 지장을 초래한 적도 있었다. 그렇듯이 긴장이 풀린 도편수는 술과 여인의 분 냄새에 자꾸 취해만 갔다. 술이 취할수록 빨간 립스틱을 바른 입술은 그를 더욱 유혹에 빠지게 했다. 누구에게나 유혹이란 그렇게 긴장이 풀리면 다가온다.

유혹은 끊기 힘든 마약이나 담배는 물론 이성을 잃게 하는 술처럼 목 깊숙이 파고든다. 처음에는 통제 안에 있지만 취하면 통제는 이미 멀리 떠나버리고 없게 될 지도 모른다.

나에게도 술은 금전적인 손실은 물론 시간적으로 많은 손해가 되어 돌아왔다. 술이란 분위기에 따라 이런저런 핑계를 대며 더 많은 술을 먹게 된다. 그렇지만 그때는 몰랐다. 그렇듯이 여인의 미소에 빠진 도편수는 시간만 있으면 달려갔으니 대웅전 준공을 제때 할 수 없었고 공사대금으로 가지고 있던 그의 돈은 술값과 여인에게 빌려주기도 하였으니 모두 탕진되고 없었다. 더 이상 빼먹을 재산이 없음을 알아버린 주막

여인은 눈을 맞춘 다른 사내와 도망을 쳤다.

인연이란 어떻게 맺느냐에 따라 달라지는 것이다. 선운사 스님은 도둑들에게 도움을 주는 인연을 만들었기에 보은염이 되었지만, 전등사 도편수가 맺은 인연은 여인에게 품은 흑심이 있었기에 후세 사람들에게 천 년의 세월 동안 입에 오르내리게 되었다. 도편수 또한 책임감 있게 일을 하며 그녀를 만나지 않았다면 천년의 예술작품으로 남았을 대웅전 기둥에 그의 오점을 조각한 것이다.

도편수는 억울하고 분한 마음에 씩씩거리며 전등사 법당 네 귀퉁이 추녀 밑에다 세세생생 고통스럽게 무거운 지붕을 받들고 고생하라며 작부의 모습을 만들었다. 하지만 어디 화가 쉽게 풀렸겠는가?

강화도의 겨울 추위로 인하여 조각된 여인은 온몸이 벌겋게 복숭앗빛으로 물들어 갔다. 하지만 화가 덜 풀린 도편수는 다시 연장을 들고 씩씩거리며 "맛 좀 봐라! 어디 편히 살게는 안 둘 것이다." 하고 손에든 끌 끝에 원망을 쏟아부은 망치로 두들기며 밤새워 더욱 고통스런 얼굴을 만들었다. 거기다 여인의 마지막 자존심인 속옷마저도 벗겨 한겨울 쌩쌩 불어오는 매서운 강화 바람을 맞게 했으니 어찌 그 원망이 극에 달했다고 보지 않을 수 있으랴.

아뿔싸! 그런데 미움과 원망의 세월이 흘러 도망간 작부가 그 모습 그대로 이곳 남쪽 선운사 사천왕문에서 증장천왕의 발아래 붙들려 있지 않은가. 나는 눈을 크게 뜨고 또 보았다. 우리나라에 있는 사천왕의 발아래는 대부분 악귀, 권력을 탐하던 탐관오리, 전쟁을 일으켜 백성에게 고통을 주던 왜장 등의 남정네였는데 여인의 모습을 보기는 이곳 선운사가 처음이다.

찡그리고 고통받는 강화 전등사 얼굴 그대로다. 원망과 후회의 매서운 눈초리다. "너희 남정네들이 음흉한 마음을 가지고 있었기에 그렇게 된 것이지 나는 살기 위해서 웃음을 팔아야 하고, 또 손님을 오게 하려고 싫어도 예쁘게 화장하는 것은 당연한 일인데 왜 나에게만 잘못을 따지느냐."며 표독스럽게 악을 쓰고 있었다. 푹 팬 이마에는 오랜 세월을 시달려온 여인의 한 많은 설움이 주름 되어 강물만큼이나 담겨있었다.

선운사를 창건한 도편수는 작부의 생활을 교훈으로 남기고 저 전등사 그 표정 그대로 고통받는 얼굴을 조각하였는지 모르겠다. 하지만 여인은 세월 따라 늙고 주름졌으며 빨간 입술은 연화색녀의 모습으로 "이곳을 지나는 사람들은 부디 남녀

간의 만남에 음심을 품거나 감정으로 대하지 말고 아름답고 청정한 사랑을 하라."고 말하는 듯 후회의 표정을 짓고 있었다.

한 여인 같은 두 여인의 모습을 보고 대웅전 마당을 들어서는데 누군가 한쪽 편에 있는 식물을 가리키며 '꽃무릇'이라 일러 주었다. 건전하지 못한 목적을 가진 마음으로는 행복한 사랑을 꽃피우고 열매 맺을 수 없다는 꽃.

붉은 꽃이 진 후 잎이 피어 꽃과 잎은 영원히 만날 수 없다 하였다. 도목수의 조각으로 사천왕 발아래 붙들린 여인과 지붕을 받들고 있는 여인을 생각나게 하는 꽃을 뒤로하고 대웅전 마당으로 들어선다.

고급 취미

올여름은 유달리 덥다. 모임 장소인 횟집에 도착했다. 티브이에선 팔월의 더위가 한창일 때 땡볕을 걸으면 공을 치는 사람들이 있다. 땀 흘려 연습한 그동안의 기량을 맘껏 펼쳐 승자는 웃고 패자는 아쉬움의 눈물을 흘리게 된다. 또 지기라도 한다면 다음의 기회를 위하여 더욱 고된 훈련을 할 것이다. 나는 승패를 떠나 그들의 페어플레이 정신에 박수를 보낸다.

스포츠에서는 한 사람의 승자가 나오기 마련이지만 패자 또한 최선을 다하였기에 박수를 받아 마땅하다. 우리나라 역시 경제후진국 때는 체육에서도 꼴찌에서 맴돌았다. 그러나 밥 먹고 산다는 시절이 되면서 국민들의 체력은 급속도록 좋아졌고 스포츠 또한 함께 발전한 것이다.

백 년이 지나 부활된 올림픽 여자골프에서 손가락 부상을 딛고 선전한 골프 여제 박인비 선수가 세계 최초로 '골든 커리어 그랜드 슬램'을 달성하여 한국 골프의 위용을 전 세계에 과시한 적도 있다. 그것은 강인한 스포츠 정신으로 이루어낸 쾌거였다.

만약 골프를 취미로 하였다면 아픈 통증으로 중간에 포기했을지도 모른다. 그녀는 통증을 참으려 입술을 꽉 깨물고 경기에 임했다. 최선을 다하는 그녀의 모습에서 전율마저 느꼈다. 우승 소감에서 "손가락 통증을 참고 버텼어요."라고 했다. 아픈데도 계속 무리를 하니 염증은 더욱 심해 갔으나 자신과의 싸움에서 버티는 그 표정은 진정한 스포츠맨이기에 가능했으리라 생각되었다.

몇 년 전이 생각난다. 점심을 함께하기로 한 동종업계 몇 사람들이 모였다. 그런데 점심 식사 시간이 이르다 보니 누가 내기 골프를 제안하였고 나를 제외한 모두가 찬성하여 게임 비용에다 저녁 술값까지 내는 게임을 시작키로 하였다. 어쩔 수 없이 나도 차를 타고 함께 움직였다. 그러나 나는 골프를 배우지 않았기에 출발점에 잠시 머물다 차로 돌아와 책을 읽고 있었다. 한참 책을 읽고 있으니 슬그머니 화가 났다. 저들끼리 "잠시만 기다리세요." 하고 가 버리니 어찌 화가 나지 않겠는가. 골프를 배우지 않은 나의 잘못도 있지만 이건 아니다 싶었다. 오래전 초원을 걸으며 시원한 바람 속에 스포츠를 즐기고도 싶었다.

옛 직장의 상사는 병원장을 상대하는 간부로서 골프를 배워라 하였으나 삼십대 중반의 나는 회사에서 경비를 내지만 업무에 집중하기로 작정하고 고사를 했다. 골프를 치는 것보다 가정과 직장에 조금이나마 시간상 도움이 될까 내 나름의 판단이었다.

무엇보다도 당시 경제 건설이 한창이던 우리나라에서 나의 봉급보다 많은 수입 골프채 구입비와 머리를 올린다고 그린을 나간 후 매주 비용을 쓴다는 것도 미안하였고 또한 한참 일할 나이에 일요일마다 자리를 비운다는 것이 더 큰 거부감을 일으켰다.

하지만 세월이 흐른 후 당시와 달리 아들과 후배들에게 운동하기 좋다며 권하였다. 나도 골프 연습장에도 가보았으나 엘보 통증으로 배움을 포기했다. 운동도 할 수 있는 나이가 있는가 보다며 쓸쓸한 미소를 지었다. 그래서 모임에 나가 소주라도 한잔 마실까 하고 연락 장소에 나가는데 어느 사람이 취미로 하는 운동으로 골프는 고급스러워 참 좋다며 말을 꺼낼 때는 밉다. 나는 골프가 스포츠지 어째서 취미냐고 말하였으나 고집을 굽히지 않았다.

평일인데도 근무 않고 무슨 벼슬이라도 하는 것처럼 그린에서 하루 종일 공 치며 보낸 이야기를 자랑 삼아 시작하는 이야기는 술좌석이 끝날 때까지 똑같은 화제로 이어지니 나는 짜증나고 지루하기 짝이 없어진다. 게다가 매달 모이는 자리가 이질감이 들어서 화제를 다른 곳으로 돌리려고 몇 번이나 시도하고 속뜻을 보였으나 다음 모임 때에도 변하지 않기에 바쁘다는 핑계로 자주 불참하게 되었다.

공동체에서는 함께 나눌 수 있는 이야기를 화제로 삼아 이야기하면 끈끈한 정이 더 많이 들기 마련이다. 공동화제가 아닌 것으로 시작부터 끝까지 취미 자랑하듯 이어간다면 그러지 못하는 쪽과 계속 평행선을 그리며 갈 수밖에 없다.

골프는 스코틀랜드에서 목동들이 방목을 한 후 무료함을 달래기 위한 게임에서 시작하였는데 세월이 흘러 로버트 레이드라는 사람이 미국으로 이민을 간 후 그곳 사람들에게 경기를 소개하였고 인기를 얻자 결국 전 세계로 급속도로 퍼져 지금처럼 자리 잡게 되었다 한다. 골프를 두고 '스코틀랜드의 칼비니스트들이 인간의 죄를 벌하기 위해 만들어낸 전염병'이라고 했다.

보통 사람들보다 우월감을 자랑하려는 것을 탓할 생각은 없다. 그러나 고급 취미쯤으로 주장하는 사람들에게는 다시 생각해보라고 말하고 싶다.

나는 스포츠를 통한 감동의 그날의 기쁨은 잊을 수 없다. 미국 LPGA 메이저대회인 US오픈 최종 라운드에서 연못에 빠진 공을 치기 위해 운동화와 양말을 벗고 물속으로 들어가 국민들에게 '나는 할 수 있다'는 강한 자신감을 심어준 그 순간. 외환위기를 겪으며 정신적으로 힘들었던 모든 국민들에게 너무나 큰 기쁨을 준 순간. 고난을 이겨내는 그녀의 불굴의 투지는 그 어려웠던 시기를 국민들이 다시 일어서게 한 마법의 공이 되었다.

그때 나는 식당에서 밥을 먹다 벌떡 일어나 소리 지르며 박수를 크게 쳤던 기억을 떠올리면 지금도 입가에 가벼운 미소가 흐른다. 그녀가 흘린 눈물과 땀방울은 우승컵이 되었고, 영광의 우승컵에 입맞춤하는 박세리 선수는 한마디로 한민족의 우수성을 전 세계에 보여준 것이다. 스포츠는 내가 함께

뛰면 좋지만 그러지 못할 때는 보기만 하여도 즐거운 것이다.

바쁜 직장생활로 쌓인 스트레스를 해소하는 방법으로 푸른 잔디에서 하는 운동은 참으로 상쾌할 것이다. 나이가 들어 무리한 운동을 할 수 없으니 일행들과 담소를 나누며 푸른 잔디를 밟고 자연의 맑은 공기를 마신다면 더 없이 행복감을 느낄 것이다. 여유가 되면 스트레스를 해소하기 위해 너와 나 누구나 할 수 있는 좋은 스포츠인 것이다.

그런데 골프를 고급 취미생활이라며 가족보다 골프를 우선순위에 두고 낮 시간에도 그린에 나가 내기 게임을 서슴없이 한다면 머리를 맑게 하고 또 다른 일을 현명하게 처리하기 위한 운동인지 의문이 든다.

나도 태양이 이글거리는 잔디에서 먼 홀컵을 바라보고 힘차게 후려치는 모습을 생각할 때도 있다. 그 공이 어디로 날아갈지는 모르지만 대충 목표지점 가까이는 갈 것이라 생각을 해본다. 그러나 앞일을 잘 모르고 떠나는 인생길처럼 목표지점을 향하여 자기가 친 공이 정확히 날아간다고 아무도 장담할 수는 없다. 다만 이런저런 경험들이 많다면 비거리의 정확도 면에서 실수 과정이 적을 것이며 조급한 마음도 가지지 않을 것이다.

인생은 늘 잔디 위처럼 폭신하지는 않을 것이다. 지금도 그럴진대 하물며 나의 자녀 세대는 어찌 알겠는가.

골프를 치러 갈 때 파도는 없지만 잔디 위에서도 거센 파도를 느끼며 걸어야 한다.

그럴 때, 그 길에서 삶의 참다운 의미를 느끼고 나의 가족이 함께할 홀인원이 되는 것이다.

덕혜옹주와 일본의 양면성

태풍이 올라온다는 예보가 있었다. 그러나 여행은 예정대로 강행되어 부산에서 대마도로 가는 쾌속선은 파도를 넘어 달린다. 아내는 배 멀미 예방약 복용 후 밝은 얼굴로 바다를 보고 있다. 하지만 멀리 수평선 넘어 하늘은 초가을의 멋을 보여주지 않는다.

한 시간쯤을 달린 배는 히타카츠에 도착했다. 역사적으로 앙금이 풀리지 않는 나라 일본. 푸른 산의 첫인상이 다가온다. 전쟁 후의 폐허가 된 나라를 회복하기 위해 심은 전봇대인 양 쑥쑥 자라는 나무는 수십 년을 개발하지 않고 그대로 두었기에 푸른 숲을 이루고 있다.

우리나라의 일부 국민들이라면 물 맑고 경치 좋다며 쉬었다 간 자리에 쓰레기만 남겨두고 가거나, 아무렇게나 터를 잡고 백숙과 술을 팔 수 있도록 평상 부대가 특공대처럼 진작 자리를 잡았을 곳이 수두룩했다. 그러다 보면 자연은 빠르게 파손되었을 것은 자명할 터인데 그들은 얄밉게도 자연을 그대로 보존하고 있었다.

곧게 자라는 삼나무와 건강에 좋다는 피톤치드를 많이 방출하는 편백나무가 지천에 깔려있고 나무만 팔아도 자국민들이 백 년 이상 먹고 살 수 있다며 허풍을 섞어 자랑한다. 허나우리나라도 이제는 숲이 우거진 곳이 많다. 그들보다 숫자는 모자라지만 금강송이 있다. 단단하기가 이루 말할 수 없음을 임진왜란 때 우리 수군의 배가 증명하였다. 단단하고 은은한 향기는 민족정신을 표현할 수 있는 나무라 하겠다.

아무 생각 없이 맑은 공기를 쐬며 숲길을 걷는다. 빽빽이 자란 나무 사이로 간간이 푸른 하늘이 보인다.

산책 후 차에 오르니 몇 장의 사진이 돌아왔다. 흑백의 사진은 많은 사연을 담은 듯하였다. 백장미로 만든 부케를 들고 하얀 웨딩드레스를 입은 젊은 여인의 얼굴에서 미소는 찾을 수 없다.

오늘 결혼식을 올리는 신부라고 하기보다는 멀리 떠나는 이별의 장면을 연상케 하는 표정이었다. 얼굴에는 부기가 있었으며 잠을 설친 듯 눈은 먼 허공을 바라보고 있었다. 무언가를 갈망하는 눈빛의 여인. 그렇다, 그녀는 바로 우리 조선국의 독립을 간절히 바라는 황녀 덕혜옹주다. 비문을 보러 가는 길에 가이드가 차 안에서 보여준 옹주와의 첫 대면이었다. 사진은 일본에 볼모로 떠나기 전 기모노를 입고 찍은 사진과 결혼식 사진, 조선국 옹주 시절의 행복한 사진과 한때나마 딸이 태어남으로 즐거웠던 신혼 사진, 그리고 해방된 조국의 외면 속에 세월이 지나 영구 귀국한 후 옛 상궁과 나인들이 함께 찍은 다섯 장의 사진이었다.

조선 마지막 고종황제의 막내딸인 옹주는 비참한 생활과 향수병으로 37년간이나 눈물겨운 생활을 하였다. 그것은 우리 민족의 자존심을 무참히 짓밟은 잊어서는 안 될 슬픈 역사인 것이다. 볼모로 끌려가지 않으려 한들 무슨 힘이 있었겠는가. 일본은 대한제국을 영원히 통치하려고 고삐를 더욱 죄었고 러시아는 방관적 자세였으며 미국과 영국도 자국의 이익만 챙기던 그 시절 조선 황실은 독립운동을 하였으나 아무런 소용이 없었다. 만국평화회의에 밀사를 보내 강제로 서명된

을사조약의 무효를 주장하였으나 세계의 이목을 집중시키지 못했다. 그러던 중에 식민국으로 대마도 번주의 양자인 소 다케유키와 강제결혼을 하게 된 것이다.

일본은 천황 아래로 공작과 후작 그리고 백작을 두고 있었다. 제일 아래 말단 지방 관리인 백작과 결혼시켜 낮게 보이도록 함은 물론 조선인들에게 패배감을 심어주고 천황을 높이 받들어 복종하게 하려고 치밀하게 계산된 이중적 술수였다.

조선은 왕국이다. 그런데도 일본은 우리나라를 하찮은 나라로 만들고 이 씨 성을 가진 사람이 통치하는 이씨조선이라 부르며 폄하시켰다. 그들의 짓거리를 생각하니 오랫동안 꼭꼭 억눌려 왔던 화가 치밀어 올랐다. 열기가 채 식지도 않은 상태에서 옹주의 결혼 봉축비 앞에 다다르니 가슴이 아려왔다.

소나기 뒤에 흙탕물이 된 강물은 시간이 지나면 맑은 물이 되어 흘러간다. 조국의 산천은 일제에 빼앗긴 지 많은 세월이 지났건만 백성도, 풀도 다시 원상태로 돌아가지 못하고 있었다.

몇 차례의 여행에서 보아왔지만 일본인들은 "하이, 하이." 하면서 얄밉도록 친절하고 검소하였다. 숙박 후 호텔을 떠나는 손님들이 보이지 않을 때까지 손을 흔들며 또 방문해주기를 바라는 그들은 모두에게 강한 이미지를 심어놓는다. 그들은 튀지 않았으며 까불지도 않았고 또 나대지도 않았다. 개인주의 성향은 강하지만 개인의 이익을 위해서 남에게 민폐를 끼치지도 않는다.

우리를 태운 운전수는 주차할 때도 누구에게도 피해가 되지 않는 위치에 주차하였고 또 내리는 사람들을 배려하는 흔적이 역력했다. 그들은 후세들이 보고 느끼는 생활이 습관화되어 있었다.

부모는 자식에게 줄 수 있는 것이 돈이 전부가 아니라 부모의 건강과 사랑이라는 듯 노인들 스스로 건강을 챙겼고 자식은 교육까지만 받고 나면 부모로부터 아파트라든지 큰 유산을 받으려 하지 않았다. 가이드는 "일본이 망하지 않는 이유로 국민들이 맹신에 가까울 정도로 정부를 믿고 있으며, 정부는 국민에게 철저한 안전을 제공해준다."고 했다. 그러나 내면 깊은 곳에는 오랫동안 섬나라였기 때문인지 살아남기 위한 양면성이 생활화되어 있는 듯했다. 그들의 잘못이 있건 없건 간에 시빗거리가 있을 때는 미안하다며 사과를 한다.

잘못하지 않은 사람이 사과를 해오니 오해를 할 수도 있다.

그러나 본뜻은 나로 인해 당신에게 정신적 물질적으로 피해를 줘서 미안하다는 뜻이 깔려 있는 것이다. 그러기에 옹주를 해방된 조국으로 돌려보내지 않고 치료를 해주는 것처럼 하여 그들의 잘못을 숨기는 모습이 무섭게 느껴졌다.

언젠가 KBS 역사다큐에서 "전하, 비 전하 보고 싶어요. 나는 조선이 좋아요. 낙선재에서 오래오래 살고 싶어요. 대한민국 우리나라."라고 어눌하고 힘없이 말하는 그녀의 눈에서 눈물이 비치는 것을 본 적이 있다.

'역사와 정치는 반복이 있을 뿐 결코 개발이 없다.' 하였다. 하나의 섬의 가운데를 잘라 큰 배가 지나다닐 수 있도록 하였으며 러일전쟁 때 러시아 군함을 유인하여 격침시키고자 하였다. 조선을 침략할 때 해로가 된 저들의 무서운 현장을 보고 나니 무섭기까지 하였다.

가벼운 발걸음의 여행이 종일 무거워지는 것은 왜일까.

나도 내 방이 생겼다

어릴 적 그렇게 원했던 공부방을 나이 든 이제야 갖게 되었다. 여유 방이 있으니 하나 돌아온 것이다. 이사 온 이곳의 이층집은 거실을 중심으로 주방과 우리 부부가 거처하는 큰방과 옷방 그리고 내가 그렇게 갖고 싶어 하던 공부방이 있다. 2층에는 아들 방과 운동 겸 쉬는 방 그리고 손주가 놀러 와도 언제든 책을 보고 또 장난감을 가지고 놀 수 있도록 만들어 놓은 아이들 방이 있다.

초저녁 잠이 많은 외손자는 뛰어놀다 잠이 오면 텔레비전은 물론 큰방과 거실의 불까지 모두 꺼야만 한다. 깜깜해야 잠이 드는 습관 때문에 어쩔 수 없이 나는 공부방으로 쫓겨나서 문을 닫고 독서의 시간을 갖는다. 아내가 연속극을 볼 때도 조용히 늦게까지 책을 읽기도 한다.

내가 초등학교 시절 친구 집에 놀러 가면 나에게는 없는 자기만의 방이 있던 친구가 참으로 부러웠다. 그는 부모님과 조부모님 그리고 여동생과 함께 넓은 집에 살고 있었다.

반면에 우리 집은 크지도 않은 큰방과 부엌으로 통하는 작은방뿐이었다. 방 두 개에 부모님과 형, 그리고 두 누님과 두 동생이 함께 지냈다.

늘 얼굴을 보며 지냈으니 내가 숙제도 안 하고 노는지 친구들과 싸움이라도 하였는지 누나들은 얼굴만 보면 대뜸 알았다. 지붕으로 난 창을 통해 밤에는 누워서 별들을 볼 수 있었기에 잠들기 전에 별님과 대화도 할 수 있었다.

세월이 흘러 제주도에 여행을 갔을 때 나이트클럽의 천장이 열리고 시원한 바람과 함께 밤하늘을 보았던 기억이 있다.

사람들이 많이 찾는 그런 구조물이 오래전 우리 집에 있었으니 나의 아버지께서는 선견지명이 있으셨는지 모르겠다는 생각에 소박한 미소가 지어진다. 하지만 나는 하늘을 바라볼 수 있는 그런 집보다 나만의 책상에 앉아 책을 볼 수 있는 친구 집이 더 좋았다.

친구 집은 대문을 열고 들어서면 마당을 거쳐 양옆으로 미는 유리문 안에 넓은 마루가 있었다. 그 한쪽 구석에 놓여있는 전축으로 틀어놓은 음악은 친구의 아버지가 즐겨듣는 팝송이었다.

레코드판 위에서 침이 돌아가면 신기하게 흘러나오던 노래는 지금도 가슴이 찌릿해오는 '대니 보이'였다. 폴 모리아 악단이 뭔지도 모르고 들었던 그 노래는 들으면 들을수록 뭔가 커다란 바위가 나를 억누르는 느낌이 들었다. 오랜 세월이 흐른 지금도 가슴속 깊이 남아있는 그때의 색소폰 소리가 방에 앉아 눈을 감으면 들려온다.

"아! 목동들의 피리 소리 산골짝마다 울려 퍼지고, 여름은 가고 꽃은 떨어지니 너도 가고 또 나도 가야지." 하는 노래는 부모자식 간이든 친구들 사이든 언젠가는 슬픈 이별을 맞아야 한다는 사연의 노래다. 시인 '웨델리'의 아름다운 시구가 리듬을 타면서 전 세계인들의 애창하게 되었다. 아일랜드의 슬픈 역사가 노래 마디마디에 절절히 녹아있다.

목동으로 살아가던 아들 '대니'가 전쟁터로 가면서 아들을 그리워하는 어머니의 이야기가 마치 전쟁으로 슬픔을 당한 나의 어머니의 이야기 같았다. 나의 어머니가 처녀 시절, 군인이 되어 한국전쟁터로 나가신 외삼촌은 나라를 지키는 싸움에서 총탄에 쓰러지셨다. 외할머니도 어머니도 충격에 빠지게 되셨다.

아들과 오라버니가 무탈하게 돌아오기만을 기다리며 두 손 모은 기도 소리는 비 오듯 쏟아지는 전쟁터에선 들리지 않았는지도 모른다. 무탈하게 가족 품으로 돌아오기만을 기다리는 마음이 '대니 보이'라는 음악을 타고 나에게 들리는 것만 같아서 마음이 무겁다. 그냥 흘려듣기에는 너무나 슬픈 곡이었다.

'목장에 여름이 올 때면 돌아오려무나, 만약에 그렇지 못하거든 산골짜기에 눈이 덮이거든 그때라도 좋으니 언제라도 몸 성히 돌아오려무나.' 애타게 기다리는 마음을 읽을 수 있기에 일찍 하늘나라로 가신 나의 부모님 생각에 눈물이 난다. 그때는 노래의 내용도 모른 채 친구의 방이 좋았고 음악이 좋았을 뿐이다. 한참 음악을 듣고 있으면 예쁘장한 친구의 여동생이 엄마 심부름으로 가져온 과일과 과자를 건네주며 부끄러워하던 모습도 어렴풋이 떠오른다.

어른이 되면 반드시 갖고 싶었던 나의 방. 오늘 그 방에서 책을 읽고 있다. 발 안마기로 안마를 받으며 편한 자세로 책을 읽고 있으면 세상 부러울 것이 없다. 뉴스를 보다가도 외손주가 잠 온다면 불도 끄고 티브이도 꺼야 하기에 얼른 내 방으로 가서 책을 읽다 돌아오는 공부방은 참으로 편리하다. 하지만 그때처럼 친구와 같이 누워서 음악을 들을 수도 없고 오래된 전축도 없으니 가슴 한쪽에 그리움이 싹튼다.

"라떼는 말이야, 이렇게 공부했어."라는 생각이 들지 않도록 하늘이 보이던 작은 집을 잊고 지식과 지혜를 쌓아가는 탯줄 같은 학습의 방으로 만들리라.

그해 여름의 나비소년

어디서 왔는지 노랑나비 한 마리 창밖에서 맴돈다. 그곳이 창살 안인 듯 안타까이 바라보는 소년의 눈빛이 애처롭다. 펄럭이는 날갯짓은 마치 그곳에서 얼른 나오라는 손짓만 같다. 소년은 함께 날고 싶은 듯 어깨를 들썩인다. 그러다 나와 눈길이 마주치자 자세를 가다듬는다. 순진한 눈빛이다.

청소년들이 있는 이곳은 정보통신학교로 소위 말하는 소년교도소다. 대부분 종교단체에서 교화를 위한 시간을 가진 후 간식거리를 주고 간다 하였다. 그러다 프로그램 다양화 계획의 하나로 사진 영상과 문학 장르를 접목시켜 감수성 예민한 청소년들의 정서에 변화를 주려 한 새 프로그램에 합류하게 되었다. 학생들은 평균 40명 정도이다.

나는 교단에서 학생들을 가르치는 선생님이 아니다. 경험이라면 나이 제한 없는 무선통신 국가 자격시험을 치르는 응시생들에게 할당된 인성교육을 2년 동안 한 것이 고작이다. 그렇지만 어머님을 여의고 사춘기를 지낸 과거가 생각나 그들에게 나의 청소년 시절을 얘기해주며 조금이나마 도움을 주고 싶었다. 비록 선생님보다 부족할지 몰라도 시작도 않고 물러설 필요는 없다는 생각에 승낙하였다.

막상 강의를 시작하니 그들은 시끄럽고 산만하였다. 그러나 회초리보다 무서운 무기가 있었다.

교도관들은 한 명의 학생이라도 교화된다면 사회는 밝아지고 더 좋아질 것이라며 상벌에 관하여 미리 내게 알려 주었다. 태도가 좋은 학생들에겐 일 점을 주고, 반대로 수업 태도가 불량한 학생들에게 마이너스 일 점을 준다며 겁을 주었더니 이내 조용해졌다.

계획대로 그들의 폐부를 찌르는 이야기들을 마구 쏟아 내었다. 청소년들은 어떻게 받아들였을지 궁금하였다.

배롱꽃 붉은 이 계절에 철창 속에 갇혀있는 아들을 지켜보는 부모의 가슴에는 꽃보다 더 진한 피멍이 들었을 것만 같다.

친구들과 맘껏 뛰놀며 먹고 먹어도 배고픈 시기에 피교육자의 삼대 설움을 어찌 견디겠는가. 가족의 품에서 사랑으로 보살핌을 받아야 할 나이에 한때의 실수로 이곳에서 단체생활을 하고 있으니 외부에서 온 사람들에게 관심을 많이 간다.

여름날 오후. 나른함에 잠시라도 꾸벅거리면 바로 지적을 해대는 나도 아이들이 측은하게 여겨졌다. '죄는 미워하되 사람을 미워하지 말라'는 말이 머리를 스친다.

짱이라도 된 듯 '툭' 튀어난 말과 행동을 해서 강사에게 인정받으려 하거나, 반대로 말을 너무 잘 듣는 아이도 숙소에 가면 놀림을 받을 수 있다 하니 판단을 잘하여야 했다.

글을 읽을 줄 모르는 학생들도 있기에 지적하여 읽히기도 쉽지 않다. 읽지 않으려 하면 눈치채고 얼른 내가 읽거나 분위기를 바꾸었다. 하지만 장난하듯 거부하면 강의 서두에 해두었던 엄포를 놓아 산만해지려는 분위기를 바꾸었다. 그리고 부족한 자료를 나눠주며 문학과 시에 관한 기초적인 설명을 하고 몇 편의 유명시도 낭송해 주었다. A4용지에 인쇄된 컬러 사진을 보고 느낀 점을 시로 써보라며 시간을 준다. 글을 잘 쓰는 학생이 있지만 엉뚱한 학생들이 대부분이다.

창밖을 바라보던 J라는 학생이 세탁이란 제목으로 시를 써

내려간다

　　옷이 더러워지고
　　신발이 더러워지고
　　몸이 더러워졌다

　　나는 세탁을 하고
　　몸도 씻는다

　　이유는
　　깨끗하게 하기 위해서다

　　지금 나는 세탁을 하고있다
　　깨끗한 인생을 만들기 위해서

　처음 적어봤다는 자신의 시를 읽어 내려가는 학생의 목소리는 가늘게 떨고 있었다. 소년의 아픔이 나에게 전달되어 왔다. 자유가 없고 고요함만이 흐르는 공간에서 날아올라 바람을 일으키는 나비가 되고 싶었던 마음을 시로써 날개를 펄럭이며 하늘을 나는 법과 부모님의 사랑과 지난 잘못을 친구들에게 말하고 있었다. 그의 마음에는 바람이 일었고 연필에서 뜨거운 태양을 피할 수 있는 우산을 그렸던 것이다.

꽃은 추운 겨울을 견뎌야만 아름답고 향기로운 꽃이 핀다. 따뜻한 봄만 계속된다면 잎만 무성할 뿐이다. 실개천의 물은 냇가를 지나 강물을 거쳐야만 바다에 이를 수 있다. 단번에 바다로 가는 길은 없다. 우리의 삶 또한 마찬가지일 것이다.

그것이 세상의 이치이거늘 불만을 폭력으로 표출한다고 단번에 바뀌지 않는다. 그것을 느낀 소년은 내일로 가는 바른 발걸음을 내딛고 있었다. 각자의 미래는 스스로 가꾸어야 한다. 내일보다 오늘이 좋다. 지금이면 더더욱 좋을 것이다.

길게 드리운 햇살이 강의실의 철창 사이를 지나 깊은 바닥까지 내려온다. 소년은 발끝에 닿는 태양에 간지러운지 발가락을 꼼지락거리는 것 같다.

두 시간의 강의가 끝나고 나는 다시 만날 때까지 건강하라며 인사를 나눈다.

소년들의 진지한 눈빛이 머무는 강의실 저 멀리서 구름이 밀려온다. 어두운 철창에 갇혀있는 청소년들에게 하늘은 시원한 비로 깨끗이 씻길 것 같다. 이제 남은 건 우리 어른들의 몫이리라.

이 여름날 가슴 한편에 어두운 기억으로 남아있을 날들을 지우는 씻김비가 되기를 바란다. 들어섰던 길을 반대로 세 번의 철문을 통과하여 나오며 하늘을 본다.

소년이 빙그레 웃으며 보고 있던 노랑나비는 어디로 갔는지 보이지 않았다.

부부로 함께 산다는 것은

화목한 부부를 보면 얼굴이 밝고 행복한 표정이다. 남녀가 만나 웃고 위로하며 살아가는 것이 쉬운 것은 아닐 것이다. 언제부터인지 일찍 귀가하면 멀지 않은 곳에서 여자의 날카로운 고함소리가 났었다.

이제는 창문을 닫고 듣질 않지만 한때는 무슨 큰일인가 싶어 대문 밖을 나가기도 했다. 작은 키에 생김새도 보통인 남편을 죽고 못 산다며 자랑하였다는 그녀가 이제는 시도 때도 없이 누군가에 쌍욕을 해대고 시비를 건다.

듣기만 하여도 너무나 민망한 말들이었다. 말끝마다 나오는 남자의 거시기는 아무것도 아니다.

아침이면 출근하는 나와는 별로 마주칠 일도 없고 해서 얼굴도 잘 모르고 지내던 일요일 오후. 달포 전에 이사 온 앞집 이층의 택시기사와 욕쟁이 아줌마가 말싸움이 붙었다. 이유인즉 기사가 근무교대 후 집에서 잠을 자는데 너무나 큰 소리로 떠들기에 조용해 달라며 몇 번이나 사정했으나 시끄러우면 이사 가라고 오히려 적반하장이니 잠을 잘 수 없었던 기사와 언쟁이 더 커졌다. 며칠 전 낮에도 남자의 신고로 파출소 순경이 왔다 하였다.

시비는 말싸움이 되었고 그 이후에도 경찰이 여러 번 왔으나 그때뿐이었다. 모두가 혀를 내두를 수밖에 없었다. 폭행도 없으니 그냥 훈방으로 끝나버렸고 그 일은 시작에 불과했다. 수없이 반복되었기에 택시기사는 결국 잠을 잘 수 없어 다른 곳으로 이사를 갔다. 싸움이 있던 날 반장 집에서 지난 일을 들을 수 있었다. 남편이 하던 사업이 경기 여파로 실패하자 부부 사이에 금이 갔다고 하였다.

그들도 한때는 참으로 사랑하는 사이였을 것이다. 그러나 술주정과 잦은 부부싸움은 서로 간의 사랑을 식게 만들었고 결국 신랑은 집을 나가고 아내는 혼자 중얼거리기 시작하였다 한다.

어떻게 사는지 걱정되어 이웃 사람들이 의논하여 동사무소에 "도와 줄 수 있으면 도움을 줬으면 한다."고 건의를 하였으나 누가 신고하여 남의 일에 간섭하냐며 이웃과 동사무소는 며칠 동안 오히려 된통 고역을 치렀다.

그로부터 모두가 욕쟁이 아줌마를 상대하기 꺼리게 되었다. '똥이 겁나서 피하는 것이 아니라 더러워서 피한다.'는 옛 말처럼 도와주려다 시비에 휘말리니 마음으론 잘되길 바라지만 무관심으로 변했다.

그러던 어느 날 신랑에게 알려 병원 진료를 받도록 권했지만 이미 벌어진 사이를 메울 수는 없었다. 그 뒤에도 동사무소 직원이 그녀 집을 방문하였으나 문전박대를 당하고 욕을 듣기는 별반 다를 바 없었다. 여자는 야간에 사우나업소에 일하러 간다 들었다. 길 가던 행인과도 시비가 있으니 사람이 홀로 있으면 많은 문제점이 생길 수 있다는 생각에 안타까운 마음이 든다. 부부는 어렵고 힘들 때 서로가 버팀목이 되어야 한다. 가장 믿는 사람이 가까이 있는 배필일 수밖에 없으니 무슨 일이든 상대의 입장에서 이해해주고 마음속 말을 귀 기울여 들어주는 마음을 가져야 부부라 할 것이다.

나도 술을 좋아하기에 결혼 후 한때 술 먹고 늦게 귀가하여 아내의 마음을 아프게 한 적도 있었다. 음주 다음 날 미안한 마음에 일찍 귀가하니 수고하였다며 미소로 반기는 이 없는 텅 빈 방에서 잘못을 후회하기도 했다.

누나 집에 놀러간 척 들렀지만 아내의 표정을 보고 뭔가 낌새를 챈 누나는 전화로 나를 꾸짖었다.

한참을 머물다 위로가 된 아내는 집으로 오는 길에 시장에 들러 내가 좋아하는 해산물 찬거리를 사 들고 저녁상을 차려 주었다. 그때 아내는 얼마나 힘들었을까? 세월이 흐른 지금까지 미안하기만 하다.

'결혼은 인륜지 대사'라 하여 얼굴도 모르고 혼인하여 다자녀를 갖던 시절부터 아기를 갖길 꺼리고 꼭 결혼을 해야 하는지 모르겠다며 계약 결혼을 하는 지금의 시대에 접어들었다. '결혼은 해도 후회하고 안 해도 후회한다.' 하였기에 어느 언론사에서 결혼한 사람들에게 질문하여 후회가 더 크다면 지금 헤어질 수 있겠냐며 질문을 던지니 미운 정 고운 정 너무 들었는지 "헤어질 수 없다." 한다.

결혼을 해서 후회가 되는 것은 아닌 것 같다. 다만 자기주장이 옳다고만 하는 그 순간의 다툼이 문제가 될 뿐인가 보다.

지금도 생각난다. 양가 부모와 친지 친구들을 모시고 서로를 존중하고 사랑할 것과 시기와 질투를 않으며 바람피우지 않고 상하관계가 아닌 평등한 위치에서 인생의 길벗으로 나아가기를 맹세하던 기억을 가지고 있다.

부부로 산다는 것은 함께 아파하고 함께 기뻐하는 것이라 생각된다. 아내의 속마음이 새까맣게 타 들어가든 말든 가부장적인 생각만 가지고 있다면 행복은 멀어질 것이다.

부부간에는 사랑과 화목이 우선순위가 되어야 함을 나는 늘 다짐한다. 그렇지 않으면 틈이 생길 소지가 있기 마련이다.

행복은 마음에 있는 것이지 돈에 있는 것은 아닐 것이다. 초점을 모으면 종이를 태우듯 행복한 가정을 만들려 노력한다면 많은 돈이 아니라도 웃으며 살 수 있을 것이다. 눈에 보이는 것이 세상이지만 눈에 보이지 않는 것도 세상이다.

낮에도 눈 감으면 어두운 세상이 되기에 이웃의 아픈 현실을 보니 나는 행복한 부부로 산다는 것이 축복으로 여겨졌다.

부부 사이에 문제가 발생하면 초기에 그 문제를 대화로 풀어야 한다. 그냥 둔다면 불길처럼 걷잡을 수 없이 번져 나중에는 진화하기가 어려울 수도 있을 것이다. '인생이란 바람 잘 날 없는 생활.'이라 하였다.

삶이란 하루하루 전쟁 같지만 그 전쟁터에서도 봄이 되면 꽃이 피듯 우리들이 사는 세상에 사랑하는 마음이 식지 않는다면 늘 웃음꽃이 필 것이다.

"저는 마당 있는 집이 좋아요." 하며 살짝 웃던 아내의 미소가 떠오른다.

집을 구입하여 아내 이름으로 등기를 해주었더니 오히려 내가 뿌듯하였던 기억이 있다.

행복한 부부로 산다는 것은 상대가 아프면 내가 쉽게 잠들지 못하고 상대가 기쁘면 나는 덩실덩실 춤을 추는 그런 사이기에 아내의 손을 다정스럽게 잡아준다.

후회

부슬부슬 비가 내리는 날이면 몸보다 마음이 먼저 젖는다. 바람에 휘날리는 벚꽃처럼 부드럽게 어깨에 앉건만 아프고 서글픈 비가 된다. 그것은 아기를 업은 한 여인의 지친 눈빛 때문이다. 텔레비전에서 캄보디아 관련 프로가 나오거나 냉면을 먹을 때면 가슴이 아려온다.

전쟁의 상처가 남아있는 그곳에서 오래전 몸은 떠나왔지만 마음은 아직도 초저녁의 그 식당에 머물러 있다. "기브미 원 달러, 기브미 원 달러."를 외치며 구걸하는 아이들의 목소리가 귓전을 맴돈다. 그 소리는 식당의 냉면처럼 질기게 따라다닌다.

세월이 십 년 넘게 흘렀다. 여행 때 아이들에게 주려고 바꿔 간 1달러짜리를 나눠준 뒤 또 바꾸려 하니 이동하는 차에서 현지 안내원이 "한국은 전쟁이 끝난 후 그 어렵던 시절에 동냥만 받았다면 아직도 거지 나라로 있었을 겁니다. 아마 지금처럼 부유하지는 못했을 겁니다. 그러니 우선은 마음이 아프시겠지만 자꾸 도와주지 마세요." 하였다. 그때쯤 차는 평양식당이라는 간판 아래에 도착했다.

세상에서 가장 먼 거리는 인간의 머리에서 가슴까지라 했다. 현대를 살아가는 우리들의 이기적인 생각은 어려움에 처한 이를 도울까 말까를 계산하고 행동으로 실천하는 손은 쉽게 움직여주질 않을지 모른다.

그래서 계산을 따지는 머리의 지배를 받지 않고, 다른 생각이 넘보면 태워버릴 뜨거운 용광로 같은 가슴을 가져야 하건만 나는 그러지 못했다. 그래서 그날 주머니의 지폐를 만지작거리는 생각의 갈등 속에 한 여인을 놓쳤다. 차에서 내리는 순간 말없이 바라보는 그녀의 등에는 축 처져 잠이 든 아기가 업혀 있었다. 아무 말도 않고 이쪽을 바라보는 맨발의 여인은 우리에게 도움을 청하고 있는 눈치였다.

그때 여행 안내자의 말이 생각나 잠시 머뭇거리는데 누군가 "빨리 갑시다." 하니 우르르 식당 안으로 들어가 버렸다. 단체행동으로 합리화시킨 나의 발걸음이었다.

고기를 구워 먹는 시간은 참으로 더디게 갔다. 술을 마시며 보는 공연은 의미조차 몰랐다. 모두들 박수를 치며 기계와 같은 북측 가무단의 공연을 즐거워했다. 그러나 나의 마음과 눈은 밖에 있었다. 나의 멍한 모습에 친구는 "야! 뭐하노? 내 술 한잔 받아라." 한다.

내가 일행의 분위기를 망칠 이유가 없기에 그래 지금은 같이 즐겁게 놀자. 그리고 나갈 때쯤 또 와 있겠지 그때 돈을 주자는 생각을 하였다. 그리고 일행과 한마음이 되었다. 그때 어여쁜 아가씨가 다가와 이북 말투로 "선생님들! 제가 한잔 따라 올리겠습니다. 즐거운 시간 되시기 바랍니다."며 잔을 채워 주었다.

한 잔이 두 잔 되고 두 잔은 또 다른 잔을 불러와 얼큰하게 취해갔다. 어느새 나의 머리에 머물던 밖의 여자는 잊혀갔다. 후식으로 냉면까지 배불리 먹었다.

어둠이 깊어지고 우리들이 차에 오르기 전 나는 사방을 둘러보았으나 시간이 많이 흘러서인지 그녀는 이미 어둠 속으로 사라진 후였다. 그리고 오늘날까지 볼 수 없었다. 그래서 냉면에 관한 일이 생기면 그날이 더욱 생각난다.

나는 냉면을 참으로 좋아한다. 냉면이 나오면 먼저 시원한 배를 집어 입안에 넣어 과일의 상큼함이 돌게 한다. 그리고 젓가락으로 이리저리 저어 매콤 달콤한 맛을 느끼며 먹는데 그날은 어떻게 먹었는지 기억조차 없다. 면발 위에 얇게 썬 무에다 아삭아삭한 배와 쫄깃한 고명은 초등학교 시절 선생님께 두 손 들고 벌 받을 때의 기분이었다.

우리들의 인생은 만남에서 시작된다. 어머니와의 첫 만남에서 시작하여 지식을 알려 주시는 선생님 그리고 수많은 사회 사람들의 만남으로 이어진다. 그녀도 마찬가지인 것이다.

시멘트 바닥 위에서 내리는 비를 맞으며 이제나 나올까 하며 지친 몸으로 기다리는 아기를 업은 여인의 손에, 배고픈 아이를 먹일 분윳값도 주지 않은 사랑이 메마른 나는 죄인 같은 차가운 심장이 되어 오래 아팠다.

사람은 모름지기 후회하는 일을 남기지 않아야 하고, 이리저리 견주기보다 먼저 마음이 가는 쪽을 따라야 한다.

세상을 살아가는 모두는 언제 어디서 누구를 만나더라도 객지에서 고향 사람을 만나 반기듯 비에 젖은 여자에게도 조금은 따뜻한 눈빛을 주어야 했었다. 그런데 나는 그러지 못했기에 할 수만 있다면 지난 시간을 되돌리고 싶다. 나의 잘못을 깨닫고 뉘우치게 한 일 중에 작지만 너무 크게 다가왔기 때문이다.

사랑받고 자라서 사랑을 베풀지 않는다면 어머니의 사랑을 잊은 것이라 생각되었다. 한 아기의 배고픔을 조금이나마 해결해줬다면, 그 아이가 훗날 사람의 생명을 살리는 사람이 되었을 때 나는 생명을 살리는 일에 일조한 이름 모를 사람이 되는 것이며, 남을 돕는 조그만 일이지만 얼마든지 큰일이 될 수 있음을 그 일을 겪은 뒤 깨달았다.

그날 이후 나는 아기를 안거나 업고 가는 여인을 보면 왠지 어릴 적 어머니가 더욱 생각난다. 내리는 비는 이제 그칠 것이다. 그러면, 이리저리 견주다 도와주지 못한 비에 젖은 마음을 햇볕에 말리고 싶다.

딱! 한 번 본 주례

아내가 김장 준비로 장갑을 건네준다. 하얀 목장갑을 바라보니 예식장이 오버랩된다. "사회자님! 그 자리는 주례 선생님 자리입니다. 앉으시면 안 됩니다." "제가 주례입니다." 깜짝 놀라는 예식장 도우미는 이상하다는 듯 또다시 힐끗 쳐다본다.

나는 나이보다 최소 10년은 훨씬 더 젊게 보이는 얼굴이다. 그러다 보니 동창들과 어울려 음성을 높이는 대화를 할 때는 예의도 모르는 이상한 사람 취급 당하길 몇 번이나 경험하였다. 어느 때는 아가씨가 나에게 "나이도 어린 사람이 어른에게 그게 무슨 말입니까?" 하고 지적을 하기도 하였다. 그러니 예식장 도우미가 오해하는 것은 당연하였다. 아마도 주례인 내가 새신랑만큼이나 너무 젊게 보여 적잖이 놀란 표정이다.

겨울이 깊어가는 어느 날 오후, 봉사활동을 열심히 하던 동호인이 부탁을 하여왔다. 그런데 그 부탁을 들어줄 자신이 없었다. 나이가 들어 보이지도 않는 것은 물론 아직 그럴 만한 지위에 있지 않아서이다.

그는, 은사인 대학교수나 정치인들도 계시지만 그의 주위에서 열정적이며 행복한 가정을 이루고 사시는 지부장님이 주례를 꼭 맡아주셔야 한다 하였다. 몇 번이나 거절하기도 그렇고 어쩔 수 없이 승낙하였다.

일이 바빠 주례사도 준비 못 하였는데 달포는 훌쩍 가버렸다. 깜짝 놀라 예식을 올리는 하루 전날 집 가까이 있는 예식장을 찾았다. 사전에 분위기를 참조하기 위해서다.

나의 결혼식 때도 들었지만 그때는 주례가 무슨 말을 하였는지 아무 소리도 들리지 않았다. 아마도 긴장 때문이었을 것이다. 그래서 나는 부드럽고 기억에 남는 말을 간단히 하리라 생각했다.

"먼저 양가 혼주님께 이렇게 기쁜 결혼식을 진심으로 축하드립니다. 아울러 이 결혼을 축하해주시기 위해 찾아 주신 모든 분들께 진심으로 감사드립니다.

양가 부모님께서는 아드님과 따님을 걱정 안 하셔도 행복하게 잘 살리라 확신합니다. 왜냐면 부모 도움 없이 혼인 전에 집을 장만한다는 것은 힘든 일입니다. 그런데 오늘의 신랑·신부는 데이트와 결혼식 비용을 아껴 작은 아파트를 구입해 놓았습니다. 서로의 마음을 맞추어 멋지게 첫 작품을 만들기란 결코 쉬운 일이 아닙니다.

인생에는 모르고 시작하는 탄생이 있고, 알고 시작하는 결혼이 있습니다. 그 두 번째 출발점의 단추를 멋지게 끼웠으니 미래는 보지 않아도 잘되리라 확신하는 것입니다. 신랑·신부는 한국 아마추어 햄 동호인으로 시민들의 안전을 위하여 많은 봉사를 하고 있습니다. 남에게 봉사하는 분들은 남을 미워할 줄 모릅니다. 그런 두 사람이 만났으니 천생연분입니다. 그러니 양가 부모님들은 걱정 마시고 오늘처럼 크게 기뻐하시면 되리라 생각됩니다."

부모님께 걱정 마시라는 인사를 올렸다. 그리고 주례로서의 입장이 아닌 혼주의 입장에서 생각했다.

인생은 내가 주인공이 되어 만들어 가는 다큐다. 마지막 장까지 즐겁고 경쾌하게 만들어야 한다. 그래야 관객들이 불편을 느끼지 않고 웃으며 함께할 수 있을 것이다. 나의 아들딸이 결혼식을 한다면 무슨 말로 주례사를 해줄까 하는 생각이 머리를 스쳤다. 세끼 밥은 꼭 챙겨 먹어라, 집에는 일찍 들어가라, 그리고 광범위한 뜻이 포함된 '행복하게 살아라.' 등등이 있을 것이다. 하지만 며느리 입장에서 본다면 우선 돈을 많이 벌어와야겠지만 안 그런 척하면서 식사 준비도 남편이 같이 하고 설거지도 자주 해주길 바랄 것이다. 아내와 엄마의 입장을 알아주고 특히 처갓집에도 잘하고 아들 같은 사위가 되어주길 바랄 것이다.

그런데 교과서 같은 말을 한다면 그 말들이 귀에 남아있지 않을 것은 뻔한 것이라 생각되었다. 특히 긴 주례사는 더욱 그렇다.

내가 결혼하여 살아보니 행복한 결혼은 검은 머리 파뿌리 되도록 사는 데 있는 것이 아니라 내가 무엇을 해줄까를 생각하고 실천하면 행복한 가정을 이룰 수 있다는 것을 알았다. 그래서 말을 이어갔다.

"오늘 결혼하시는 두 분께 부탁드리겠습니다. 어제까지는 잘 몰랐다면 부모님께 물으면 되고, 배고프면 밥 달라고 하면 굳이 힘들이지 않아도 부모님이 모든 것을 해 주셨습니다. 그러나 이제부터는 운명의 수레바퀴에 휘말려 사는 사람이 아니라 그 수레바퀴를 함께 굴리는 사람이 되었습니다. 잘못하면 수레가 무너져 버립니다. 그렇기에 항상 반대쪽 바퀴의 입장에서 생각해 주셔야 합니다.

아름다운 꽃을 바라보면 보는 사람의 기분이 좋아집니다. 부부관계도 이와 같습니다. 가정이 화목하면 내가 행복해지는 것입니다.

남편이 아프면 아내는 간호하느라 몸과 마음이 아픕니다. 반대로 아내가 아프면 남편 역시 일이 손에 잡히지 않게 됩니다. 그래서 부부를 하나라고 합니다. 그러니 이제 신랑·신부는 나의 정신과 육체는 오로지 가정의 행복과 평화를 위하는 남편과 아내가 되어 주십시오. 그리고 진심으로 오늘 새롭게 출발하는 신랑·신부의 가정에 여기 계신 모든 분들의 마음을 모아 늘 행복한 가정을 이루시길 축원합니다."

따뜻한 마음을 담아 축복해 주었다. 그런데 나의 과거가 생각나고 가슴 찡하게 파고드는 묘한 이 기분은 무엇일까?

며칠 뒤, 중국 신혼여행을 다녀온 신혼부부는 보이차를 선물로 가져왔다. 저녁에 아내와 마주 앉아 이런저런 이야기를 하며 차를 마셨다. 떫은 듯 달콤하고 은은한 향이 코로 자극하였다. 비바람을 참고 지낸 인고의 시간과, 대지의 영양과 찬

서리를 녹이는 따스한 햇살과 아내의 정성이 차향에 스며 들었다. 오묘한 맛과 향이었다.

새롭게 출발하는 신혼부부의 삶에 코를 간질이는 차향처럼 은은한 사랑이 늘 함께하였으면 좋겠다. 요즘은 주례가 없는 결혼식이 있는 시절인지라 오래오래 기억하라고 주례사를 네 잎 클로버와 함께 코팅하여 선물하고 싶었다.

결혼식의 하얀 장갑은 순백을 의미한다. 이는 아무 이물질이 묻지 않았으며 무슨 색이든 묻히면 그대로 묻는다는 뜻이다. 검은 색을 묻히면 검게 나타나고 붉은색을 묻히면 붉게 나타난다. 내가 사랑으로 대하면 행복한 가정이 될 것이고 화를 낸다면 냉기가 돌 것이다. 그렇듯이 하얀 장갑을 끼고 입장하는 신랑 신부의 그 손으로 사랑과 행복을 물들였으면 좋겠다는 생각을 하며 장갑을 바라보고 있다.

가족을 위하여 정성이 담긴 붉은 양념을 배춧속에 치대고 있던 아내가 생각에 젖은 나를 깨게 한다. "여보! 뭐 해요? 배추안 주고."

큰아야! 오늘 시간 좀 내도

할아버지 제삿날이 다가오면 큰고모님이 생각난다. 한때는 부잣집의 딸로 자랐지만 시집간 후 고모부가 6.25 한국전쟁에서 전사하셨기에 원호가족으로 살았다. 하나뿐인 딸을 위해서 시장에서 과일 장사를 하시면서 서러움과 눈물의 세월을 억척스럽게 살아오셨다. 고종 누나는 학교 졸업 후 초등학교 선생을 거쳐 교장 선생님으로 퇴임하였다.

아버지 형제는 4남 2녀로 우리 부친이 맏이셨다. 젊어서 일본으로 건너가셔서 부모님과 형제를 위해 번 돈을 다 부쳐주셨다 들었다. 결혼 후에는 우리 가족을 위하여 열심히 사신분이다. 어머니가 하늘나라로 가시자 어머니 몫까지 하시며 자식들을 돌보셨다.

그러다 어느 날 쓰러지셨다. 소위 말하는 풍을 맞으시니깐 당신께서는 아이들이 엄마도 안 계신 세상이 불안하셨던지 하나씩 준비하셨는지 모른다. 동생인 숙부님 댁으로 가서 제사를 맡기시며 훗날 내가 크면 족보와 제사를 돌려주라 부탁하셨다 들었다.

몇 년 뒤, 아버지는 하늘나라로 가셨고 우리 집은 사채업자에게 넘어가 버렸다. 그때 한동안 나는 고모님 댁에서 고등학교 시절을 지냈다. 당시에 우리형제들은 시집간 큰누나를 엄마처럼 따르며 의좋게 지냈다. 세월이 흐르고 큰숙부님 댁에서 지내던 할아버지 제사는 아들인 사촌 형에게 넘기며 숙부님 또한 세상을 뜨셨다.

나는 경남 진해까지 가서 사촌 형에게 "이제 족보와 제사를 넘겨주면 정성껏 모시겠습니다." 하고 부탁하였으나 한마디로 딱 잘라 거절당했다. 뒤에 듣기로 할아버지 제사를 지내면 집이 번창하고 자식들이 잘된다는 점쟁이의 말 때문이었다. 그런 일이 있고 얼마 지나지 않아 사촌은 어디론가 이사를 가 버리고 집도 알 수 없었다, 아니 알려주지 않았다. 어찌 이럴 수 있나 싶었으며 어처구니가 없었다.

세월은 또 흐르고 큰고모님도 연세가 더 많이 드셨다. 부모
님이 생각나셨는지 큰고모님께서 주소를 손에 들고 대구로
오셨다. "큰아야! 엄마 아부지가 자꾸 꿈에 보이고 배가 고프
다 하시는데 자들이(사촌 형 내외) 제사를 안 지내는 갑다. 오
늘 내하고 한번 가보자." 하시며 주소를 내미셨다.

나는 일을 마친 후 고모님을 모시고 경주에 산다는 사촌 집
을 찾아 출발했다. 조그만 슈퍼를 한다기에 쪽지 주소 하나지
만 찾기는 쉬웠다.

고모님은 안으로 들어가시며 "제사음식 한다고 고생 많았
제?" 하시며 빛과 같은 속도로 부엌을 먼저 '휙' 둘러보셨다.
그러나 어디에도 음식을 만든 흔적은 전혀 없고 싸늘한 눈빛
만 왔다. 오히려 밤 10시가 넘어 이유를 따지고 묻는 고모님
께 대들어 시비만 붙었다.

사촌이 다쳐 병원에 있을 때 조상 때문에 뭣이 잘 안 풀린다
는 점쟁이의 말 때문에 개종을 하였다 했다. 그 제사를 모시면
재수가 좋다며 그렇게 우기더니 그런 일이 있으면 왜 넘겨주
지 않느냐며 따졌으나 소용이 없었다. 며느리와 합심하여 막
말하며 대드는 조카에게 충격을 받으셨는지 고모님은 이상한
증세를 보이셨다. 더 있으면 혈압으로 인한 쇼크가 염려되어

나가시길 권했다. 효의 마음이 송두리째 무너졌음을 느끼고
방을 나왔다.

대구로 오는 차에서 큰고모님은 쌍스런 단어를 섞으시며
화를 푸시려 했지만 쉽게 안정되지 않으셨다. 그러더니 "야
야! 우리가 오늘 어디 갔디노?" 하시며 오늘 무슨 일이 있었는
지 하나도 모르셨다. 걱정이 되어 고속으로 차를 몰아 자정이
넘은 시간에 집에 도착했다.

약장에서 청심원을 찾아 드리고 안정을 취하시게 하였다.
그리고 즉시 그동안 있었던 일을 아내와 의논하고 조그만 상
에 정화수와 초, 그리고 향을 준비하여 예를 올렸다.

"할아버지 할머니 지난 잘못일랑 용서하시고 오늘부터 저
의 집에서 제사를 올리겠습니다." 하니 큰고모님은 기뻐하시
며 우리 부부를 효손이라며 연신 칭찬하셨다. 나는 칭찬을 받
기 위해 한 일이 아니라, 얼굴도 모르는 조부모님이시지만 내
아버지의 부모님이시기에 당연한 일이라 말씀드렸다.

생수 한 잔 올려놓고 지내는 제사지만 왠지 뿌듯했다. 고모
님은 죄송스러웠는지 눈물을 보이시며 한참을 우셨다. 그때
부터 지내던 제사가 사십년이 되었다.

사촌들이 모일 일이 있어 그때 일을 이야기하고 참여하고

싶은 사람은 오라 이야기했다. 물론 부산에서 대구로 온다는 것은 쉽지 않을 것이다. 아무리 기차를 타거나 자가용을 이용한다지만 밤 열두 시가 넘어 제사를 모시니 다음 날 출근에 문제가 있음을 안다.

몇 번 참가하더니 이런저런 핑계를 대고 슬그머니 빠지더니 이제는 전혀 참여치 않는다. 사촌들을 나무랄 생각은 없다. 하지만 나는 가장으로 책임을 다하여 가족을 지켰듯이 손자로서 부모님이 지키셨던 일을 내가 할 수 있을 때까지 아내와 할 것이다.

제사는 유교의 가르침에 따라 제례가 생기고 장남에게는 책임이라는 굴레가 생겼는지도 모른다. 하지만 나는 제사가 꼭 일이 많고 귀찮은 것만은 아니라 생각한다. 제사는 형제와 이웃 간의 정을 나누는 날이기도 하다.

어릴 적 어머니는 제사를 지내고 나면 참석하신 분들 모두가 골고루 가져가실 수 있도록 종이에 음식을 포장하셨다. 식구가 많으면 조금 더 챙겨주시며 더 주지 못함을 늘 안타까워하셨다.

요즘은 물자가 풍부한 시절인지라 사촌과 이웃들도 받는 것을 오히려 싫어한다. 제사란 돌아가신 천자의 조부와 부친에 대한 예의 '제'와 돌아가신 이에 대한 예를 올리는 '사'를 합쳐 제사라 칭하였다. 하지만 이제는 시대의 변화에 따라 죽은 이에 대한 예를 통칭하여 제사라 부르고 그 의미마저 퇴색되어가고 있다. 나는 부모님으로부터 받은 사랑을 잊지 않고 있다는 약속의 표시로 당신이 좋아하시던 음식을 포함한 몇 가지를 만들어 받아온 사랑을 생각하는 날이라 생각한다.

많은 음식을 차린다고 복을 많이 주고, 음식을 조금 차린다고 복을 적게 주는 것은 아니다.

제사는 조상의 은혜를 생각하고 조그만 성의를 행동으로 보이는 날인 것이다. 조상님들은 무엇을 남기고자 하셨으며 나 또한 무엇을 남길 것인지 느끼는 날이라 하겠다. 그날을 통해 자주 못 보던 형제와 친지를 보고 안부를 아는 날인 것이다. 그런 제사를 아버지께 이어오시다 어린 아들에게 맡길 수 없는 그 마음이 오죽 아팠을까를 생각하면 나는 늘 마음이 찡해온다. "죽은 귀신이 음식을 차린다고 먹고 간답니까?" 하고 제사를 버린 사촌 형을 탓할 생각은 없다. 하지만 의논을 하지 않은 것은 용서가 되지 않았다.

이제 또 할아버지 제삿날은 다가오는데 몇 해 전에 돌아가신 큰고모님은 저세상에서 그립던 부모님을 만나셨는지….

3

잃어버린
지번을 찾아서

노트르담 드 파리

아내가 묻는다. "이번 토요일 저녁에 사전 약속이 있나요?" 는 아내의 질문에 "아니, 무슨 일이 있어요?" 하니 사위가 보내준 티켓으로 공연을 보러 가자 하였다.

우리 부부는 손주를 데리고 자주 들르는 딸이 준 티켓으로 오페라 공연을 종종 관람한다. 그래서인지 요령이 생겨 입장하기 전 복도 한쪽에 자리 잡은 배우들의 사진과 내용을 읽어보고 휴대폰에 담는다. 전체적인 내용을 먼저 파악해두고 관람하면 한결 재미있기 때문이다. 이번 공연도 서두르지 않고 5분 전쯤 입장하여 자리에 앉았다. 환하던 실내조명이 꺼지고 사람들도 조용해졌다. 서서히 무대는 밝아오고 희미한 모습이 보이니 무대 한 곳을 주시했다.

역사상 가장 길었던 백년전쟁으로 고통받던 민중들의 기도 소리가 멈추지 않았던 곳. 프랑스 파리의 노트르담 대성당 앞 광장에 집시들이 모여 노래를 부르고 있다. 자비를 구하는 그들에게 성당의 주교는 파리 경비대를 불러 매몰차게 쫓아낸다. 지친 몸을 쉬게 할 곳을 주십사 애원하듯 부르는 애절한 노래는 시대를 넘어 관중의 심장으로 파고든다.

그들 속에 치명적인 아름다움을 가진 여인이 보인다. 한눈에 반한 성당의 대주교는 종지기 콰지모도를 시켜 그녀를 몰래 납치하라 지시하니 콰지모도는 괴물같이 추한 얼굴에 꼽추로 태어나, 부모로부터도 버림받은 자신을 먹이고 키워준 주교의 명령을 거절할 수 없었다. 몰래 숨어서 기회를 엿보다 그녀를 납치했으나 순찰 중이던 파리 근위대장에게 붙들린다. 그녀를 구한 근위대장도 납치를 하던 꼽추도 그녀에게 빠져들었다. 한 사람을 두고 주교를 포함한 세 사람이 사랑의 갈등을 겪게 된다. 남녀 간에도 이쁘고 잘생긴 이성을 만나길 바라는 마음이 있었던 적이 있기에 그들의 입장이 된 것인 양 대화 속으로 빠져 들었다.

근위대장 페뷔스는 약혼녀 플뢰르 드 리스를 멀리하고 집시

여인을 사랑하게 되자 성당의 주교는 그녀를 자기 여자로 만들기 위해 근위대장을 살해하고 죄를 집시여인에게 뒤집어씌운 후 형틀에 묶어 자백을 강요한다. 자신의 여자가 되면 살려주고 그렇지 않으면 살인죄로 죽이겠다 한다.

삶과 죽음을 가르게 하는 노랫소리에 아내는 긴장하였는지 두 손을 꼭 쥐고 있었다.

당시의 주교는 막강한 권력자였다. 그런 그에게 이방인 집시는 길고양이쯤인 존재였던 것이다. 날이 새는 새벽까지 살려달라며 목숨을 구걸하고 주교의 여자가 될 것이냐 아니면 명예로운 죽음을 선택할 것이냐의 기로에 선 그녀를 숨어서 지켜보던 종지기 콰지모도는 괴로워한다.

성당의 십자가를 비추는 달빛이 희미해져 갈 때 여인은 "훌륭하신 신부님께서 왜 저를 사랑하십니까?" 가족이 있는 집시들에게로 돌려보내 달라며 애원한다.

서서히 날이 밝아오고 거짓 사랑을 거부한 에스메랄다는 죽임을 당하고 만다. 그녀의 모습에서 힘없는 서민의 아픔을 느낀 관중들은 숨죽여 울고, 대주교는 성당의 탑처럼 당당했던 자신이 한 여인에 대한 욕망 때문에 무너짐에 가슴을 치며 절규한다. 종지기의 눈을 통해 그려지는 빅토르 위고의 '노트르담의 곱추'는 프랑스 대표 뮤지컬이다.

몇 해 전 프랑스 오리지널 팀의 공연을 보았으나 이해도가 떨어졌다. 그러나 한국어 버전을 통하여 작품을 한층 가벼운 마음으로 이해하며 볼 수 있었다. 종지기를 통하여 그려진 작품을 보며 나는 여러 번의 봉사활동 중 언젠가 추었던 곱추 춤이 무척 죄스럽게 머리를 스치며 스크랩되었다.

장애자들도, 위문을 갔던 사람들도 음악에 맞춰 손뼉 치고 어깨를 들썩이더니 하나둘 춤을 추기 시작하였다.

그때 언뜻 나의 머리를 스친 것은 우리나라 병신춤의 선구자이신 공옥진 여사의 일명 곱추춤이었다. 한국 전통춤의 하나인 병신춤은 장애인들을 비하하는 뜻이 아니라 임진왜란 후 백중날 머슴과 몸종들을 하루 쉬게 하였는데 이때 밀양 지역에서 등장한 춤이 병신춤이라 하였다.

너무나도 사실적이며 예술적인 춤이었기에 기억에 남았었다. 하여 장애자도 비장애자들도 이 시간에 근심·걱정일랑 다 날려 버리라는 뜻으로 등에 수건을 넣고 춤을 추었다.

한참을 추다 보니 휠체어에 앉아 있던 한 장애자는 자신의 모습으로 비춰졌는지 침통한 표정을 지었다. 그가 바라본 것은 나의 춤이었는지 아니면 춤을 통해 자신의 현실을 본 것인지 긴장된 얼굴이었다. 순간 온몸에 경련이 일어났다. 장애자들에게 용기를 주려한 춤이 그분에게는 즐거운 자리가 아닌 음악은 천둥소리요, 춤은 비웃는 몸짓으로 비치게 된 것이다.

그 순간은 오랜 세월이 흘러도 잊을 수 없었다. 장애인과 비장애인 사이의 벽을 보았다. 누가 쌓은 벽일까? 마치 파리 시민과 집시들 같았다. 집시의 마음처럼 싸늘해진 그 벽.

벽은 틈이며 틈은 안타까움인 것이다. 당시, 떠돌이 생활을 하는 집시들은 인도 북부에서 코카서스 인종이 유랑집단 생활을 한 것이 시작이었다. 음악과 춤을 추며 이동하는 그들은 한 지역의 문화를 전파시키는 데도 큰 역할을 하였다. 지금은 집시의 수가 줄었지만 당시에는 살기 위해 이동하였으리라 생각되었다.

한곳에 정착하지 못하는 것이 아니라 한곳에 오래 정착할 수 없는 현실이 슬펐던 것이다.

현대의 삶 역시 이곳에서 저곳으로 직장과 사업관계로 옮기고 있다. 도시에 아파트를 두고 시골의 전원주택에서 살다 도시로 나가고 싶으면 나가는 사람들이 많다. 그렇게 조용한 곳에서 마음을 쉬게 하고 돌아가는 것도 현대판 집시임에는 틀림없다. 집시들에게도 그렇게 어느 곳에 머무르다 또 다른 곳으로 돌아갈 수 있었다면 얼마나 행복하였을까.

집시들의 삶은 현대의 노마드적인 삶 바로 그것이었다. 수많은 현재의 사람들이 마음대로 여행을 다닌 후 집으로 돌아와 쉬고 또 나가고 싶으면 훌쩍 해외로 여행을 떠나는 삶을 우리는 참으로 부러워하고 있다. 집시들은 하루하루 쉴 곳과 잠자리가 필요했던 것이다.

쉴 곳도 돌아갈 곳도 없는 삶, 그것은 마음에 상처를 입은 현대인들의 삶과 같은 것이다. 몸을 뉘고 마음의 안식을 취할 곳이 있는 사람은 행복하겠지만 그렇지 못한 이들에게는 하루하루가 지옥처럼 힘들 것이다.

지금 우리 주위에도 가족에게 따뜻한 밥을 먹이고 편안한 잠자리를 주려고 한국을 찾은 많은 동남아 노동자들은 물론, 자유를 찾은 탈북민들과 다문화 가족들이 있다. 살기 위해 몸부림치는 그들 또한 또 다른 집시인 것이다.

그들을 무시하고 배척하는 것은 대주교의 가면을 쓴 또 다른 나일 수 있다는 생각에 소름이 돋는다.

일출 매듭

따스한 햇살이 창밖에 서성인다. 아침저녁으로 찬바람이 아직 머물기에 창고에 놓아둔 추위에 약한 화초는 내어놓지 못하고 있다. 하지만 대문 밖 화분의 구근은 지난 추위를 혼자 견디고 푸른 새싹을 힘껏 밀어 올렸다. 그 힘을 막을 겨울 장사는 없었다.

봄날이 그렇게 다가왔다. 나의 생활에서도 강한 정신력이 필요할 때다. 그런데 경제날씨는 지난 몇 년간 꽁꽁 얼어붙은 겨울마냥 풀릴 기미가 없다. 먹는장사뿐만 아니라 병원도 많은 곳이 어려움에 처해있다. 그러니 의료수가에 반영되지 않는 제품을 취급하는 나의 사무실은 매출이 급격히 떨어졌다.

올해는 나아지겠거니 하며 기해년 첫날 새벽에 일어나 유자차 한잔 마시고 핸들을 잡았다. 그것은 내일을 밝혀줄 새해의 태양을 맞이하기 위해서다.

동촌 아양 철길 위에 섰다. 열차가 다니지 않는 이곳엔 시골의 오일장마냥 사람들로 붐빈다.

어둠이 아직 가시지 않은 전망대 아래의 물속 고기는 경기마냥 꿈쩍도 않는데 멀리 희뿌연 자동차 불빛은 바쁘게 움직인다. 나의 삶도 꼬리를 문 차들처럼 달려왔다. 물질적 노후 보장이 준비되지 않았기에 연초의 기도로 수입이 많아지길 바라는 약한 마음이 묻어있다.

누구나 태어날 때부터 노인이 된다는 사실을 가지고 태어난다. 그러나 우리나라의 많은 사람들은 생활하고 아이들 교육시키고 시집 장가보내다 보면 노후 준비는 생각할 여유가 없다. 아마도 나처럼 여유롭게 준비하지 못한 사람들도 많을 것이다. 대비하지 못한 그 고민거리의 매듭을 어떻게 풀 것인가?

한때는 자신감에 늙지 않고 무슨 일이든 다 할 수 있을 것만 같았다. 그러나 나이라는 무거운 짐을 과소평가한 것이다. 그러다 보니, 경제적 힘이 부치는 나이에 접어든 요즘 나도 남들처럼 태양의 기를 흠뻑 받을 수 있는 좋은 자리를 찾으려 하는 자신이 멋쩍어 피식 웃는다. 지난 일 년을 큰 성과 없이 보낸 것이 운수에 있는 것처럼 새해의 태양에다 끈을 이으려 한다. 모르지, 재수가 좋으면 그렇게 될지도….

새벽 찬바람이 옷깃을 파고든다. 하지만 한 해가 순조롭게 잘 풀린다면야 이깟 추위쯤은 참을 수 있다며 지퍼를 올린다.

내가 살아온 날들 속에는 찬바람이 불어오는 오늘같이 추운 날도 있었다. 친구들과 삶을 논하거나 행운을 말할 때 나 역시 부자를 기준으로 두고 말했다. 그러나 부자들은 부자가 되기 위하여 얼마나 많은 땀을 흘렸느냐 하는 시간은 말하지 않았다. 기적은 쉽게 일어나지 않는 것이다.

나의 땀, 그것이 기적이며 행운이 되는 것임을 나는 안다. 행운은 그것이 물질이건 정신적인 문제이건 이루려는 대상을 귀중하게 여겨야 이루어진다.

신정이라고 불리는 새해는 어떤 날인가?

지난 한 해 못다 한 일들이 있으면 더욱 힘을 내어 새 마음으로 기필코 하겠다는 다짐을 하는 날인 것이다. 일 년 중 음력으로는 11월 하순에 해당되니깐 아직은 겨울이 깊어가는 날이다. 그러나 토끼 꼬리만큼 낮이 길어진다는 동지가 지났기에 봄이 다가오고 있다는 시작의 날이라 할 수 있다. 어떤 일을 하고 있을 때 만약을 대비한 또 다른 이음선이 있어야 할 것 같다.

한때, 우리나라 병원에는 면회객이나 환자 보호자들에 대한 소독제 개념이 부족할 때 유행병이 찾아왔다. 아직 준비 되어있지 않은 많은 병원이나 학교 그리고 기업체 등 사람들이 붐비는 곳에서는 야단이 났다. 손으로 옮길 수 있는 병에 대한 세균 이동 차단제가 부족하니 생산이 수요를 맞출 수 없었다. 그때 많은 곳에서 허가받아 생산되었으며 유행병은 잡히고 제품이 남아돌았다.

그 품목들은 덤핑이 되어 전국에 뿌려졌다. 원가가 높고 재고가 많이 남은 회사는 당연히 문제가 되었다. 사전에 단단한 매듭이 되었어야 했다.

대비의 매듭은 끈목의 한 끝과 다른 끈을 서로 맞이을 때를 말한다. 한쪽 끝이 짧아서 어떤 물체를 묶지 못할 때 또 다른 끈을 이용해 매듭을 엮어 적절한 곳을 묶는다.

매듭의 방법은 여러 가지 있겠지만 이어진 끈으로 대상을 묶는다는 사용의 목적은 같을 게다. 그리고 끈은 단단히 묶어야지 스스로 풀리면 어떤 대비되어있지 않은 또 다른 일이 생길지 모른다.

새해의 초하루처럼 매일매일 다짐하고 성실히 일했다면 삶의 끈은 단단히 매어졌을 것이다. 12월 31일과 1월 1일은 하루 차이지만 큰 의미가 있는 날이라 할 수 있겠다. 봉이 김선달은 그믐에 시집온 며느리에게 하루가 지난 초하룻날 아기를 안 놓는다고 타령을 했다지 않는가. 하루 사이에 1년의 세월이 지났다는 것이다. 하루를 일년 같이 사는 마음가짐도 중요할 것이다.

신은 누구에게도 연습의 삶을 주지 않는다. 나에게도 지난 삶을 지우고 싶은 때도 있었다. 그러나 나 역시 연습 없이 살아온 삶이다. 내가 서있는 발아래 얼음 밑으로는 소리 없는 물이 흐르고 있다. 봄은 올 것이고 그 물은 싹을 틔우고 꽃을 피우며 열매를 맺을 것이다.

차가운 손을 호호 불며 행복한 미래로 매듭을 연결하려는 나에게, 태양의 찬란함 그 자체만으로도 큰 힘이 될 것이기에 팔을 높이 들어 외친다.

또 다른 나의 새해여. 파이팅!

막내 처남댁

전화가 걸려왔다.

"자형요, 영천으로 이사 왔는데 소주나 한잔하입시더."

오랜만의 전화도 반갑지만 가볍게 한잔하자는 말에 "좋지." 라고 대답을 한다. 도시생활에서 며칠이나마 탈출하고 싶은 나는 아내와 영천군 화남면으로 차를 몰았다. 산 아래 물가에 지어진 집은 아담하고 보기 좋았다.

입구 나무에 '행복의 집'이라 조각된 통나무 조각이 멋지게 보인다. 아니 부러웠다. 마당의 붉은 진흙은 아직 세력을 뻗치지 못한 잔디와 일렬로 사열을 받는다. 개울물에 비친 하늘을 본다. 파란 하늘에 흰 구름이 공사 마무리를 독촉하는 양 빨리 움직인다.

손아래 처남은 양산에서 태어나 부산과 김해에서 살았다. 예쁜 두 딸을 서울로 유학을 보낸 후 도시 생활보다 귀촌이 좋다고 여겼는지 결정을 하고 실행에 옮긴 것이다.

처남은 귀촌이 되겠지만 아이러니하게도 먼저 시골 생활을 제의한 쪽은 서울 토박이인 처남댁이다. 처남은 시간 날 때와 금요일 저녁부터 토요일과 일요일이면 항상 영천에서 통나무 집을 지어가며 출퇴근을 한 것이다.

상주하면서 집을 짓는 목수친구 한 명과 둘이서 집을 짓는 동안 처남댁과 두 딸은 처남의 허락 하에 세계일주 여행을 떠났다. 몇 달 동안의 긴 여행이었다. 그 기간 동안 처남은 혼자 밥을 해먹으며 직장에 다니느라 많은 고생을 했을 것이다. 고생을 각오하고 처자식을 멀리 여행 보낸다는 것은 돈보다는 세계를 보고 느끼고 앞으로의 인생에서 진정한 행복을 찾기 위해서일 것이다.

처남은 우리의 결혼생활이 몇 년 흐른 어느 날 공수부대 복무 중 사귀던 아가씨와 함께 우리 부부에게 왔다. 홀로 남으신 장인어른을 모시겠으니 결혼의 협조를 부탁해왔고 우리는 쾌히 찬성했다.

새색시가 되어서 홀시아버지를 모신다는 것은 결코 쉬운 일은 아니다. 그런데 그런 결정을 내려주어 참으로 고마웠다. 결혼 후 삼시세끼 따뜻한 밥을 챙겨드리고 깨끗한 의복을 입고 다니시게 했다. 신혼생활 때와 같이 두 아이가 태어나도 아이들을 돌보며 어른을 공양해왔다. 생활에 도움이 될까 봐 분식집을 부업으로 운영할 때도 언제나 변함없이 정성을 다했다. 고된 하루 일정에도 얼굴에는 미소를 잃지 않았다.

그렇게 이십 년 넘게 모신 어느 날 방문 요청이 와서 만나니 요양병원에 모셔야 할 사정이 생겼다. 기억력이 쇠퇴하셔서 밖에 나가시면 집을 찾아오지 못하는 일이 잦은 치매 초기 증상이 생겼다. 손위 처남들과 상의 후 고향인 양산 요양병원으로 모시게 된다. 집사람과 나는 수시로 요양병원을 방문하여 면회 후 음식점에서 삼계탕도 찢어 드리고 원 밖 목욕탕으로 모시고 가 전신을 깨끗이 씻겨 드린다.

혼자서 힘들 것 같지만 꼭 그렇지만은 않았다. 어떤 날은 큰 것을 기저귀에 실례할 때도 있었고 그보다 더할 때도 있었으나 나는 사위로서 웃으며 돌봐드린다. 시골의 목욕탕이라 사람이 없을 때도 있지만 변 냄새로 손님에게 누를 끼칠까 봐 빠르게 동작을 취하기도 한다. 그러면서 나의 눈에는 자식을 돌

본 후 기력이 다하신 모습과 돌아가신 나의 아버지 생각에 눈물이 고인다. 고향의 강으로 회귀하여 새끼들에게 몸을 내주고 죽어가는 연어의 희생이 생각나 가슴이 아린다.

그런 세월을 보낸 후 깜빡깜빡 잊으시는 일들이 더욱 잦아지더니 아흔셋의 어느 날 하늘나라로 가셨다. 사위로서 마지막 가시는 길을 슬픔 속에 고이 모셨다.

세월이 흘러 영천으로 이사 온 처남댁은 도시생활과는 다른 시골 생활에 할 일을 찾지 못하다 이웃 과수원의 일을 돕게 된다. 어느 여름 자두 복숭아를 따는 일들을 돕던 중 쓰러졌고 김해 처남으로부터 급한 전화를 받은 나는 119에 연락을 취하고 영천으로 향했다.

새로 지은 집을 찾는 데 애먹은 구조대는 고생 끝에 환자를 병원으로 이송하였고 우리 부부가 도착하니 "제가 여기에 왜 있어요?" 하는 것이다. 낮의 일들은 까맣게 잊어버린 것이다. 나는 뇌와 관계되는 일인지라 큰 병원으로 옮겨 정밀 진단을 권했고 늦게 도착한 처남과 의논하여 대학병원에서 정밀 검사를 받았다. 뇌에는 이상이 없고 더위로 인한 열사병 같다는 진단으로 한숨을 돌렸지만 혼쭐이 난 처남은 장날에 병아리를 구입해서 키우게 하고 고추 오이 작두콩 등을 심고 한낮 무더위를 피해 심심풀이 텃밭농사를 짓게 하였다. 그리고 틈틈이 수필집이나 문학지 등을 읽으며 행복한 전원생활을 즐긴다. 옛날의 서울 사람답지 않고 시골 아낙이 되어있다.

청와대 경호원과 선생님이 꿈이었던 두 딸과 외국 여행 중 찍은 사진은 모녀간의 정을 더욱 두텁게 만든 액자가 되어 벽에서 웃고 있다.

행복이란 욕구가 충족되어 즐겁게 사는 것이라 말하기도 한다. 그러나 인간의 욕심이란 한정이 없기에 충족이 될 수 없을 것이다. 그래도 우리들은 행복을 찾아 끝없이 노력을 아끼지 않는다. 우리 주변의 많은 사람들은 조그마한 것에 만족하며 행복에 젖어 사는 사람들을 종종 보게 된다. 많이 가지지도 않았는데도 남을 도와주며 베풂에서 행복을 찾는다. 행복은 밖에 있는 것이 아니라 내 안에 있는 것이다.

나에게 있는 조그만 것일지언정 남에게 줄 때 진정 행복해지는 것이다. 행복을 찾아 세계여행을 다녀온 결과인지 텃밭으로 나가는 막내 처남댁의 얼굴에서 시아버지를 사랑으로 모실 때와 같은 잔잔한 미소가 피어난다.

거울

　남자가 보인다. 가장의 하루가 희석되고 세월의 흔적이 묻어나는 옅은 점과 잔주름이 그저 수수하게 나이 든 모습이다. 조금 더 가까이 보니 흰 머리카락이 솔잎마냥 이곳저곳에서 삐쭉삐쭉 고개를 내밀었다.

　빗질을 해 보지만 은빛 솔잎은 오랜 세월을 버틴 대나무마냥 고개 숙일 줄 모른다. 거울에 비친 자화상이다.

　아! 벌써 이렇게 되었나? 오늘은 다른 날과 달리 늘 겉만 보였던 거울 속에 또 다른 무엇이 있음을 느낀다. 거울은 빛의 반사를 이용하여 물체의 형상을 보여주는 물건이다. 평면 유리 한쪽에다 수은을 발랐지만 모든 것을 그대로 비춰주고 있다. 안에는 본래 아무것도 없다. 텅 비어있기 때문에 무엇이든 다 채울 수 있다. 손을 비추면 손이 보이고, 사람이 거꾸로 서면 그도 나를 따라 거꾸로 서서 버틴다. 내가 한가로이 저녁을 먹고 있으면 그도 평화로운 만찬을 즐기고 있다.

거울은 물체가 사라지면 비침 현상 또한 사라지고 아무것도 남지 않게 되는 것이다. 길가의 꽃은 지나가는 이들을 즐겁게 해주지만 그는 꽃을 피우고 향기를 내뿜지 않는다.

보이지 않는 향기나 내면은 그도 어쩔 수 없나 보다. 꽃이 거울에서 사라졌다 하여 그 꽃이 없어진 것도 아니다. 그런데도 두께 1cm 정도밖에 안 되는 그곳에 저 깊은 바다를 다 담고, 저 넓은 자연을 다 품고 있다. 그는 참으로 넓은 마음을 가졌나 보다.

코흘리개 친구들이 떠오른다. 배고프던 그 시절의 우리는 골목에서 어울려 놀았다. 자치기, 벽치기, 구슬치기, 술래잡기 등 여러 놀이로 어울렸다. 해가 지고 어둑어둑할 때 누나가 저녁 먹으라며 큰 소리로 귀가를 알리면 모두 아쉬워하며 헤어졌다.

그때는 지금처럼 컴퓨터나 게임기 등 특별한 놀잇감이 없었기에 골목길에서 또래들이 어울려 뛰놀기 일쑤였다. 그중에서도 낮에는 손거울로 멀리 있는 담벼락과 친구들의 얼굴을 향하여 반사된 빛을 미사일을 쏘듯 재빨리 손목을 움직이며 놀던 기억도 있다. 한 친구가 손거울로 멀리 미사일을 발사하면 우리들은 재빨리 따라갔다. 그때 촌스런 이름을 가진 예쁜 옆집 꼬마 숙녀도 있었다. 여고 시절 법원 판결로 이름을 바꿨지만 그 아이에게도 빛이 전달되면 사랑을 눈치 채고 받아 주기라도 하듯 윙크로 깜빡여 주었다.

거울! 거울은 비춰주는 것이다. 마치 요술쟁이만 같다. 눈앞에서 각도만 맞추면 멀리 있는 물체도 볼 수 있다. 그러나 아쉽게도 너무 멀리 있는 사물이나 골목길에서 뛰놀던 아련한 추억은 보여주지 않는다. 미국으로 이사 가 살고 있는 오랜 친구도, 첫사랑 꼬마 숙녀도 거울로 보고 싶다. 각도를 돌려 볼 수만 있다면……

이몽룡은 성춘향과 이별할 때 "대장부의 평생 마음 빛과 같은지라 몇 해가 지나도록 변하지 아니할 것이니, 깊이 간직하고 내가 보고 싶을 때 나를 본 듯이 열어보라." 말하고 명경을 줬다 한다.

도련님이 보고 싶어 하루에도 수없이 명경을 보고 안녕과 과거급제를 기원하던 춘향의 시선은 볼 수만 있다면 한양 이곳, 저곳을 각도를 맞춰가며 도련님을 찾았을 것이다.

희미해져가는 명경에 먼지라도 앉을까 봐 노심초사하며 닦고 또 닦았을 춘향의 사랑이 머리가 희끗해져가는 나와 같이 안쓰럽다.

사람들은 꿈속에서 거울이 깨지면 무슨 일이 생길까 봐 걱정을 하곤 한다. 이와 같이 하루에도 몇 번씩 접하는 거울은 우리들과 밀접한 관계가 있다.

거울은 내가 노래를 불러도 같이 화음을 맞춰주지 않고, 화를 내어도 화를 보여주지 않으며 그저 시늉만 낼 뿐 마음을 나누지 않는다. 그래서 거리를 두어야 한다.

그는 즐겁거나 슬프다고 눈에 띄게 흥분하지도 않고 소리쳐 울지도 않는다. 언제나 냉철함을 유지하고 현대를 살아가기에 그런 장점을 배우려 노력한다.

나는 하루에 한두 번쯤 아무 생각 없이 그를 보았다. 그저 남에게 불쾌감을 줄 수 있는 이물질이나 묻지 않았는지 혹은 넥타이는 바로 메어졌는지 그리고 거울에 비춰진 얼굴의 표정은 밝은지 정도로 보았다. 그때는 선정禪定의 심성心性으로 그를 바라보지 않은 것 같았다. 하지만 이제는 진심으로 그에게 다가갈 수 있다.

　고요한 물에는 사물이 비치지만 성난 파도 속에는 사물이 비치지 않을 것이다. 비침일지라도 볼 수 있으면 느낄 수 있을 것이고 느끼면 행할 수 있는 것이 될 것이다. 어리석다면 거울에 반사되는 사물만 바라볼 것이고, 현명하다면 그 속의 진상眞像을 보리라 생각되기에 나는 그가 다치지 않도록 호~호 불면서 온몸을 어루만지며 닦고 또 닦는다.

　남은 생을 함께할 거울 속 신사에게 말한다. 그대! 오늘도 행복하시게나.

잃어버린 지번을 찾아서

헌법 제1장 제3조 '대한민국의 영토는 한반도와 그 부속도서로 한다.'

동사무소와 관계기관에 재한 유엔 기념공원의 안내장에 인쇄된 부산시 남구 대연4동 779번지를 문의하니 '불명'이라고 안내해줄 뿐이다.

이곳은 대한민국에 있으면서도 대한민국 땅이 아닌 곳이다. 어렵게 확인한 결과 소유자는 '국제연합기념 묘지 위원회'로 되어 있다. 다른 곳은 매매가 가능하나 이곳은 사고 팔 수 없는 세계 유일한 유엔 땅.

일요일 아침 기차와 버스를 이용하여 참혹한 한국전쟁의

역사이며 목숨 바쳐 지키지 않으면 조국의 땅도 잃을 수 있음을 보여주는 교훈의 장소에 발을 디뎠다.

슬프고 아픈 사연을 간직한 곳. 그러나 푸른 잔디와 붉은 장미는 나를 위로라도 하듯 반겨준다. 자유와 평화를 지켜준 임들의 영원한 안식처.

초병은 경례를 하며 경건한 곳임을 말없이 보여 준다.

초여름으로 접어든 한낮의 이글거리는 태양은 나의 머리 위에 사정없이 내리쬐고 있다. 포탄이 비 오듯 쏟아지던 전쟁터에서 쉼 없이 쏘아대던 총구의 열기만큼이나 후끈거리는데도 한 번도 본 적 없는 사람들을 위해서 목숨 바쳐 평화를 선물한 그들은 아직도 그때마냥 오와 열을 맞춰 군인답게 누워 있다.

이제는 편히 쉬시라고 속으로 크게 외쳤으나 휴전 중이므로 대한민국이 통일되는 그날까지 그럴 수 없다는 것만 같다. 눈물과 통곡의 역사를 기록한 이곳 현판에는 '이 성지는 1951년 유엔군 사령부에 의하여 설치된 유엔 전몰용사 2,300위의 영원한 안식처이다. 자유와 평화를 위하여 고귀한 희생을 바친 분들을 추모하기 위하여 세계 유일의 유엔 산하 기념 묘지로 지정하는 협정을 체결한 바 있다.'라고 기록되어있다.

모두가 아버지 어머니의 귀하디귀한 아들이며 귀여운 아기의 아버지이자 든든한 남편이었을 것이다. 그러나 이들은 머나먼 이국땅에서 한 줌의 흙이 되어 사랑하는 가족에게 돌아가지 못하고 고국의 하늘만 그리워하고 있다고 생각하니 가슴이 아린다. 첫 전사자 앞에서 묵념을 한다. 가슴 뭉클한 이 느낌은 무엇일까?

마음이 짠하여 다른 곳으로 걸음을 옮기니 조금 전에 보지 못한 나무가 서 있다. 나라꽃인 무궁화다. 힘센 청년들의 울퉁불퉁한 장단지의 근육 같은 무궁화 세 그루가 용사들을 지키겠다며 마치 사천왕처럼 두 눈을 부릅뜨고 늠름하게 서 있다.

한국전쟁은 우리의 조국을 황폐화시켰고 포탄은 강산을 송두리째 무너뜨리고 남은 것은 눈물과 배고픔뿐이었다. 그때 고난의 행군을 하며 남으로 남으로 피란길에 오른 우리들의 부모님 세대는 살기 위해 몸부림쳤고 그해 8월 18일 대한민국의 임시 수도로 정해진 부산은 유엔군 순몰 장병들의 영현 안치소가 될 수밖에 없었을 것이다.

평화를 위하여 목숨 바친 임들이 모셔진 이런 장소에 무궁화가 있으니 우리들의 마음을 대신하는 것만 같다. 한여름에 매일 피어나는 무궁화는 역경을 딛고 일어선 우리 민족의 강한 정신을 나타낸다. 한민족의 상징인 무궁화에는 민족의 얼이 스며있다.

무궁화는 우리 민족의 사랑을 받는 꽃으로 영원히 피고 또 피어서 나라를 부강하게 번창시키는 지지 않는 꽃이다. 무궁화라는 단어가 애국가에서 사라지지 않는 한 임들의 고귀한 희생은 찬란히 빛날 것이다.

삼천리 방방곡곡에 들꽃마냥 피었던 생명력 강한 그 꽃은 포성이 멎고 정전이 된 지 어느덧 환갑이 지났으나 아직도 그 상처를 모두 다 치유치 못하였다.

그러나 임들의 희생 위에 근면한 민족정신은 세계 어느 민족도 쉽게 이루지 못한 건설을 이루었고 이제는 세계평화에 기여하는 국가가 되었다.

세계역사상 우리와 같이 빠르게 안정되고 경제적으로 성장한 나라는 없다. 기적을 이룬 것이다. 먹고 놀며 시간을 소비하는 국민이 아니다. 배고픔을 참고 저축하고 오로지 미래의 무지개를 꿈꾸며 성실한 자세로 이루고야만 쾌거인 것이다. 오늘날의 풍족하고 평화로운 한국은 그렇게 이루어진 것이다.

웃음소리에 고개를 돌리니 아이들과 산책 나온 가족의 행복한 모습이 보인다. 그들을 바라보며 지긋이 미소를 짓는 용사를 상상해본다. 그러나 나는 유월이 되면 어머니와 외할머니의 모습을 잊을 수 없다. 두 아들을 전쟁으로 잃은 외할머니는 대가 끊어졌고 늘 웃음기 없으신 슬픈 모습으로 국가에서 주는 약간의 연금을 생활에 보태어 쓰셨다.

그리고 오라버니의 사랑을 듬뿍 받던 어머니 역시 매한가지셨다. 초상집 같은 분위기의 연속이었을 가정에서 무슨 큰 기쁨이 있을 리 없었다. 전쟁 통에 가족과 오라버니를 잃은 사람이 어디 한둘이겠는가. 두 오라버니를 잃고 사춘기를 보내신 어머님은 아마도 큰 상처를 안고 한생을 살았으리라 생각된다.

나에게는 외삼촌이 안 계신다. 보고 싶어도 그저 속으로 눈물만 삼킬 뿐이다. 그래서 나는 전쟁과 연관된 것을 보면 어머니가 더욱 생각난다. 젖은 눈으로 무궁화와 용사들을 본다. 대한민국 땅이면서도 한국인이 소유주가 아닌 이유를 오늘을 살아가는 나는 역사를 교훈으로 삼을 것이다. 그리고 외친다. 대한민국은 아직도 전쟁이 끝나지 않았다고!

이제는 아플 나이

　가까운 사람들로부터 아프다는 소식을 들으면 '덜컥' 겁부터 난다. 나이가 들면 예전처럼 건강하지 못하기 때문에 언제 병원신세를 질지 모른다. 친구들 간의 모임을 오래 못 하다 오랜만에 기차와 버스를 갈아타고 만남의 장소인 부산 어린이대공원 입구에 닿았다.

　초등학교 시절 소풍도 가고 여름방학이면 식물 채집과 곤충 채집으로 나비와 잠자리를 잡던 숲길은 엄청 달라졌다. 조그만 나무는 하늘을 찌를 듯 자랐고 오솔길은 산책하기 좋게 잘 다듬어져 있었다.

　장마 뒤의 하늘이 푸른빛을 띠고 있다. 깔깔대고 소리치며 가재를 잡던 계곡을 따라 맑은 물이 쉼 없이 흘러 내려온다. 머리가 희끗한 친구와 목욕을 하였던 옛 길을 따라 이야기를 하며 둘레길을 돌고 있다. 숲속의 상쾌함 때문인지 사람들의 표정이 밝다. 반대편에서 내려오는 아주머니와 아저씨도 어릴적 동무를 찾는지 고개를 바쁘게 두리번거린다. 한참을 걷다 점심을 먹을 겸 식당에 갔다. 오리고기와 반주로 한잔씩 했다.

허기진 배를 약간씩 채운 후에야 서로의 지난 일을 좀 더 정확히 알 수 있었다. 그중 한 친구가 건강검진에서 폐에 이상이 발견되었다 했다. 정확한 재검진을 위하여 서울로 갈 것이라 했다. 걱정을 안고 집으로 돌아와 며칠 소식을 기다렸더니 다행히 오늘에야 카톡에 소식을 올려놓았다. 'N은 서울 S병원의 검사결과 초기이므로 수술이 가능하다는 결론이 나왔다.' 하였다.

집안 모두 가톨릭신자인 친구는 군인 시절 담배를 배웠다. 나도 군인 시절 그 친구처럼 담배를 배웠다. 고된 훈련을 하고 조교가 "십 분간 휴식"이라면 그 자리에 서서 "담배 일발 장전"이라고 큰 소리로 외치면, 조교는 또다시 "발사"를 외쳤고 우리는 더 큰 소리로 "실시"라는 구호와 함께 맛도 모르는 화랑담배에 불을 붙였던 기억이 난다. 그러다 고참이 되고서는 고향 생각과 친구들이 그리울 때면 스스럼없이 피웠던 상상초. 담배는 그때부터 오랫동안 나를 따라다녔다. 그랬던 담배를 20년 전에 나는 끊었고 그 친구도 10년 전 끊었다. 그런데 오늘 모임에서 이런 충격적인 소식을 들으니 놀랄 수밖에 없었다.

N은 "예전에 섬유회사 다닐 적의 미세먼지가 문제였는지 모르겠다."며 건강에 신경을 쓰지 못한 자신의 탓하며 "너무 걱정하지 마라. 나는 담담하다."며 오히려 친구들을 위로하였다. 그 말속에는 가족들을 돌보며 열심히 살아온 오랜 세월이 녹아 있었다. 그는 "요즘은 2, 3기는 절제술로 깨끗이 제거한다."더라며 우리들에게 오히려 용기를 주었고, 혹시나 다른 곳으로 전이되지 않았길 바랄 뿐이었다.

수술실로 가기까지의 며칠은 금방 지나가고 수술 당일 오후가 되어서, "이제 막 수술실로 들어갔다."는 글이 올라왔다. 그러고는 다음 날 아침까지 수술 경과에 대해서 아무 소식이 없었다. 아마도 보호자로 아내와 아들이 따라 갔겠지만 전화를 건다는 것은 바쁜 간호를 성가시게 할 뿐인지라 누구 하나 전화를 걸지 못하고 그저 소식만 기다릴 뿐이었다. 사랑하는 사람을 수술실로 보내놓고 밖에서 기다려본 사람은 피를 말리는 그 기다림의 심정을 알 것이다.

긴 긴 시간이 지나고 반가운 소식이 올라왔다. 불교를 믿는 나는 그가 믿는 천주님께 감사의 기도를 했다.

나도 한때 동산병원 수술실로 아내를 들여보내놓고 걱정이 되어 두 손을 모아 기도하고 또 기도하였다. 수술실 의사가 수술실을 나올 때는 마치 하늘의 신같이 위대하게 보이기까지 하였다. 그리고 얼마나 애를 태웠는지 나는 며칠간 가벼운 몸살을 앓았다.

이제 나이가 든 사람들은 자주 아프게 되어있다. 오랫동안 사용하였으니 기계라도 고장이 난다는 말이 실감난다. 누군가는 "잘 죽는 것이 잘 사는 것보다 어렵다." 했다. 그 말은 스스로 건강을 잘 지키라는 뜻일 게다. 예방주사는 철저히 맞고 아프거나 이상이 생길 때는 병원을 찾아 작은 병을 키우지 말아야 할 것이다. 나이 든 사람들은 병원을 찾기보다는 주위의 사람들이 말하는 "이런 것이 어디에 참 좋다 하더라."는 말을 믿고 그것을 먼저 먹는다. 그러다 시간이 지나고 난 뒤에 병을 키워서 난리를 일으킴을 종종 볼 수 있다.

병의 치료는 확실한 진찰에 의한 처방만이 치료의 지름길이다. '이런 것이 좋더라.' 하여도 솔깃하지 않는 마음이 병을 치료하는 기본임을 곱씹으며 N의 지나온 시간을 되돌아본다.

그는 참으로 열심히 살았다. 스스로 격려하며 없는 가정을 일으켜 세우며 살아온 삶의 무게가 무거워 고장 날 만도 하였다.

오래된 집의 지붕에 비가 샐 수 있듯이 어디 멀쩡하게만 있을 수 있겠는가. 틈이 생기면 고치고 또 메우듯이 병원에서 치료를 받고 조금 쉬어야 할 것이다.

나도 모두가 지나온 날들처럼 바쁘게 살아왔다. 그리고 삶의 맛을 느낄 여유도 주지 않는 채 천년만년 살 것처럼 지금도 살아가고 있다. 그러다 건강을 잃으면 인생이 허무하다거나 억울하게만 여길 수밖에 없는 시간들을 보냈었다. 그러다 간간이 나를 둘러보고 주위를 둘러보려 애쓰곤 하였다. 그때서야 자신과 가족들이 건강하게 지내고 있음에 고마워서 뭉클한 마음을 느끼곤 하였다.

감사의 마음이 든다는 것은 아파본 경험이 있다는 뜻이다. 나도 역류성 식도염을 겪으며 몇 년 동안 음식을 조심하였고 콜레스테롤이 문제가 되어 담석증도 생겼다.

언젠가 수술을 해야 할지도 모른다는 말에 겁부터 났다. 요즘은 의학기술의 발달로 담석제거 수술은 개복수술에서 복강경 수술로 발전했다 하니 안심이 되지만 건강에 신경 쓰기로 마음속으로 다짐하였다. 하지만 인간의 몸에 있는 모든 장기는 각자 할 역할이 있을 것인데, 하는 생각에 제거를 하여도 아무 문제가 없는지 걱정이 되기도 한다.

담석이 생긴 원인은 담즙의 흐름이 방해되었기 때문이며 방해 요인으로는 잘못된 식습관과 스트레스 그리고 여러 가지의 가공식품과 과당 등이 담즙을 걸쭉하게 만들었기 때문이라 하였다.

친구 또한 그랬을 것이다. 몸에 조금씩의 신호가 왔지만 가족의 생계를 위한 책임감에 오늘도 바쁜데 별일 아니겠지 하며 그냥 넘어갔을 것이고 그것이 결국에 오늘 같은 결과를 만들었을 것이다. 그렇듯이 나 또한 늦게나마 느끼고 있다. 아프지 않아야 가족과 사회에 도움을 주고 내가 받은 사랑을 모든 이들에게 조금씩이라도 되돌려 줄 수 있다는 것을.

미래는 평균 백세 시대라 하지만, 아픈 몸으로 오래 사는 것보다도 스스로가 건강한 몸으로 활동하며 몸에 갑자기 빨간 신호등이 켜지기 전에 성숙되고 삶의 가치를 느끼는 시간들을 가짐이 좋을 것 같다는 생각이 든다. 언젠가 놀러왔던 세상의 소풍시간이 다하면 다음 여행지로 철이나 들고 가야지 라는 생각에 아픈 것이 오히려 다행이라 느껴진다.

바위에도 역사는 있었다

땅의 기운을 느끼며 천천히 걷는다. 봄바람이 계곡을 휘감고 정상으로 향하다 돌아와 뒤처진 우리를 밀어준다. 목 줄기가 시원하다.

혈압이 약간 있지만 워밍업이 되고 나면 잘 걷는다 말하는 수필가 박 선생의 건강이 걱정되어 두 남자는 보디가드를 자청하고 이런저런 이야기를 하며 뒤처져 함께 산을 오른다.

싱그러운 풀내음이 코를 간지른다. 아카시아가 꽃비를 뿌리고 느티나무는 단풍나무와 무리를 이루어 나도 있노라며 잡목들 사이에서 흔들거린다. 시원한 산바람을 가슴속 깊이 들이켠다. 이때 뿌스스 소리가 들리기에 고개를 돌리니 댓잎이 온몸을 흔들고 있다.

어느 한쪽을 최고라 말할 수 없어 눈치 채지 못하도록 코로는 아카시아 꽃향기를 맡으며 눈은 천년을 지켜온 노송을 바라보았다. 싱그럽다. 종달새와 산비둘기마저 이리저리 왔다 갔다 안내를 하니 보디가드조차 즐겁다.

정상으로 가는 길옆을 흐르는 개울은 왜적으로부터 백성을 지키려 만든 산성의 의미를 말하려는 듯 졸졸거리고, 몸서리 치는 임진왜란(1592년)과 병자호란(1636년)을 겪은 바위는 성벽이 되어 백성을 지키지 못해서일까? 아무 말을 하지 못하고 침묵하고 있다. 바위의 마음도 모르고 산을 오르는 사람들은 "야! 그 바위 쉬어가기 참 좋다."며 깔깔거린다.

뒤처져 있던 박 선생이 또 걸음을 멈췄다. 보디가드 두 남자도 걸음을 멈췄다. 그녀가 지치고 힘들어하는 것은 채워지지 않아 밤하늘의 빈 달 같게만 여겨졌던 시어머니 때문이라 했다. 근래 저세상으로 보낸 허망함이 발걸음을 붙잡았는지 모른다. 남편과 두 아이를 뒷바라지하며 중풍과 치매를 앓으시는 시어머니의 손발이 되어 눈물겨운 10년 세월을 보냈다 했다.

꾸밈없는 소박한 밥상에다 빠질 수 없었던 반찬 하나는 며

느리의 손길이었으며 미소 지으며 김치도 찢어주고 고등어자반도 발라 주었다 했다. 애환과 정이 된장찌개마냥 어우러졌던 오랜 세월은 산성인 양 뭔가를 지키고자 했을 것이다. 그랬기에 한순간에 허물어져 내렸는지 모른다.

땅에 박혀있는 바위처럼 그냥 밟고 지나갔던 것이 아니라 너와 나 그리고 우리를 지키는 성을 만드는 시간과 같은 간병의 시간들. 그렇기에 가슴속에 묵직한 바위가 되어 살았는지 모른다.

자종은 자종을 번식시키며 함께 어울려 살아간다. 고기는 고기를 낳고 나무는 씨앗으로 번식시키듯이 사람은 사랑으로 지키고 바위는 돌멩이와 모래를 만들고 세월 속에서 지낸다. 저 혼자 이동할 수 없는 돌이 무슨 도술이라도 부릴 수 없으니 비바람을 맞으며 오랜 세월 동안 뭇사람들이 밟고 지나가 닳아 없어질 뿐이다. 흔적을 남기려면 깨어지고 부딪히고 다듬어지는 만큼 성숙할 것이다.

그렇듯이 잘못된 역사가 또다시 잘못되는 일은 막아야 한다. 고치지 않고 그냥 두면 그것이 원인이 되어 또 다른 잘못이 도미노처럼 연쇄적으로 일어나 모든 것을 무너뜨리게 한다. 그렇다고 과거에만 묻혀 산다면 미래로 나아갈 수 없을 것이다. 다가오지 않은 미래를 걱정할 것도 없지만 지나간 일들로 더 나은 미래로 한 발도 내딛지 못한다면 그 발은 이미 발이 아닌 것이다.

자연은 묵언으로 우리에게 보여주고 있다. 흐르는 저 물조차 서로 먼저 가려고 밀치지 않고 나아간다. 언젠가 라디오에서 들려온 우스갯소리가 기억났다.

아들과 함께 서울서 비행기를 타고 부산으로 가던 할머니가 화장실을 다녀온 후 비어있는 VIP석을 보고 좋아하며 앉자 스튜어디스가 "할머니! 할머니 자리로 가세요, 그곳은 할머니 자리가 아닙니다." 하자 할머니는 "뭐라카노, 나는 좋은데……" 하며 들으려 하지 않자 마침 지나가던 신사가 "할머니 어디 가십니까?" 하니 "나는 부산 간다 아이가." "아! 그렇습니까, 그런데 그 자리는 부산 가는 자리가 아니고 광주 갑니다." 하자 할머니는 놀라며 벌떡 일어나 자기 자리로 갔다고 하였다. 이처럼 모두는 있어야 할 자리가 있다.

우리들의 삶에서도 자기가 편하고 좋다고 무작정 고집만 피워도 안 되듯이 자리는 그런 것이다. 돌이 담이 되었을 때는 넘거나 아래로 지나갈 수도 있다. 뿐만 아니라 누군가를 지켜줄 수도 있지만 땅속에 그냥 묻혀 있거나 벽이 된다면 단절이 되는 것이다. 그것은 여럿에게 불편을 주고 나아가 이웃에 해를 끼치는 것이다.

나부터 제자리를 찾아야 한다는 생각을 한다. 선조의 정신과 삶을 찾으려 모아둔 깨어진 기왓장에서 나는 또 다른 나를 찾으려 한다.

발길 닿은 악양 들판

　높고 먼 곳에서 들판을 바라보고 싶었다. 그래서 평사리 언덕을 오르고 있다. 봄볕이 내리쬐는 오르막길은 어느새 매화가 만발하다. 사랑은 눈으로 오고 음식은 입으로 들어오지만 봄은 코로 온다고 하였다.

　매화축제가 한창인 섬진강에서 봄바람이 불어오고 있다. 웃음꽃을 피우기 시작한 예쁜 꽃에 코를 가까이 하니 봄 향기가 짙다. 또 경사를 오른다. 물방앗간 앞에 멈춰 섰다. 방앗간은 자물쇠가 채워져 있고 오랜 세월 동안 사람이 이용한 흔적이 없다. 그러나 소설 속의 오복이 할매도, 평산네도 빨랫감을 이고 이곳으로 내려올 것만 같다.

　하인들의 집에는 표주박이랑 수수, 빗자루 등이 걸려있다.

어릴 적 할머니 댁에서 보았던 모습들이랑 같다. 무쇠솥은 끓고 싶은지 얼른 땔감을 넣어달라고 보채고 있고, 어머니가 노랗게 눌어붙은 누룽지를 긁어 주시던 그때처럼 귓가에는 어디선가 빡빡 긁는 소리가 들려온다. 천천히 참판댁으로 발걸음을 옮긴다. 서희도, 하인도 모두 떠나고 없는 큰 집을 누가 쓸었는지 마당은 깨끗하기만 하다.

동학혁명에서 근대사까지 「토지」의 배경이 된 이곳에 한 많은 우리 민족의 생활모습을 조성해 놓았다. 서희가 살던 기와집은 하인들이 살던 집보다 훨씬 위쪽에 있다. 댓돌 위의 평상에 올라서니 천장에는 문틀이 매여있고, 멀리 보이는 들녘이 평화롭다.

최참판이 미소 지으며 보았을 넓고 넓은 악양 벌판은 그때처럼 봄을 알리며 파랗게 변하고 있다. 나도 참판마냥 뒷짐을 지고 들판을 바라본다. 봄바람은 아직 군데군데서 겨울잠을 자는 벌판을 사정없이 흔들어 깨우고 있다.

땀 흘려 일하다 참이라도 가져가면 피곤한 다리를 뻗고 쉬었을 하인들의 쉼터인 그곳에는 아직도 다정한 부부송 두 그루가 옛 모습 그대로 서 있다. 하인들의 휴식처가 되었던 나무를 보니 아들딸과 손주들에게 우리 부부 또한 오래도록 쉴 수 있는 그런 나무가 되어야겠다는 생각이 든다.

땀을 식혀주는 나무 저쪽에서 섬진강은 발을 담그러 얼른 오라며 소리 내며 흐르고 있다.

하지만 나는 모른 척 봄볕에 졸고 있는 최참판 댁의 긴 담에 기대어 한 장의 사진을 찍으며 토지의 아름다운 무대를 즐긴다. 서희와 길상이가 금방이라도 나올 것 같은 곳에서 어려웠던 당시 사람들이 살려고 몸부림쳤던 인간의 본성이 기와 하나하나에 기록되어 있는 것 같다.

우리가 살아가는 현실도 그때와 별반 다를 바 없을 것이다. 그저 물질만 약간 더 풍족할 뿐 사람 사는 곳은 언제나 희망과 고난이 함께하기 마련이다.

토지의 배경인 평사리는 시내에서 떨어져있고, 서희가 뛰놀던 마당은 그 모습 그대로인데 내가 자랐던 옛집은 사라지고 없다는 것이 못내 아쉬웠다. 그러나 오랫동안 떠나온 고향이지만 나는 자주 갈 수 있는 곳이기에 만주로 떠난 서희처럼 괴롭지 않다.

요즘 시대는 가보고 싶을 때 어느 곳이든 마음만 먹으면 언제든 갈 수 있지만 서희는 머슴 길상과 함께 도망쳐 아이 낳고 살면서 고향 집이 얼마나 그리웠을까 생각하니 측은한 마음이 들었다.

고향은 어머니 품속 같은 곳이다. 도시에서 태어난 사람들은 옛 동네엘 가면 오히려 아는 사람이 하나도 없다. 설령 있다고 한들 오래 만나지 않은 관계로 자주 만나며 부대끼는 이웃 사람들보다 정이 없겠다는 생각이 든다. 하지만 자주 만나는 사람들끼리라도 이념투쟁이 있으면 서로에게 상처를 주게 된다. 상처는 주는 이도 가까이 있고 받는 이 또한 가장 가까이 있는 사람이 된다.

우리가 살아가면서 멀리 있는 사람들과는 티격대질 않는다. 항상 자기 주변 사람과 다투거나 문제를 일으키게 되어있다. 미국이나 아프리카에 있는 사람이 아무리 나에게 욕을 해도 나는 무감각이지만 가까이 있는 사람이 그러면 마음병이 생기게 된다.

서희가 살던 그 시절에 내가 있었다면 어떻게 처신했을까하며 소설 속의 한 사람이 되어 피식 웃는다. 그 당시 사람들이나 오늘날의 사람들이나 삶은 똑같다. 얼마나 만족을 느끼며 서로 도와가며 행복하다는 생각을 하느냐에 차이가 있을 뿐이다. 시대가 만든 불쌍한 삶은 당시의 서희뿐만 아닐 것이다.

역사마냥 나의 삶 또한 아들딸에게 보여질 것이기에 넓은 들판을 바라보며 마음 밭에 행복의 씨앗 하나 심는다.

황량한 바람만

  협곡열차는 굽이굽이 운치 있게 돌아간다. 경치를 보기 좋게 좌석배치를 달리하였기에 아름다운 자연이 다가와 안긴다. 직선으로 곧게 뻗은 금강송은 봄바람에 나폴거리는 풀들이 함께 다가왔다 이내 눈에서 사라진다.

  시커멓게 흘러갔던 옛 물은 이제 돌멩이가 보일 만큼 맑은 물이 되어 흘러가고 있었다. 낙동강 상류 황지천은 흘러가며 소를 이루었고 석물을 만든 구문소는 가히 절경의 얼굴로 나를 맞았다.

  수천 년 동안 흐르며 만든 침식작용은 자연동굴을 형성하였고 동굴을 휘감는 푸른 물은 신바람이 난 듯 춤을 추고 있었다. 마치 늙은 할머니가 가문의 비법을 숨기고 종부에게 물려줄 때를 기다리는 듯 신비함을 지니고 있었다.

역 중간 중간 일행과 사진을 찍으며 밝은 표정을 짓던 나는 철암역에 내렸다. 대합실이라고 할 만큼의 웅성거림은 없다.

마지막 살길이라며 찾아왔다던 이도 하나 보이지 않고 조용히 장사꾼만이 반겼다.

한때 강아지도 만 원짜리를 물고 다녔다는 강아지는 한 마리도 보이지 않는다. 시커먼 석탄 가루를 뒤집어쓰고 눈만 반짝이며 작업하던 탄부들은 다 떠나고 썰렁한 광장이 맞이한다. 기념품을 판매하는 가게에 서서 얼마 안 되는 일행이 강원도 명물 감자떡을 맛보고 있다.

피내골에서 걸어와 반갑게 맞이해주던 지인조차 없는 썰렁한 태백. 남쪽과 달리 뒤늦게 노란 얼굴을 한 개나리가 산에서 내려와 대신 반겨준다. 탄이 벗겨져 깨끗해진 산바람이 싱싱거리며 말을 건넨다.

산에는 여기저기 승냥이들이 뼈와 골을 다 빼어먹고 껍질만 있는 것 같은 능선이 이어져 있다. 동적인 도시에서 검은 굴의 아궁이로 파고드는 추억의 도시가 되었다.

눈물을 밟으며 한 발 한 발 희망찬 미래의 탄을 캐었을 탄부들에게 맑은 공기는 사치요 땀만이 양식이 되었던 그 시절, 빛은 밖으로부터 밝아오고 있었다.

광부라는 이름이 되어 말하는 서럽고 슬픈 사랑이 묻어있는 갱도는 사라졌다. 그래서 그곳에 갈 수도 없다. 대신 시는 사라지는 마을을 보존키 위해 예산을 들여 매입한 집과 가게에 역사를 심어 놓았다. 따끈한 쌍화차 마시며 바라보았던 다방의 요염한 마담도 떠나고 보조개 미소 짓던 아가씨도 보이지 않는다.

소주 한잔하며 동료들과 삶을 말하였다던 식당도 없다. 하지만 그 다방과 식당에는 추억의 물건들이 앉아 있었다. 자연의 방이 되었고 까치의 방이 되었다.

좁고 퀘퀘한 냄새가 나는 계단을 내려가니 방 앞에는 시커먼 고무장화 수십 켤레가 서로의 어깨를 기대고 서 있다.

주인 잃은 방은 기다림에 지쳤는지 싸늘하게 식었다. 마치 나의 아버지가 돌아가시고 난 후처럼 텅 비어 있었다.

뼈가 부스러지고 정신도 없는 몸처럼, 구멍 숭숭 뚫려 무게도 없는 추억의 바람만 불어온다.

병원에 앉아

　내가 아내를 처음 만난 것은 이십대 후반이다. 손잡고 영화를 보고 카페에서 분위기 있는 음악을 들으며 데이트를 하는 시간을 많이 가지고 싶었다. 소설 같은 멋진 연애를 하리라 생각했건만 일찍 철들지 않은 나는 직장 생활을 하면서 업무와 연관된 곳에 시간을 빼앗기고 술을 자주 먹게 되었다.

　직장 생활하는 그때는 일반 회사원들이 공무원들보다 월급을 많이 받을 때다. 나 역시 적잖은 돈을 받았기에 저축하고 모았다면 이른 나이에 여유로운 생활을 하고 있었으리라 생각되었다. 당시 나의 업무는 주로 병원과 보건소 그리고 기업체 의무실이 주 거래처였다.

어느 날이었다. 거래처 담당자가 보험 가입을 권유했다. 그의 아내가 하는 보험 영업이라 하였기에 몇 번 거절하였으나 갑을 관계로 더 이상 피할 수 없었다.

무리한 금액을 일 년 넘게 납부하다 힘에 겨워 취소하였다. 그랬더니 보험은 중간에 해약하면 한 푼도 줄 수 없다 하였다. 손해를 많이 보았다. 업무로 인한 도움을 받았기에 더 따지고 들 수도 없었다.

그런 나에게 아내는 정성을 다하였다. 남들에게 첫인상이 나쁘지 않게 출근하는 남편의 양복과 와이셔츠는 언제나 깔끔하게 준비해줬다.

지금까지도 와이셔츠는 풀을 먹여 눈부시게 하얀빛이 나게 다려 놓는다. 깔끔한 차림의 나를 보고 사람들은 "사모님이 참으로 부지런하십니다." 할 때는 왠지 기분이 좋고 어깨가 으쓱해졌다. 종이같이 하얀 셔츠를 입은 이들은 많지 않음을 나는 안다.

그런 아내를 위하여 일찍 귀가하고 좋은 아파트라도 빨리 마련하여야 했건만 부모님을 일찍 여읜 나는 자신을 다스리지 못했다. 요즘의 아내들이라면 대뜸 따지고 대화라도 하였겠지만 아내는 왜 그렇게 하지 않았는지, 어쨌거나 나는 지난 과거가 후회스러웠다.

　내 집을 갖지 못하고 방 한 칸에 부엌 딸린 신혼집에서 오래 지냈다. 그러면서 아이들은 대학을 다니고 졸업을 하였다. 마음의 여유를 가지고 살아가는 토요일 오후, 시간을 내어 가족이 함께 들안길 먹자골목에서 고기를 먹고 집으로 가던 중 아내가 메스껍고 속이 불편하다 하였다. 집에서 소화제를 먹었으나 통증을 호소하기에 예감이 좋지 않아 시내 D병원 응급실로 갔다.

　그러나 그곳에는 술을 먹고 피를 흘리며 오는 사람들이 우선 치료 대상이었고 복통을 호소하지만 겉으로 멀쩡해 보이는 아내는 뒷전이 되었다.

　그렇지만 오늘은 시간을 두고 기다려볼 사정이 아닌 것 같아 당직의사에게 빨리 검사해줄 것을 부탁했다. CT, MRI 등을 촬영한 후 심장까지 체크하였다.

　그러더니 긴급수술이 될 수도 있다며 사전 동의서에 서명을 하랬다. 나는 겁이 덜컥 났다. 입원이 결정되었고 급속으로 여러 곳을 다시 촬영하였다.

　오래전, 아내의 가슴에 귀를 대고 심장 소리를 들은 적이 있었는데 불규칙하게 박동하였기에 내심 걱정을 했었지만 이럴

줄 몰랐다. 결혼 후 이런저런 걱정을 하게 한 것이 원인이 되었나 싶어 마음이 몹시 아파왔다.

어릴 적, 아내는 바로 위의 오빠와 함께 부모님을 도와준다며 소여물을 자르다 손을 다친 적이 있다. 그때 놀란 일이 심장에 무리를 주었나 생각하며 걱정을 잠재울 수 없었다. 사춘기를 보내며 다친 손 때문에 실의에 빠졌을지도 모른다는 생각에 마음이 무거웠다.

불안의 시간이 한참이나 흐른 뒤 심장내과 교수님의 호출로 수술실에서 설명을 들을 수 있었다. 선천적으로 약한 심장이었다. 천만다행으로 약물치료가 가능하다 하였다. 아니 평생 약을 먹으면 아무 일 없이 지낼 수 있다 하였다.

나의 눈에는 나도 모르게 눈물이 흘렀다. 마취에서 깨어나는 아내의 손을 잡으니 그때야 안심이 되었다. 나는 그 후로 마음에 충격이 될 만한 말은 삼가게 되었다.

시인은 꽃에서 우리네 인생을 읽고, 의사는 환자의 표정에서 그 사람이 살아온 삶을 읽는다 했다.

아내가 아파 괴로워할 때 나는 두려웠다. 몇 번일지라도 함부로 한 말들이 상처가 되었나 싶어 후회를 많이 하였다. 제발 무사하기를 바라며 두 손을 모은 자신을 보고 내가 아내를 사랑하고 있음을 느끼게 되었다.

의사는 신으로 보였다. 아니 신보다 위대하게 보였다. 수술실로 들어가는 의사에게 나는 부탁하고 또 부탁을 한 후 부처님과 하나님께 기도를 올렸다. 제발 아무 탈 없게 해 주십시오 하고.

나무는 흙과 함께 있을 때 자라고 열매를 맺을 수 있다. 부부 또한 함께할 때 마음의 안정을 가질 것이다. 서로가 잔소리를 하지만 그 속에는 사랑이 듬뿍 녹아 있기 때문이라 생각된다. 방에 모래가 있으며 빗자루로 쓸어내지만 그 모래는 공사장에서는 중요한 자재가 되듯이 삶에서 아내의 잔소리도 아름답게 느껴졌다. 아내가 없는 세상은 생각조차 할 수 없다.

아내를 위해 특별히 해준 것도 없지만 나에게는 무엇과도 바꿀 수 없는 소중한 사람인 것이다. 그저 이렇게 오래도록 함께하고 싶은 사람이다.

흔적

꽃향기가 다가오니 반갑게 맞아 즐긴다. 감영 뜰 안, 봄볕이 머무는 선화당의 팔작지붕은 겹처마의 고운 자태를 뽐내고 있다. 우진각, 팔작, 맞배 등 다양한 형태의 기와 중에서 팔작지붕이 가장 멋져 보이기에 오랫동안 쳐다보고 있다.

쭉 뻗은 곡선미는 여인의 한복 끝자락마냥 아름답다. 치켜오른 양끝은 마치 춘향이가 그네를 타는 것처럼 높이 올라가 있다. 그 아래를 거닐고 있는 나는 발걸음도 가벼운 이도령이 되었다.

이곳은 낮이면 노인들이 많이 찾는다. 벤치에 앉아 떠나버린 세월이 다시 돌아오길 바라듯 한숨을 내쉬는 그들 앞으로 젊은 연인이 지나간다. 노인들의 시선도 따라간다.

한 노인이 옆 노인에게 "늙으면 할 일도 없고 사람대접도 제대로 못 받아요." 하시니 "맞아요, 나이를 먹는다는 건 나이만큼 약만 많아질 뿐이지요." 하고 받아치는 말속에 지금 힘이 없음을 한탄하는 것 같다. 그러고는 먼 허공을 보고 있다.

언젠가 나도 더 나이가 들면 친구와 이곳에 앉아 있을지 모른다는 생각에 노인과 빈 벤치를 번갈아 본다.

지금은 아직 건강상 문제 없기에 열심히 활동하고 있지만 훗날 나도 저들처럼 앉아 있을 때, 그때 나는 무슨 생각을 할까?

사람들이 산책하는 이곳은 대구 중심가에 위치하고 있지만 예전에는 경상감영이었다. 읍성마저 사라지고 없지만 지금의 대구역 앞 대우빌딩에서 중앙파출소 쪽으로 이어지는 '동성로', 염매시장 쪽의 '남성로', 서문교회 쪽의 '서성로', 그리고 공구박물관 쪽에서 대우빌딩 쪽으로 이어지는 '북성로'라는 도로명을 남기며 한때 이곳이 성내였음을 말하고 있다.

일제로부터 해방된 후 공원이 되었으며 관찰사가 업무를 보던 곳인 선화당과 처소로 쓰인 징청각은 사적으로 지정되었다.

사적은 문화재 중에서 역사와 학술상 가치가 큰 유적지로 판명되면 국가가 특별히 지정하는 것이다. 그래서 꽃길이 조성되었고 벤치도 마련되었다. 산책을 하다 잠시 앉으니 한가한 마음이어서 그런지 새소리는 더욱 크고 맑게 들리고 봄꽃의 향기 또한 짙게 다가온다.

천천히 뜰 안을 돌아 뒤쪽으로 나있는 길을 걷는다. 푸른 나무 위에서 한낮을 즐기는 새들이 갑자기 이 나무에서 저쪽 나무로 푸드득 날아다니며 젊음을 과시하는 듯 분주하다.

위를 한번 보고 몇 발자국 더 걸으니 화단에 '경상도 관찰사 및 대구 판관 선정비'라는 비문과 역대 판관들의 선정비가 세워져있다. 각양각색의 모양은 업무에 임하는 자세처럼 제각각으로 달랐다.

안내판에는 대구향교 및 시내 도처에 산재해 있던 것을 시민들에게 참뜻을 알리고자 사람들이 많이 다니는 이곳 감영으로 옮겼다고 기록되어 있다. 그 뒤쪽에 세월을 간직한 비림은 구전으로 전해오는 옛이야기를 들려 줄 것만같이 잿빛의 얼굴을 하고 있다. 하지만 유래비가 존재하지 않으니 안쓰럽게 느껴진다.

지금은 관풍루의 북마저도 달성공원으로 옮겨졌다지만 어

디 소리가 시공에 머물 수 있으랴!

　뜰 안에서, 조용히 눈 감고 귀 기울이니 멀리서 세월을 뛰어넘는 북소리가 들려온다. 맑디맑은 그 소리는 민족의 한이 서린 듯 은은하게 귀에서 온몸으로 퍼져간다. 야간통금을 알리는 북소리가 울리면 누구도 성밖 출입을 할 수 없었던 그 시절.

　돈 벌러 간 낭군님이 혹시나 못 올까 초초히 기다리는 지어미에게 북소리는 천둥소리마냥 크게 들렸을 것이다. 조선 시대에는 떼강도들이 많아서 사람들이 많이 모이지 않으면 높은 재를 넘지 않고 날이 새기를 기다렸기에 반밖에 넘지 못했다는 사연을 가지고 있는 가까운 곳의 반고개에 대한 흔적도 상상으로 이어졌다.

　성터를 지키려면 힘이 있어야 하였듯이 힘이 없어 지키지 못한 어제의 흔적을 생각한다. 지켰건 지키지 못했건 그 시간들은 국가의 역사 혹은 개인의 인생사로 기록되어갈 것이다.

　기록이란 상세히 남기면 상세한 역사가 되겠지만 감영처럼 흔적이 남거나 성터처럼 지워지고 기록으로만 남는 역사도 역사인 것이다.

　한참을 서서 생각하는 나의 앞을 동남아 말을 사용하는 사람들이 웃으며 우르르 지나간다.

우리들의 역사를 깊이 알 필요 없는 외국인들이 기념사진도 찍고 걸어가며 그들의 안내자는 과연 잃어버린 우리들의 역사를 어떻게 말하는지 알 길이 없다. 지워져 버린 과거의 역사는 슬프다. 나의 잃어버린 과거가 슬픈 것처럼. 그렇기에 나는 지나온 흔적을 지키고 싶어 일기도 쓰고 기록으로 남기길 노력한다.

부모님의 사랑을 받아 공부하며 자란 시간만큼 그 가치를 빛나게 하고 싶고 나를 도와준 사람들의 정성에도 진실과 성실을 다할 것이다.

그것은 지금도 선화당이 되어 남아있는 팔작지붕의 기와가 말하고 있다. 마음을 열고 천천히 걸어 나오는 공원길은 더욱 아름답게 보였다. 그 아래를 지나 돌아 나오니 노인들은 보이지 않고 나무의 긴 그림자만 말없이 앉아있다.

풍선과 같은 복

세찬 바람이 불어대는 창밖과 달리 컨테이너 안은 그나마 포근하다. 벽 쪽으로 나 있는 조그만 창문 저 멀리 밤하늘의 별들은 깜빡거리며 새날을 맞는 바다를 조용히 내려다보고 있다. 난방은 되지 않지만 겨울의 찬바람을 피할 수 있고 그나마 담요 속이라 온기가 있기에 영주에서 건설업을 하는 이와 비스듬히 누워 이런저런 인생 이야기를 나눈다. 그러다 휭 하고 세찬 바람이 불면 잠시 하던 이야기를 중지하고 파도 소리를 듣는다.

자갈은 한 해를 다 보낸 오늘에서야 무슨 잘못이라도 한 것마냥 크르르, 크르르 소리를 낸다. 밀물과 썰물에 밀려다니는 소리다.

한 해의 끝자락을 부여잡고 밤바다로 밀려왔던 어둠은 각자의 마무리는 현재 손에 쥔 만큼에 만족하고 또 다른 새날을 준비하라며 자정을 향해 쉼 없이 흘러간다.

새 각오를 하고 더 나은 미래를 위해 여기 온 목적을 잊고 일신의 편안함에 젖은 두 사람은 문득 일행이 생각났는지 일어나 그들 곁으로 간다. 그리고 기도를 한다. 그러나 시간이 흐를수록 다리는 후들거리며 바닥을 향해 내려가길 거부하며 맞서고 있다. 조그만 고통조차 참지 못하면 아무것도 할 수 없다며 스스로를 독려하며 한 배 한 배 마음을 다잡는다. 고통스럽던 무릎은 어느새 통증조차 사라졌다.

오래전, 저녁 무렵부터 다음 날 아침까지 밤을 꼬박 새워 오천 배를 해본 경험이 조금 도움이 되었는지 모른다. 다리와 허리는 자동으로 하심의 세계로 인도되어 몸은 땀에 젖고 마음은 가벼워졌다.

'인무백세인 왕작천년계人無百歲人 枉作千年計'라.

사람이 백년도 채 못 살면서 헛되이 천년을 살 계획과 욕심을 내는 것을 꾸짖는 선사의 말씀이 귓가를 맴돈다. 나는 간혹 새해 일출을 보고 한 해 한 가지의 결심을 하기 위해 1박 2일로 바다를 찾을 때가 있는데 이번에는 서해를 찾은 것이다. 고통을 견딘 결심은 결과를 이루는 데 큰 도움이 된다.

천년을 살 계획이 아닐 바에야 오늘을 보람되게 산다면 그 오늘은 아마도 오래도록 이어질 것이다.

언젠가 아무 쓸모없이 버려진 남이섬이 아름다운 힐링섬으로 탈바꿈된 것을 보았다. 한 사람의 결심이 많은 사람에게 하면 된다는 것을 보여주었다. 10년이 걸려 아름다운 섬으로 바뀐 것처럼 가꾸어 나가면 되리라 생각되건만 우리는 당장 눈앞의 욕심만 바란다.

욕심이 별로 없는 선승이 보는 달과 내가 쳐다보는 밤하늘의 달이 다르지 않을진대 그것이 다르게 느껴지는 것은 무엇일까? 이제껏 무엇을 보고 있었는지 자신에게 묻는다.

달은 태양과 지구의 자전과 공전이라는 우주와의 큰 약속을 어기지 않았기에 둥근 모양에서 다른 모양으로 바뀌지 않고 있다. 만약 그 약속을 어겼다면 네모가 되든 세모나 별자리 모양이 되었을지도 모른다. 선승은 만족스런 복 달을 만들었는데 나는 해와 달을 보고 복을 달라고 하였다.

풍선과 같은 복! 세게 누르면 '펑' 하고 터져 버리고, 이곳에서 지그시 누르면 저곳으로 볼록 솟아오르고, 준비 없이 빨리 잡으려고 꽉 쥐거나 속이 궁금하다고 뾰족한 것으로 찢으면 아무것도 가질 수 없게 사라져 버리는 풍선. 그런 둥근 풍선을 손가락으로 살살 긁으면 '뽀옥, 보옥' 소리가 난다. 그래서 풍선과 같이 둥근 달과 해를 바라보며 복을 비는 것일까? 바보스러워 헛 미소를 지어본다.

풍선은 한번 터트리면 다시 불 수 없다. 아무리 세게 불어도 공기는 채워지질 않는다.

복은 진정으로 필요한 사람이 한 땀 한 땀 뜨개질하듯 만들어가는 것이지 그냥 빌고 요구하는 자의 것은 아닌 것 같다. 오백 배를 마치고 법당에 꿇어앉아 새해 소망을 기원한다. 그러나 다리가 아프도록 기도한 보람도 없이 아무 생각도 들지 않았다. 멍하니 앉아 있는데 갑자기 "그건 빌어서 구할 것이 아니라 잘하면 잘되고, 잘못하면 안 된다. 그러니 아무 생각 말고 그냥 열심히만 하면 돼!" 하는 평범한 말씀이 화살촉처럼 빠르게 스친다.

순간, 아! 이것이다. 세상사 모든 일을 열심히 하기로 하고 올 한 해는 받는 해가 아닌 사랑을 주는 해로 바꿨다. 매사 빌어서 된다면 어려운 사람들이 어디에 있겠는가. 성공이라는 결과는 최초의 결심이 흔들리지 않도록 다져주는 노력의 조각들이 모여진 것일 터.

먼 훗날 좋은 결실의 열매가 열린다면 그것은 땀의 열매일 것이며, 결과를 좋게 하려면 몸과 마음이 최상이 되도록 하는 것이 최선일 것이라 여겨졌다.

산의 정상을 가려면 멀리 볼 것이 아니라 바로 발밑을 보며 걸어야 하듯이 우리의 삶 속에서 복이란 이루어가며 완성하는 것이라 여겨진다.

강 건너 뭍으로 갈 때 돌다리나 나룻배가 있으면 산을 둘러 가지 않듯 앞으로 나아갈 길에 인생의 경험이 묻은 돌멩이 하나쯤은 미리 물에 던져두고 싶다.

한겨울 추위를 이겨 냈을 때 매화는 비로소 순백의 꽃을 피우고 고운 향을 만들어낸다고 하였다. 어떤 고난이 닥쳐오더라도 그 어려움을 이기고 꽃을 피워봄도 좋으리라는 생각이 든다.

눈을 돌리니 새벽기도를 온 사람들이 찾아들고 서해 간월도의 파도 위로 물에 젖은 태양이 붉은 옷을 입고 새해의 여명을 밝히고 있다.

4 ————

언약의
반지

삼성현을 만나다

물에 비친 나무와 하늘이 한 폭의 그림이다. 흐르던 구름이 내려와 동양화가 된 반곡지 아름다운 호숫길을 걷는다. 호수는 있는 그대로를 비춘다. 봄에는 새잎 돋아나는 싱그러움을 보여주고 여름에는 짙은 녹음을 만들고, 가을에는 울긋불긋 예쁜 얼굴을 하더니 겨울이면 그곳에 하얀 눈꽃을 올려놓는다. 이처럼 자연은 이 세상을 살아온 어떤 모습도 잊지 않고 보여준다. 이곳 경산은 삼성현의 고장이어서인지 그들의 모습이 물에서도 어린다. 둑길을 걸어 나온다. 어느 시인의 시가 안개처럼 떠오른다.

물 속에는 물만 있는 것이 아니다
하늘에는
그 하늘만 있는 것이 아니다
그리고 내 안에는
나만이 있는 것이 아니다

한참을 바라보니 내가 살아온 길도 거울과 같이 수면 위에서 출렁인다. 성현을 뒤따르려면 어떤 마음이어야 하는가를 생각한다. 푸른 잎처럼 되라는 듯 버들잎이 비친다. 수령 300년 된 왕버들의 푸른 잎이 물 위에서도 푸른빛을 지니고 있다.

세 성현이 산자락에서 태어났다고 해서 삼성산이라 이름 지어지고, 산이 가까이 있고 삼국유사를 지은 일연스님과 화쟁사상을 설파하신 원효스님 그리고 우리말을 표기하는 이두문자를 창제하고 발전시킨 설총이 태어난 고장에서 나를 비춰보는 오후는 한가롭다.

설총은 신라 십현의 한 사람으로 왕의 곁에서 자문을 맡았다고 기록되어있고 또한 그가 창제한 이두는 그가 죽은 뒤에도 천년이 지나 국어가 일제의 핍박으로 망해가던 19세기 조선조까지도 중인들 사이에서 공문서 작성에 사용되었으니 얼마나 국어 발전에 기여했는지 알 수 있다.

원효스님은 당나라로 불법을 구하러 가다 한밤중에 마신 썩은 해골 물을 토하는 자신을 보고 "모든 것이 마음에 달렸으며, 사물 자체에는 더러움과 깨끗함이 없다."며 크게 깨우쳤다. 갈증이 날 때는 그렇게 맛있던 물이었는데 어찌 똑같은 물을 두고 다르게 느낀 것은 물의 문제가 아니라 자신의 문제임을 제시한 선사.

스스로가 자유로워야 함을 알려준 성현의 고장에서 나 또한 스스로를 가두지 않았는지 생각한다. 당시 원효스님은 나만 잘 살려 해서도 안 되는 다양성의 화쟁사상을 설파하였다.

화쟁은 밖에서 보는 안목을 말하였기에 세월이 흘러 어른이 된 나에게 나와 연관성 없는 제삼자의 입장보다 더 먼 곳에서 보는 눈을 길렀다.

"누가 자루 없는 도끼를 내게 주겠느냐, 그러면 내가 하늘을 떠받칠 기둥을 깎으리다." 노래하며 요석공주를 만났고 설총이 태어난 뒤로는 더 큰 뜻을 가진 파계승 길을 스스로 걸었다. 민족의 혼을 일깨운 일연선사 또한 자신만을 위한 시간이 아닌 삼국유사를 지으며 남을 위한 시간을 가졌다. 무엇을 어떻게 하여야 성현이라 불릴까?

성현이란 성인과 현인을 아울러 이르는 말이라 하였다. 아마도 잘난 체하지 않으며 잘되었을 때는 자신을 바른길로 인도해준 사람들의 고마움까지 잊지 않고 스스로를 낮추는 사람을 성현이라 하겠다. 예전에는 그런 사람들이 많았다 생각되는데 물질이 풍족해진 요즘 오히려 더 각박해지고 남을 깔아뭉개려는 사람이 많으니 어쩐 일인가 싶다.

성현들은 유교에서 말하는 인을 중히 여겼다. 가난한 생활에서도 남의 것을 빼앗거나 과한 욕심도 내지 않았다. 그렇기에 교육계에서도 어질 인仁을 덕목의 근본으로 가르쳤다. 어진 사람들의 마음에는 남의 어려운 사정을 보고 안타까워하며 도와주려는 마음이 일어나기 때문이다.

우리들의 부모님 세대까지는 참으로 어렵게 사셨다는 생각이 든다. 하지만 "그래도 그때는 정이 참으로 많았다." 하시던 어르신들의 말씀이 생각난다. 그런데 경제가 훨씬 나아진 오늘날 세대는 공동의 물건보다 모든 것이 나 위주의 욕심뿐이다. 욕심은 많은 것을 가지고도 더 가지려 하기에 성인은 고사하고 현인의 길에도 방해가 될 뿐이다.

사람들은 더 많이 배웠는데 왜 성현의 길이 아닌 물질만이 능사인 길로 가는지 아쉬워 이곳 경산이 있다는 '삼성현 역사문화관'을 둘러보기로 하였다. 입구에서 건물 안으로 들어가는 곳까지 화단으로 장식되어있다. 잘 정돈된 정원은 기분까지 상쾌하게 만들었다. 경산에서 태어난 세 분 성현의 지나온 업적이 고스란히 자리하고 있었다. 2층의 전시실에는 일연실, 설총실, 원효실로 꾸며져 한눈에 볼 수 있도록 해 놓았다.

원효실부터 차례대로 성현들의 발자취를 둘러보고 내려오는 중앙로비 정면에는 일연선사가 원효의 행적을 기록한 삼국유사 권4 의해5 '원효불기' 888자가 나무판에 한 자 한 자 선명하게 서각書刻되어 있었다.

뻥 뚫린 허무를 메우고 분쟁을 일으킨 파도 같은 심장에 이념과 갈등을 추스를 화쟁의 바람이 그립다. 해골에서 죽은 이의 소망이 느껴지듯이 나는 무엇을 위하여 살았고 또 무슨 일들을 해야 할지 곱씹는다.

하늘이 넓고 푸르다. 세월의 시간을 알리는 매미가 바쁘게 울어댄다. 정원 연못의 비단잉어가 잠시 쉬어가려 멈추니 물레방아가 물을 뿌리며 끊임없이 움직여라 밀어내는 오후의 햇살이 따갑다.

반려견 이야기

모두는 인연을 맺고 산다. 부모자식 간의 만남을 시작으로 유치원과 사회로 관계는 이어진다. 대가족에서 핵가족이 되면서 인간 대 인간뿐만 아니라 더 많은 종류의 애완동물들과 함께 살고 있다. 그러더니 요즈음은 "애완동물이라뇨? 가족입니다."라고 말하는 사람도 많다. 자주 듣고 접하는 펫(반려동물)은 가족이란 의미가 담겨있다.

우리 집에도 하얀 털이 보숭보숭한 강아지가 한 마리 있다. 음력으로 초하룻날 왔다 하여 하루라 이름 지어주며 인연이 시작되었다. 먹을 것에 욕심을 내는 패키니즈는 눈이 크고 겁이 많으나 주인을 잘 따른다.

우리나라는 1,500만 명 정도가 개나 고양이 등의 반려동물을 키운다 하였다. 반려동물은 사람들에게 심리적 안정을 줄 뿐만 아니라 삶의 질을 높여주는 친구로서의 역할도 충분히 하고 있다. 그렇게 주인에게 기쁨을 주는 반려동물에게 사람들은 더 많은 관심과 사랑을 주고 있다. 특히 혼자 사는 사람들은 더욱 그렇다.

지친 몸으로 귀가한 주인에게 다가온 강아지가 제 몸을 비비고 아양을 부리면 '그래그래' 하고 쓰다듬을 때 우리는 애완동물을 통해 마음의 평안을 얻는다. 그럴 때 단순히 먹이를 주고받는 주종의 관계가 아닌 마음을 교감하는 관계가 형성되는 것이다. 그런 기간이 오래되면 오래될수록 반려동물과의 이별은 큰 슬픔이 된다.

만약에 죽기라도 한다면 나를 원망하지는 않을까? 좀 더 잘해줄걸 하면서 마음에 상처를 받게 된다. 우리 부부도 어디 놀러갈 때면 빨리 귀가하였고 외국으로라도 여행을 떠나면 아들에게 중간 중간 체크하기도 하였다. 집착이 아니라 살아있는 생명에 대한 관심과 사랑이었다. 그런 하루가 우리 집에 오기 전에도 우리는 같은 종류의 패키니즈를 키웠다.

많은 사랑을 주며 제한된 공간에서 자유롭게 지내게 하였다. 목줄을 채우지 않은 마당에서 장난감도 많이 주었고 먹을 것도 충분히 주었다. 덥거나 추울 때는 방에 들여놓고, 산책시켜 줄 때는 순순히 목줄을 받고 즐거운 듯 산책길을 따라나섰다. 그러나 인간의 입장에서 강아지에게 먹이를 주고 집 안에 두면 안전할 것이라는 생각도 그들의 입장에서는 구속이며 속박인지도 모르는 일이다.

내가 여행을 떠나는 것처럼 어디론가 가보고 싶다는 생각을 할 수도 있다는 생각이 들었다. 그래서일까? 어느 날 일을 하다 미처 닫지 못한 대문 밖으로 번개처럼 빠르게 뛰쳐나갔다. 잡으러 갔으나 차들이 다니는 도로에서 순식간에 사고를 당했다. 불과 십여 분 전에 까불며 놀았기에 가족의 충격을 더욱 컸다. 며칠이 지나도 아내는 마음의 상처에서 벗어나질 못했다.

그런 이야기를 딸의 선배가 듣고 인터넷으로 전국을 검색하여 같은 종의 패키니즈를 데리고 온 것이다. 아직 눈도 제대로 못 뜬 신생아였다. 태어나 제 어미에게 사랑도 제대로 못 받고 우유를 먹으며 지냈다 하였다. 사랑을 받을, 받고 자란 것들은 이쁘고 살이 포동하였기에 모두 팔려가고 남은 아이라 했다.

못난이는 경기도에서 대구까지 차로 오느라 지쳤는지 아내의 품에서 꼼지락거리며 잠을 청하니 불쌍하다며 키우자 하였다. 나는 또다시 반려동물과의 이별로 인한 슬픔을 겪기 싫어 만류했으나 다시 돌려주기도 힘든 상황이라 결국은 수긍하고 함께 살기로 했다. 그때부터 함께한 세월이 9년이나 되었다. 그런데 언제부터인가 하루의 탈장이 시작되었다.

강아지의 탈장은 회음부 탈장, 서혜부 탈장, 횡격막 탈장, 배꼽 탈장이 있는데 회음부 탈장으로 제때 수술하지 않으면 그 부위가 점점 커져 괴사하는 위험이 따른다 하였다.

사람과 마찬가지로 장기가 아래로 처지는 것을 말하는데 평생 그냥 살 수도 있지만 응급상황이 올 수도 있다 하였다. 수술을 시키면 간단하지만 문제는 패키니즈 종은 기도가 짧아 수술 중에 문제가 생길 수 있다는 말에 불안하여 기술이 더 좋아지길 기다리며 이제껏 보류하였던 것이다.

그런데 이사 하는 날 다른 곳에서 쉬도록 한 후 데리고 왔으면 좋으련만 여러 사람들과의 접촉으로 짖게 된 것이 스트레스의 원인이 되어 탈장증세가 심해졌다. 그러니 이제는 수술도 미룰 수 없게 되었다.

며칠 전 미용차 병원에 들렀을 때도 "생리기간이고 하니 아직 조금 더 지켜 봅시다." 하였기에 관심을 덜 가진 것이 미안하기만 하였다. 그것도 아들이 "수시로 강아지를 잘 체크해보세요." 할 때 '아차!' 싶었다. 동물병원에 예약을 해 두었으나 걱정이 된다. 오래 함께 살다 이별하는 것은 어쩔 수 없다지만 질병이나 사고를 당한다면 반려동물을 키우는 사람의 도리가 아닐 것이다.

주인이 뭐라고 꾸중을 하여도 좋다고 꼬리를 흔들며 애정을 표현하니 가족의 시선은 강아지에게 자주 갈 수밖에 없는 것이다. 그렇기에 인간은 강아지를 귀여워하고 강아지는 주인을 신뢰하고 따른다. 강아지는 어린아이라 하여 무시하지 않는다. 첫돌 지난 외손주가 엉금엉금 기어가서 괴롭혀도 물거나 짖지 않았으며 도망 다니다 이내 다가와 함께 놀아주었다. 꼬리를 흔들며 함께한 시간들이 아이에게는 생명을 귀히 여기는 교감의 시간이 되었을 것이다.

그때 그 외손자는 이제 괴롭히는 아이가 아닌 간식과 먹이를 주는 친구가 되었다. 쓰다듬어 주면 강아지는 마음의 안식을 찾은 듯 꼬리를 흔들고 있다. 그러던 그 강아지가 지금 아프다.

오래 살다 이별을 하든 갑자기 뛰어나가 사고를 당하든 정든 이별은 두렵기 마련이다. 미리 접수를 하였던 병원에서 불안한 눈으로 나를 본다. "괜찮아, 여긴 잘하는 병원이니 아무 걱정 말고 수술 잘 받고 나와." 하며 용기를 주고 대기의자에 멍하니 앉아 있다.

화이트 리스트

태양도 마음도 이글거린다. 하지만 출출한 배를 채워야겠기에 옆 사무실의 회원에게 전화를 걸어 함께 식당엘 갔다.

요리가 나오기 전이라 당연히 눈은 TV로 향했다. 오늘도 한일관계 악화가 톱 뉴스였다. 신문과 티브이 등 모든 언론은 일본이 한국을 '화이트 리스트' 국가에서 제외한 원인과 앞으로 다가올 큰 파장을 보도한다. 이어서 일본여행 안 가기와 일본제품 안 쓰기 운동 등 반일운동을 보도했다.

화이트 리스트에서 우리나라를 제외시켰다는 것은 '가' 지역으로 분류되어있던 우리나라를 '나' 지역으로 분류시켰다는 것이다. 수출 허가서 1부만 있으면 수입하던 품목을 이제는 신청서와 함께 또 다른 서류를 첨부하도록 하여 저들 마음 대로 하려는 속셈이다.

한마디로 일본이 우리나라의 내정간섭을 하려는 고도의 전략이다. 그런데 문제는 우리나라가 일본의 그런 전략적 공격에 대비할 준비가 되어있지 않았다는 데 있다.

지금껏 수입 포괄허가대상국으로 부품을 바로 수입할 수 있었지만 화이트 리스트에서 제외되면 수입 때마다 일일이 까다로운 서류뭉치를 들고 허가를 받기 위해 몇 달을 기다려야 한다는 것이다.

특히 중요 부품이 없으면 물건을 생산할 수 없기에 가동을 중지해야 하는 문제가 생긴다. 그때는 우리 정부에서 그들에게 머리 숙이고 굽신거린다는 일본의 판단인 것이다.

거기에는 오랫동안 조선인 강제동원과 강제노동을 시켰던 신일본 제철소가 있었다. 우리의 대법원이 전범기업의 책임을 물어 피해자에게 1억 원씩을 배상하라는 판결을 내렸다.

그런데 신일본 제철은 배상협의에도 응하지 않으니 피해자 측 대리인단은 "외교적 교섭상황을 고려해 한국 내 신일본 제철에 대한 압류 진행 절차에 들어가겠다."고 통보하였고 이것이 한일갈등 문제의 시발점이 되었다.

법원의 판결에 끼어들기 힘든 정부는 상처가 곪은 뒤 국회의원들이 일본의 2인자인 자민당 간사장 '니카이 도이히로' 면담을 요청하였으나 면담시간 10분 전에 연기를 하여왔음은 물론 다음 날의 약속도 일방적으로 취소당하는 수모를 당하고 왔다.

우리 측 대표는 "우리가 거지도 아니고, 충분히 우리의 뜻을 전달했다."고 말했지만 국제 관례상 무식하기 짝이 없는 행동을 일본은 하였고 우리는 당했다. 하지만 우리 쪽에서도 철저한 대비도 없이 간 잘못도 있다. 일본은 철저히 계산하는 나라다.

저들은 힘만 믿고 우리나라를 침범했다가 충무공 이순신 장군의 12척 배에 23전 23패라는 전패의 수모를 당했던 것이다. 그렇지만 그들은 패전의 원인인 학익진을 연구하여 러시아 발트함대를 격파시켰으며 이제는 바다의 해군력은 세계 최강을 자랑하고 있다.

철저히 대비하는 그들에 비해 온 국토가 유린을 당한 임진왜란과 정유재란 때 무대책, 무방비가 낳은 교훈을 우리는 잊은 것이다.

우리 정치인들은 여당이 되면 야당 시절의 정책을 잊어버리고 부정하는 느낌을 많이 보아왔다. 야당 또한 국민을 위해 봉사하는 위민의 마음자세가 필요한 것이지 위에 군림하려하면 안 된다.

한때 서인과 동인으로 나뉘었던 조선은 일본의 현실을 보고도 서인이었던 황윤길은 왜군이 조선을 칠 준비를 하고 있다 하였고, 동인이었던 김성일은 아직은 조선을 넘볼 상태가 아니라 하였다. 집단의 이익을 위한 반대가 참혹한 결과를 불러들인 것이다.

세월이 흐른 지금, 책으로 읽은 그 시절을 생각케 하는 불안은 왜일까? 지도자들은 마음을 모아야 하고 국민들을 안심시키며 함께 나아가야 할 것이다. 나는 일본을 몇 번 여행한 적이 있다.

일본인들은 매우 친절하면서도 저들은 일등국민이며 한국은 아직 저들을 따라잡기 힘든 2등 국민으로 생각하고 있음을 느꼈다. 저들은 예의를 지키는데 한국인들은 예의를 모르는 민족으로 여기는 눈빛이었다. 우리들 앞에서는 "하이! 하이!"라면서 친절을 베풀지만 속은 철저히 숨기고 있는 사람들이다.

단체로 일본여행 갔을 때가 생각난다. 그들은 식탁 위에 사용하고 남은 그릇을 종업원이 가져가기 좋게 차곡차곡 쌓아 놓은 것을 보았다. 그러나 우리는 식사 중에도 시끄럽게 떠들었으며 사용 후의 그릇도 지저분하게 흐트러져 있었다. 그들은 친절이 습관화된 듯 주인장에게 잘 먹었다고 인사를 했다. 왕손가락을 보이고 웃으며 '오이씨' 외쳤다.

그것은 최고를 향해 나아가는 자는 언젠가 목표를 추월할 수 있음을 표하는 것인지도 모른다. 그래서 일본의 민족성이 참으로 무섭다는 생각도 들었다.

'아베' 가문과 우리나라는 오랜 악연이 있다. 대한민국 말살 정책을 완성한 사람이 일본 총리 대신 아베의 할아버지였기 때문이다. 일제 강점기에 조선 총독이었던 아베 노부유키는 "우리는 패했지만 조선은 승리한 것이 아니다. 보라! 실로 조선은 위대했고 찬란했지만 일본이 조선국민에게 총과 대포보다 무서운 식민교육을 심어 놓았기 때문에 결국 조선을 서로 이간질하며 노예로 살 것이다. 그리고 나 아베 노부유키는 다시 돌아올 것이다."하였다 했다.

그는 손자인 어린 아베를 무릎에 앉혀놓고 조선의 경제적 재침략을 상상했을지도 모른다. 참으로 무서운 집안이다. 그렇지만 우리는 강한 민족이다. 중국은 일본군을 두려워했지만 우리 선조들은 목숨을 걸고 독립투쟁을 하였다. 똘똘 뭉쳐 세계가 놀랄 경제발전도 이루었다. 결심만 하면 하나가 되는 민족이다.

　나는 지난 역사를 돌아보며 선조들의 정신에서 일본에 끌려가는 노예정신이 아닌 그들을 리드하며 함께 살아가는 모습을 상상한다. 대한의 한 사람으로서 끝나지 않은 경제독립을 위한 발걸음을 함께할 것이며 오늘날의 멸시도 잊지 않을 것이다.

여행과 상비약

TV를 켰다. 여행프로그램 방영을 볼 때면 한 여인이 생각난다. 배우였으며 맑고 청순한 그녀는 하늘나라로 갔지만 "산다는 건 하루하루 죽어가는 것이니 아끼지 말고 살아야 해."라고 말하던 장면은 아직도 눈에 선하다.

아픈 몸으로 들꽃 같은 웃음을 지었으며 아름답고 슬픈 여행의 길을 친자매 같은 언니 동생들과 함께하였다. 밝고 부지런한 남자 배우가 가이드를 맡으며 세심하게 살피는 모습에서 그녀가 더욱 안타깝게 보였다.

지친 사람들에게 심신에 에너지를 불어넣기는 여행이 제일이다. 아브라함 조슈아 헤셀은 "놀랄 일이 없는 인생은 살 가치가 없다는 것을 이해하는 데서 우리의 행복은 시작된다."고 여행의 진정한 의미를 말했다.

여행은 자신을 되돌아볼 수 있는 가장 좋은 방법 중의 하나가 될 수 있다. 여행을 할 때 만나게 되는 사람들로부터 자신이 가지지 못한 것을 느끼고 배우게 된다. 그들을 통해 살아온 방법보다 어떻게 살아가고 있는지 의미를 찾을 때 여유로운 삶이 시작될 것이다.

어둠이 내려앉은 이국땅에서 고국의 풍경과 다름을 느끼며 마시는 한 잔의 커피는 여행자만이 안다. 그럴 때 지난날들이 힐링되고 내일을 위한 에너지가 보충된다.

여행을 떠나면 즐겁다. 모든 걸 잊고 한바퀴 '휙' 하고 돌다오면 새로운 힘이 생긴 나를 느낀다. 그러면 더 나은 내일을 만들게 되기에 나는 여행을 좋아한다. 하지만 아픈 사람이 있거나 천재지변이 생기면 모든 일정을 취소되기 마련이다. 이번 코로나 사태도 그렇다.

유럽으로 떠나도록 계약금도 미리 주었지만 갑자기 닥쳐온 전염병은 국경 없는 지구촌을 표방하던 나라들조차 하늘은 물론 바다마저 삼엄한 방역으로 출입국이 통제되었다.

나이가 들수록 마음에 여유로운 삶을 살고 싶었던 나는 적잖이 아쉬웠다. 여행을 준비하고 떠날 때의 설렘은 행복과 짜릿함을 주기에 매일 매일을 공부하는 것처럼 살아온 몸이 가벼웠는데 다시 경직되는 것만 같다.

풀과 풀을 찾아 넓은 들판을 이동하는 몽골의 유목민들처럼 공항에서 비행기가 이룩한 순간이면 나의 마음은 문어마냥 여행지 곳곳에 다리를 하나씩 걸쳐놓고 가이드를 따라 다니는 상상을 했었다.

눈은 신기한 것들을 바라보고 비록 그 나라말을 못 하지만 '아!' 하는 감탄사로 여행의 멋을 가미시켰다. 그런 가뭄 속의 소나기 같은 날들이 갑자기 사라져 버렸다. 마치 산속 계곡에서 이 산과 저 산을 이어주던 나무다리가 간밤에 내린 소나기에 떠밀려가고 없는 꼴이었다. 안타깝기 그지없는 날들이 갔지만 여행 프로그램으로 위로를 삼는다.

아침 햇살이 비치는 창가에 앉았다. 간밤에 내린 비가 화단을 흠뻑 적셨다. 밖을 내다보면서 오늘은 좋은 소식이 없는지 뉴스를 듣는다. 아침마다 듣는 뉴스지만 인간미 넘치는 기쁜 소식은 없다.

그래도 봄은 가고 여름이 왔다. 더욱 푸른빛을 띤 나무들이 싱그럽다. 많은 화분들을 다른 곳으로 보냈지만 그래도 정이

든 몇 개는 가지고 있다.

새로 이사 온 집에는 수십 년 된 향나무가 있다. 그 옆에는 감나무와 이제 꽃 피기 시작한 배롱나무가 심겨져 있다. 나무와 나무 사이에는 아내가 좋아하는 계절 화초들을 심어 놓았다.

그 나무와 꽃을 힐끗 본 후 손가락은 여행객마냥 바뀐 채널의 화면을 향해 휴대폰의 셔터를 연속으로 누르고 있었다. 카메라가 머문 곳에 나도 머물고 그 나라의 상징 같은 조그만 기념품을 사고 싶어 손가락을 꼼지락거린다.

마치 여행을 떠나지 못한 아쉬움을 표하는 것만 같다. 우리에게는 살아있는 동안 어떤 어려움이 닥칠지 아무도 모른다. 그것도 여행 중에 갑자기 아프거나 병이라도 찾아오면 남은 일정은 두려움을 안고 여행할 수밖에 없다. 그래서 응급약은 꼭 가지고 다닌다. 어떤 때는 가방이 비좁아 거추장스럽다는 생각이 들다가도 여유 있는 상비약이 고마울 때가 한두 번이 아니었음을 많이 경험하였다. 그런 상비약의 중요성을 더욱 다지게 만든 일이 있었다.

언젠가 친한 형님 부부와 거창의 계곡에서 텐트를 치고 한여름 밤하늘의 별을 보며 가볍게 맥주를 마시며 즐거운 시간을 가졌다. 열심히 살아온 날들처럼 남은 인생도 아름답게 열심히 살자며 이야기한 후 각자의 텐트로 돌아갔다.

그리고 아침이 왔다. 새벽에 내리는 이슬의 촉촉함을 느끼며 반바지 차림으로 흐르는 물에서 기분 좋은 세수를 하였다. 그런데 아내가 배가 조금씩 아프다는 것이다. 나는 일행들의 휴식시간을 뺏는 것 같아 우리 부부만 돌아간다 하였더니 "충분히 쉬었으니 함께 귀가하는 것이 좋겠다." 하였다. 남은 일정은 취소되고 대구로 왔다.

곧장 응급실에 입원하고 진료를 받았다. 일요일인지라 검사시간은 길어졌다. 수액을 맞으며 오랫동안 기다린 후 "맹장염 같으니 내일아침 첫 수술 들어갑니다. 늦어서 복막염이 되면 더 고생합니다."며 수술 준비를 하였다.

나는 체온과 백혈구 수치도 좋고 통증이 있는 부위와 증세가 맹장이 아닌 것 같아 좀 더 상세한 검사를 요구했다. 한편으로는 시간을 지체시키는 것은 겁이 났지만 전문의 선생님께 진료받기를 요구했다. 그러는 사이 아침이 오고 나는 전문의를 만날 수 있었다. 내가 보는 앞에서 당직의사는 호되게 꾸지람을 들었다.

"장염으로 장이 꼬여서 그런 것이며 며칠 약을 먹으면 좋아질 것입니다. 너무 걱정하지 마세요." 하며 처방전을 주었다. 더운 날씨에 찬 음식을 먹음으로써 놀란 장이 꼬였음을 어찌 일반인들이 알 수 있으랴. 그때 좀 더 다양한 상비약을 가져가지 않았음이 후회스러웠다.

이처럼 갑자기 찾아오는 많은 일들 중 감당하기 힘들 때는 상처를 받을 것이고 가벼운 것은 앞으로 살아가는 데 도움이 되리라 생각된다.

시련은 누구에게나 찾아온다. 그 시련이 조그만 시련이든 큰 시련이든 주위 사람들과 함께한다면 힘이 될 것이다. 이처럼 우리가 처한 이 어려운 시기를 극복하는 것 역시 국민 모두가 서로에게 위로하고 하나 될 때 가벼워진다. 비록 여행을 떠나지는 못했지만 비대면 여행으로 기쁨은 찾았다.

아직 백신이 개발되지 않아 이 여름을 불안하게 보내고 있지만 많이 진전된 백신 개발에 큰 기대를 건다. 그리고 하늘이 개방되면 다시는 돌아올 수 없는 곳으로 떠난 그녀가 걸었던 길을 아내와 함께 천천히 걸을 것이다. 저녁노을이 지는 이국의 지붕 아래를 행복한 미소를 지으며 노마드적인 삶의 시간을 만들 것이다.

돌담과 벽

성벽은 산을 휘감아 돌아가고 사람들은 줄지어 산을 오른다. 부모를 따라나선 어린 두 아들은 하나씩 나눠가진 등산용 스틱으로 아무 곳이나 툭툭 치며 시비를 건다. 칼을 찬 장군인 양 비장한 표정의 가장과는 달리 그의 아내는 가을이 물들어가는 산행이 즐거운지 분홍빛으로 물든 얼굴을 하고 있다.

이곳 가산산성은 산이 험하지 않고 방어적인 역사를 간직한 곳이어서 가족들과 연인들이 즐겨 찾는다. 길게 늘어진 성벽은 육중한 돌로 차곡차곡 쌓여져있다.

벽과 담은 돌이 모여서 만들어진다. 지칠 때는 기댈 수 있고 태풍이라도 불 때는 바람막이가 되기도 한다. 하지만 벽이 되어 너와 나를 갈라놓을 수도 있다. 길거리에 아무렇게나 놓여 있는 돌일지라도 하나하나 정성들여 쌓아 올려 만들어진 돌이 담이 되기도 하고 벽이 되기도 한다. 제 역할을 할 때 기대어도 무너지지 않는 든든하고 정겨운 돌담이 되고, 정이 없는 건축물의 역할을 하면 벽이 된다.

이곳 성벽에 쌓인 돌들을 보니 양지 바른 곳에서 고생 없이 지낸 것 같은 맑은 돌이 있는가 하면 거무스름 그을린 돌, 고된 세파에 상처를 입어 어깨나 팔 등이 깨어진 돌, 고생은 혼자 다 한 듯 온몸에 이끼를 덕지덕지 붙이고 있는 돌도 있다. 많은 사연을 안고 있는 돌 틈 사이로 가냘픈 들풀 한 송이가 휘청거리며 기댄다. 못난 돌은 말없이 한쪽 어깨를 내어주며 오랫동안 햇볕에 따스해진 제 몸에 의지하라며 등을 내어준다. 자연과 함께 어울려 살아가려는 담의 마음이 보인다. 산을 오르는 가족의 사랑이다.

저 멀리 푸른 하늘은 뛰노는 흰 구름의 화폭이 되고 돌담은 이젤이 된다. 이때다 싶어 주위를 맴도는 한 마리 잠자리가 이젤에 걸터앉는다. 한 폭의 동양화다. 담은 어울려 있음으로 더욱 아름답다.

꽃그림이 그려진 화초담이 되어 나의 마음을 즐겁게 한다.

싸리나 갈대를 넣어 만든 바자울이나 흙에 짚을 잘게 썰어 만든 흙 담처럼 시골 풍경을 생각나게 해서 좋다. 하지만 나는 크든 작든 아니 모나거나 어여쁘거나 함께 엉겨 쌓여진 돌담을 나는 더 좋아했다. 엉김 속에는 어울림의 미학이 있고 시기와 질투가 없기 때문이다.

고교 시절 부산 승학산 중턱에 자리 잡은 정문에서 교정까지 길게 이어진 연산홍 꽃길은 잊을 수 없다. 쉬는 시간이면 수평선 저 멀리 희미한 대마도를 바라보며 어려운 시절에 꿈을 키우곤 했다. 세월이 흐른 지금도 눈에 선한 교정, 그리고 먼 바다.

그때 아무렇게나 놓여진 것 같으면서도 조화로웠던 돌담 사이로 꽃이라도 피면 등굣길을 신선처럼 걸었던 기억이 난다. 그래서 동창들이 보기 좋고 잘 어울렸던 돌담을 회명으로 하여 졸업 후 지금껏 동기들이 모임을 가지고 있다.

돌은 여러 면에서 삶과 연결되어있다. 넓게는 적으로부터 백성을 보호하기 위해 쌓은 성벽에서 집을 지키기 위해 쌓은 집 담까지 우리들을 위해 존재하고 쌓여지는 것이다. 돌은 그렇기에 중요하다.

나아갈 수 없다고 생각하면 벽이 되고, 넘을 수 있다면 담이 된다는 말이 있다. 가장은 가족의 담이며 국민은 국가의 담이고 우정은 친구 간의 담이다.

그런데 회원들은 벽이 되어 병을 막고 담이 되어 기댈 수 있게 하지 못했다는 생각이 드는 일이 있었다.

가정에서 한 사람이라도 무슨 일이 생기면 가족 모두가 엄청난 고통을 받게 되어있다. 친구들 간에 결성한 모임 또한 공동체로 볼 때는 가족과 같다. 그렇게 모여 우정을 나누던 한 친구가 지난 봄부터 대장암으로 투병 중이다. 수술 결과가 좋아 모두 기뻐하였다. 그러나 방심한 탓인지 일 년 후 재발 되었다.

의사는 주위의 다른 장기에 빠른 속도로 전이되었기에 치료가 어렵다 했다. 그러던 중 그로부터 전화벨이 울려오고 차분하고 담담한 목소리에 나의 눈에는 소리 없는 눈물이 고였다.

나는 장모님과 제수씨를 위암으로 이별을 해야 했던 슬프고 아픈 경험이 있기 때문이다. 강한 진통제로 고통의 세월을 지내야 했다. 앙상한 모습으로 변한 후 측은한 슬픔 속의 이별은 너무나 마음이 아팠다. 내가 해줄 것이 아무것도 없다는 안타까움에 숨조차 쉴 수가 없었다. 그런데 그 길을 다정했던 친구가 또다시 떠난다 하니 그저 망연자실할 뿐이다.

의논을 하기 위해 모이자는 회원들의 연락이 왔다. 가족들은 본인에게 알리지도 못하고 슬픔에 잠겨 있는데 눈치를 챘는지 아픈 몸을 이끌고 주변정리를 위한 행동으로 동분서주하고 다니니 하루가 다르게 몸은 야위어 간다고 했다. 그의 아내로부터 또 연락이 왔다. 낙엽 진 갈대밭을 걷고 싶다는 것이다.

가을이 깊어진 것도 아니어서 갈대도 낙엽 길도 찾기 힘든 계절이다. 그런데 친구는 왜 그런 말을 할까? 누구에게 무슨 소리라도 들은 것일까? 해군 해난구조대 출신으로 누구보다 멋지고 강한 사나이였다. 그런 그에게 회원들은 의견 불일치로 금전적으로나마 도움을 주지 못하니 나의 마음은 스스로 하나의 돌이 되지 못한다는 생각이 들었다.

회칙만 따지는 것이 과연 맞는 일일까? 힘든 이에게 손을 잡아 주는 것이 진정한 우정이 아닐까 하는 생각에 마음이 무겁다. 담은 주위와 조화를 맞춰야 무너지지 않는다. 내가 최고란 듯 그냥 밀고 원칙만 준수하듯 버티기 한다면 옆의 돌은 밀려서 무너질 수밖에 없다.

하나가 무너지면 조그만 바늘구멍에 댐이 무너지듯 전체가 무너지는 것은 자명한 일이다. 큰 돌은 작은 돌을 대신할 수 없고 작은 돌은 큰 돌을 대신할 수 없다. 돌이 맞물려 쌓여 있을 때는 아름답지만 그렇지 않으면 보기도 싫다. 가냘픈 돌일지라도 채워져 있음이 좋다.

　계곡바람이 불어온다. 심호흡을 하니 산의 기운이 온몸으로 퍼진다. '아! 이렇게 사랑하는 이들과 함께 웃으며 생활한다는 것은 축복이다.'는 생각이 든다. 모두가 고맙고 보고 싶다. 친구가 꼭 건강을 되찾고 제자리로 돌아오기를 기원하며 집으로 빠른 발걸음을 옮긴다.

길고양이의 이사

이사 갈 준비를 한다. 이십 년 넘게 손때 묻은 주방을 보던 아내가 눈시울을 붉혔다. 틈틈이 물 주며 키웠던 화분들과 주방의 싱크대 등 여러 물건들을 두고 가기가 서러운지 젖은 눈으로 보고 또 보고 있다. 정이란 그렇게 무서운 것임을 이별할 때 느낀다.

정 중에서도 가장 무서운 정은 살아있는 생명과의 이별일 것이다. 정이란 사랑이다. 받는 것보다 주는 데 사랑이 더 많이 담겨 있다.

어느 날 아침, 창고를 들른 아내가 깜짝 놀라 "여보! 빨리 와보세요, 얼른요." 하고 다급한 목소리로 소리쳤다. 무슨 급한 일인가 싶어 급히 가보니 이사 준비하느라 페인트를 칠해둔 물건 뒤에 노란 고양이가 새끼를 낳았던 것이다. 모두 네 마리였다. 아직 걸음마는 물론 눈도 채 뜨지 못한 채 '꼬물꼬물' 거리는 애기들을 지키려는 어미는 우리 부부가 쳐다보니 두려운지 '캬~' 하고 소리만 낼 뿐 등을 곧추세우거나 발톱을 보이지 않았다.

우리는 조용히 나왔다. 아내는 북어포를 끓여주었다. 산모에게 무엇이 좋은지 모르지만 그래도 국물이 있는 생선이니깐 고양이에게 좋을 것이란 판단에서다. 어미는 고소하고 맛있는 냄새에 스스럼없이 다가와 국물을 먹는다. 귀엽고 신기한 듯 바라보던 나는 곧장 캣 마트로 갔다. 출산한 고양이에게 어떤 것을 먹여야 하는지 알아보고 구입하였다. 먹이는 어미와 새끼 모두가 먹을 수 있는 부드럽고 영양가 높은 것을 사다 주었다. 잘 먹었다. 그리고 한 열흘이 또 흘렀다.

이제는 아기 고양이들도 먹이를 줄 때 경계를 풀고 가까이 다가왔다. 인간을 경계할 것을 가르치는 어미는 오늘도 한 발짝 떨어진 곳에서 물끄러미 쳐다보고 있다. 두려움 없이 다가온 새끼의 노란 털은 처음 볼 때와는 달리 윤기가 흘렀다. 하나의 생명이 건강하게 자랄 수 있도록 하였다는 생각에 미소가 지어졌다.

그렇게 고양이의 밥상을 차린 지 달포가 지났다. 우리 집을 구입한 교육재단은 어린이집을 짓기 위하여 먼저 뒷집의 창틀을 철거하는 작업부터 시작했다. 소리가 크게 들렸다. 그래도 고양이는 별일 없다는 듯 잘 놀기만 했다.

집이란 마음에 안식을 주고 평화를 주는 곳이다. 어릴 적 지붕에서 떨어지는 빗물을 양동이에 받치고 물빨래를 하시던 어머니와 누이의 모습이 평화로웠듯이 고양이들 또한 조용했던 창고에서 행복하게 보였다. 평화나 행복은 어떤 갈등이 없는 상태라 말할 수 있다.

다섯 마리 고양이들은 다른 고양이들과 싸우며 먹을 걱정과 잠자리 걱정을 안 해도 되기에 물질적으로 불안에 시달릴 필요가 없을 것이다. 그래서 발톱을 치켜세울 필요도 없었다. 보통의 길고양이들은 사람이 다가서면 등을 곧추세우고 발톱을 내민다. 그런 다음 상대에게 겁을 주기 위해 '캬아!' 하며 공격 자세를 하는 그런 고양이들의 얼굴이 아니었다. 더욱 귀여웠다.

그렇게 몇 날 며칠이 또 흘렀다. 이제는 아침에 일어나 안녕을 확인하고 퇴근 후 또 창고를 둘러보는 습관이 생겼다.

그런데 어느 날, 문을 열면 놀라 후다닥 도망갔다 물과 먹을 것을 주며 이내 다가오던 녀석들이 보이지 않았다. 이곳저곳을 찾아봐도 어디로 갔는지 흔적도 없다. 고양이들이 말없이 이사를 간 것이다.

우리 집이 이사 가기 전 아무 탈 없이 새끼들을 키울 안전한 곳을 찾아 떠나주길 바랐던 우리 부부의 조용히 속닥거림을 들었는지 아직 다 먹지 못한 먹이와 간식을 두고 급히 이사를 가 버린 것일까?

아니, 철거 진동음이 예민한 동물에게 지진처럼 크게 들렸는지도 모른다. 그래서 이사를 간 것일까? 어디 마땅한 곳이라도 찾았을까? 걱정되었다. 장소를 빌려준 주인에게 '냐~옹!' 하고 이야기해봐야 알아들을 수도 없으니 걱정을 들어줘야겠다고 소리 소문 없이 떠났나 생각되었다.

오래전, 나에게도 가족이 함께하는 집이 있었다. 아버지가 돈을 버실 때는 집의 고마움을 몰랐지만 병환으로 누우신 후 수입은 떨어지고 약값과 생활비로 집을 팔게 되니 자주 이사를 다녔다. 그때서야 집의 고마움을 알았다. 모든 것이 있는 곳에서 모든 것이 없는 설움은 마음에 불안정을 만들었다.

고양이들도 그런 기분이 들었을까? 한때나마 비바람 피할 수 있게 창고라는 곳에 자리를 잡았고 아내가 만들어준 침대같이 폭신한 이불 위에서 잠을 자고 일어나면 언제든지 먹을 수 있는 먹이와 간식거리 그리고 물은 안정 그 자체였을 것이다.

그런, 자고 먹는 것의 걱정으로부터 해방되었는데 무엇이 불안하여 떠난 것일까? 한 마리씩 밤새 물어 나르며 무슨 생각을 했을까? 어미로서의 판단은 나도 부모가 되고 한참 지나서 깨달았다. 그것은 한 가지의 불안이라도 그것으로부터 지켜주기 위함이었다.

"부모가 된 것은 전생에 빚을 졌기에 그것을 갚기 위해 부모로 태어났다."고 누군가 하였던 말이 생각났다. 고양이만 봐도 그렇다. 비록 길고양이 어미가 새끼를 돌보려 우리 집 창고를 빌렸을망정 자식을 돌보는 마음은 같을 것이다.

창고에서 새끼를 낳고 가정을 꾸렸지만 이 땅은 인간들만의 땅이 아니라 모두가 함께 전세나 월세로 잠시 빌려서 머물다 가는 땅이라 말하고 있었다. 우리 역시 지구에 세 들어 살면서 마음대로 쓰고 버린다면 고갈되고 망가진 후에 비워 달라면 어디로 갈 것인지 고양이의 이사를 보고 느꼈다.

한편으로는 부담을 주지 않으려 미리 떠난 고양이 가족이 걱정되었지만 가벼운 마음으로 떠날 수 있었다. 포장이사를 하는 사람들이 짐을 꾸리는 사이 남은 사료와 간식을 이웃 할머니께 주었다. 할머니 집에도 고양이를 키우고 계셨기 때문이다. 그런데 우리 집에 있던 고양이가 아침에 지나갔다는 것이다. 몇 집 건너 어느 조용한 곳에 새집을 꾸린 것 같다며 안심하라 일러 주었다.

우리가 새로 이사 갈 집도 지금처럼 단독 주택이다. 봄이면 연산홍 붉게 물들이고 여름이면 외손주가 좋아하는 큰 튜브에 물을 가득 채워서 물놀이를 할 수 있게 할 것이다. 뜨거운 태양이 직접 내리쬐지 않도록 차광막도 치고 사랑의 눈길 속에 맘껏 웃으며 놀게 해줄 것이다.

꽃향기 만발한 마당에 서서 소리 없이 왔다가 인사도 없이 이사 간 길고양이의 마음을 헤아려 본다.

언약의 반지

오늘 아침은 미역국이다. 미역국은 누군가의 생일이 있음을 뜻한다. 그래서인지 아내는 내심 뭐라고 해주길 바라고 있는 눈치다. 하지만 나는 말없이 밥을 다 먹었다. 그리고 "생일 축하합니다. 당신에게 선물 하나 줄게요."하며 조그만 통을 건넸다. 아내가 "고마워요." 하며 보여준 손에는 다이아가 전구의 빛을 받아 아름답게 빛나고 있었다. 하지만 그 말속에는 나의 가슴 아픈 사연이 녹아 있다. 결혼 때 끼워준 반지보다 큰 다이아라는 것도 일러주었지만 그것은 스스로를 위로하는 변명의 말이었다.

오래전이었다. 돈이 급히 필요했는데 직장을 사표 낸 뒤라

돈 나올 구멍이 없었다. 그래서 아내와 함께 지금은 쉽게 찾아지지도 않는 전당포에 반지를 맡겼지만 그 반지는 쉽게 찾아지지 않았다. 그러다 새 직장을 구하여 대구로 이사를 왔고 세월이 흘러 반지는 영영 찾을 수 없었다. 그것이 늘 가슴 한쪽에 아프게 자리하고 있었다.

언젠가 새것으로 해줘야지 하면서도 해주지 못하고 세월이 흘러 올해가 결혼 40주년이 되는 뜻깊은 해이다. 그렇기에 기념일까지 기다릴 필요 없이 생일날 선물하기로 하고 오늘 준 것이다. 슬프고 아픈 사연의 손가락에 새 반지가 빛나고 있음을 보니 조금은 아내에게 미안했던 마음이 사라진 것 같다.

다이아 반지는 변하지 않고 쉽게 부서지지도 않기 때문에 언약의 반지로 선택된다. 사랑의 상징인 그 반지를 만들기 위해서는 다이아몬드가 들어갈 자리에 양초로 틀을 만든 후 다시 수백 도의 고열에서 녹인 금물을 부어 금 틀을 만든다. 그리고 원석을 수작업으로 자르고 갈고 갈아 끼운다. 하지만 말처럼 간단하지 않다. 보석을 넣으려면 미리 파둔 자리에 수천 번을 연마하여 크기를 맞추고 광택을 내어야만 비로소 언약의 상징인 다이아 반지가 된다는 것이다. 언약의 상징이란 그만큼 공이 들어간다는 기능공의 말이 가슴에 남는다.

우리나라는 오래전부터 옥 반지를 사용하여 왔으나 지금은 금 은 등 여러 가지로 다양해졌음을 본다. 나라가 개방되고 서양문물이 들어온 후로 서양 사람들이 가장 값진 것으로 생각하는 다이아몬드가 한자리를 크게 잡았다. 그러니 음양의 의미를 담은 옥 반지는 거의 사라진 것이다.

현대에 와서는 생활양식과 사회가 복잡해지면서 예술가들은 다양한 모양의 반지를 내놓기 시작했다. 장신구에 새로운 역할을 부여하고 휴대용 재산의 성격을 가지게 된 후 다이아 반지는 최고의 예물반지로 자리 잡았다. 나 역시 결혼식 때 다이아 반지를 주고받았다. 그런 소중한 반지를 돈 때문에 잃어버렸으니 긴 세월 동안 아내에게 죄책감만 들었다.

반지는 몸을 치장하는 장식용구다. 그러면서도 다이아 반지는 변치 않는 사랑을 상징한다. 원석상태일 때에는 하나의 돌멩이에 불과하지만 채취해서 많은 손이 간 후에 평생 간직하는 언약의 반지로 선택된다. 그처럼 가정이라는 곳도 수많은 정성을 들이고 가꾸어야만 화목하고 풍족할 수 있는데 나는 바람에 흔들리는 나무처럼 뿌리를 깊이 박지 못했다.

한 사람이 잘하면 그 주위의 모든 이가 편해질 것이고 한가정의 가장이 흔들리면 가족 모두가 고생을 한다는 것을 뼈저리게 느꼈던 시간들이 반지에 녹아 있었다.

끊고 맺음이 부족했던 당시의 나는 그때의 일로 앞으로 어떻게 살아가야 할지도 많이 느꼈다. 이사 온 아이들의 책장에는 많은 책을 꽂아 주었다. 그동안 고생한 마음도 위로하였다. 가족이 함께한 후로 아내의 손길이 닿은 나의 와이셔츠는 예전처럼 반짝거렸다. 나의 얼굴에는 근심이 사라지고 평화로웠다. 그렇지만 반지로 인한 일들은 오랫동안 마음에서 지워지질 않을 것이다.

언약의 상징인 다이아 반지는 장신구로의 역할이 전부는 아닐 것이다. 둥글게 살아가라는 뜻과 함께 가족이 쉽게 망가지지도 말 것이며 사랑의 빛이 바래지도 않아야 함을 말없이 보여주고 있었다.

나는 반지에 숨겨진 의미와 가치를 깊이 새기며 과시의 삶이 아닌 좋은 남편으로 살아가리라 다짐하며 먹었던 아침의 미역국은 오늘따라 유난히도 미끄럽게 넘어갔다.

늙은 학생의 졸업여행

"여행자 보험증권을 팩스로 보낼게요." 하고 문자가 왔다. 각자가 여러 가지 보험에 가입되어 있겠지만 정책국장을 맡고 있으니 만약을 대비하여 단체로 가입한 여행자 보험이다. 여행이란 젊은이들에겐 설렘이지만 나이 든 사람들에겐 자기를 확실히 되돌아보는 발걸음이다.

중년의 얼굴이지만 노인 반열의 접어든 나는 배낭 안에 수필집 한 권을 챙겨 넣었다. 법원 앞에서 차에 오르니 먼저 온 학생이 몇 명 있었다. 차가 달릴 동안 인사를 나누었다. 관광버스는 동아백화점 앞을 거쳐 성서우체국 앞에 섰다. 오랜만에 보는 동기들의 얼굴이 밝게 보였다. 여러 사람들의 안부를 물으니 일 년 반이 넘도록 코로나19로 만나지 못한 동기들 중 시집을 낸 사람도 있고 사업을 더욱 번창시킨 사람도 있지만, 장사가 안 되어 고전하여 휴학한 사람은 물론 수업을 따라잡지 못해 도중에 포기한 사람도 있었다.

무슨 일이든 함께 걷는다면 혼자 걷기보다 힘이 덜 들 것이고 멀리 갈 수 있는 곳이 방송대학교의 수업이다. 그렇기에 나도 함께 잘 걸으려 노력하고 있다. 졸업 여행이란 타이틀을 붙이고 그동안의 힘들었던 날들을 돌아보고 이제 얼마 남지 않은 학년을 마무리하기 위해서 떠나자고 결정한 여행이기에 쾌히 참여하였다.

이번 여행은 일탈을 벗어나 언제든지 떠나고 싶을 때 떠날 수 있는 시간 많은 사람들의 여행이 아니다. 대부분의 학생들이 가정주부이거나 직장을 다니는 사람 또는 여러 여건상 젊어서 배우지 못한 문학도의 길을 늦게나마 걷고 싶어서 내디딘 시간 속의 약속이다. 나 또한 그렇다. 젊은 날의 문학 꿈을 더 늙기 전에 펼치고 싶어 함께한 시간으로 이제 그 아름다운 또 하나의 구슬을 꿰고자 한다.

지난날들 속에는 스트레스를 해소하고자 술잔을 기울이고 정치인들이나 사회를 불평하는 시간도 많았다. 하지만 그 시간들을 아내와 가족들과 함께 맛있는 것을 사 먹고 나를 위해 시간을 투자한 것이 더 행복한 일임을 느꼈다. 나이 들어 공부를 하고 절주한다면 잔소리할 시간이 그만큼 줄어들기에 아내는 고마워할 것이고, 이제야 철든 남편을 넘어 멋진 노인으로 늙어가고 있다고 뿌듯해 여길 것이다. 그렇게 공부하고 글을 쓰다 보면 어느새 책도 출판하게 될 글도 모아질 것이다.

자주 얼굴이 보이지 않는 동안 나를 아는 사람들은 "요즘 무슨 운동 하시는데 그렇게나 바쁘십니까?" 하고 물어 올 때면 그냥 "숨쉬기 운동이나 합니다."가 아니라 학생답게 아름다운 대화를 할 수도 있을 것이다. 그러면 건강한 자신을 더욱 느낄 것이라 생각된다.

몇 해 전 갑자기 저세상으로 떠난 친구처럼 어느 날 덩그러니 남은 마지막 잎 새 하나를 보며 슬픔에 잠기지 않을 것이다. 언제 닥칠지 모르는 죽음 앞에서도 눈물짓거나 후회하지 않는 당당하게 늙어온 학생이 될 것이라 생각되었다.

여행은 설렘이다. 길을 떠나도 두렵거나 지루하지 않는 것은 새로움을 느낄 수 있는 설렘이 함께하기 때문이다. 특히 나이가 들어 입학한 문학도들과 함께하기에 더욱 좋다. 엊그제 입학한 것만 같은데 어느새 졸업여행이라니 묘한 기분이 들었다.

졸업여행이란 단어는 나의 마음 한구석에 언제나 우울한 단어가 되어있다. 고교 시절 어머니도 안 계신데 아버지마저 혈압으로 쓰러지셨기에 학비조차도 겨우 내는 어려운 시절 속리산으로 떠나는 졸업여행을 나는 함께하지 못했다. 반 친구들이 여행을 떠난 후 나는 훗날 돈을 벌어 여행을 자주 다니겠다며 스스로 위로하며 참았다. 그렇기에 졸업여행은 언제나 과거가 함께하고 있었다. 입학해서는 책 속에서 배웠던 역사의 현장도 둘러보고 함께한 동기의 과수원에 들렀던 기억도 생각난다.

"소백산 찬물에 물오징어 할복되고 찌짐이란 곡명으로 연주되는 프라이팬은 즐겁고 간소한 가든파티 알려 주네 잠깐 사이 만들어진 간이테이블로 함께하면 멀리 간다 국문학도 모여들고 브라보 잔 들고서 위하여! 또 위하여! 상 위에는 저마다의 희망 리어카 올려지고 괜스레 등록했다 포기할까 두렵다더니 혼자하면 힘든 공부 스터디가 끌었다며 지나온 길 나아갈 길 한 번 더 다짐하네 둥글게 손을 잡고 부르는 비목노래 두려운 발자국도 나아가기 위함이라 우칠농원 풋사과도 얼굴 붉히며 함께하네." 하고 낭송하였던 즉석시를 생각하니 고속도로를 달리는 타이어 소리가 열렬한 박수처럼 들려온다.

지나온 세월이 언제나 아름다운 것만은 아닐 것이다. 하지만 원망의 시간도 고달픔의 시간도 밝은 웃음으로 보내려 한다. 그때는 그것이 최선의 노력이었기 때문이다. 지난 시간을 후회도 하지만 탓하지 않겠다.

한참을 달리던 차가 숙소인 콘도에 닿았다. 짐을 내려놓고 주왕산으로 향했다. 코로나 여파와 평일 때문인지 폭포로 가는 동안 마주친 사람이 별로 없다. 시원하고 상쾌한 자연공기를 우리 일행만 마시는 것 같아 도심의 사람들께 조금은 미안했다. 비가 내릴 것이란 일기예보와는 달리 하늘에는 몇 조각의 구름만 지나갈 뿐 파란 하늘에서 열기를 뿜어내는 태양이 뜨겁다. 모자도 쓰지 않고 선크림을 바르지 않은 얼굴에서 땀이 흘러내린다.

경사도 없고 완만한 산책길이라 걷기에도 좋은 길이다. 오른편으로 맑은 계곡물이 흐른다. 졸졸졸 소리 내는 물소리에 마음까지 시원해진다. 물속에 등목을 하듯 긴 몸을 담그고 있는 나무의 그늘이 시원스럽다. 나도 잠시 발을 담그고 싶은 충동을 느꼈으나 일행과 보조를 맞추기 위해 잠시 멈춰 섰던 발걸음을 옮긴다.

주왕산은 '단일 통일된 지리적 영역으로 국제적, 지질학적 가치를 지닌 유산과 경관의 보호, 교육, 지속가능한 발전'이라는 유네스코의 이념을 지키며 관리 운영되는 국립공원이다. 기암절벽과 특이한 자연경관으로 소문났으며 한반도의 동남부로 길게 뻗은 우리나라 3대 돌산의 하나이다. 숲이 빽빽이 우거져 있으며 중국 진나라의 주왕이 피신하였다는 설이 있다. 청학과 백학이 다정하게 살았다는 학소대를 비롯하여 전설이 어린 곳이 많다. 나는 잠시나마 쉬는 순간에도 힐링이 되는 기분이었다.

이렇게 졸업여행은 공부를 계속하며 학교를 다닐 때 함께 할 수 있는 것이지 중도에 포기해버리면 아무것도 없다.

인생여행이 내가 원하는 대로 모든 것이 되지 않듯 어떤 여행도 내가 원하는 스케줄대로 되지 않을 수 있다. 하지만 계획에 없던 일들이 생겨 일정을 수정하였듯 이제 나에게 남은 인생여행에서도 잘못되었으면 수정할 것이다. 이번 여행도 또 하나의 아름다운 여행으로 남기 바라며 함께하고 있는 늙은 학생은 졸업여행이 참 좋다.

라마지불까

일요일 오후, 부산 영도다리 아래서 친구들을 만났다. 시간 맞춰 다리를 들어 올려 배들을 지나가게 하는 다리지만 옛날에는 만남의 장소였기 때문이다.

"야! 오랜만이다, 그동안 잘 지냈나?" 하니 한 친구가 두 손을 합장한 채 "라마지불까." 하고 정중히 머리를 숙였다.

나는 엉겁결에 합장인사를 받으며 "야! 니는 절에 다니는 불교신자 아니잖아, 갑자기 무슨 인사를 그렇게 하노?" 하였더니 그는 얼마 전부터 인사법을 바꾸었다 하였다. 운동으로 다져진 근육질의 친구는 평소에도 성격이 쾌활하기에 웃으며 받아넘기고 함께 자갈치 수산센터로 향했다.

횟집 앞을 지날 때 가게주인들은 자기 수족관의 고기를 가리키며 "씽씽한 놈으로 잘해 드릴게요. 잡숫고 가이소." 하며 사투리로 유혹했다. 앞장선 한 친구가 그중에서도 예쁜 아주머니의 미소에 넘어갔다. 아주머니는 싱글벙글한 얼굴로 기본 안주와 소주를 내어왔다. 회가 아직 나오지 않았지만 우리는 '위하여!'를 외친다.

오늘은 여럿이 만났지만 예전에는 합장을 한 친구와는 자주 만났다. 고등학교 일학년 때부터 합기도와 검도를 함께하는 대한 심도관을 다녔기 때문에 성인이 된 후에도 간혹 전화를 하여 소주잔을 기울인 적도 많았다.

그 당시 비록 가진 것은 없었지만 열심히 살자며 서로에게 용기를 주었다. 그때 부딪혔던 위하여의 잔이 지금을 살아가는 데 서로에게 조그만 힘이 되었는지도 모른다.

내가 직장에서 안정된 생활을 할 때 친구는 대우의 외국 지사에 파견을 나갔다 몇 년 뒤 귀국하여 개인 사업을 하였다. 그때는 이동하며 전화를 할 수 있는 시절이 아닌지라 가정집과 길거리의 공중전화뿐일 때다. 그때 식당에 전화를 설치하고 주인과 일정비율로 나누는 사업을 하였던 것이다. 영업이 번창하니 연관된 사업자가 동업을 하자며 마련한 술자리에서 의견이 맞지 않아 파하고 내려오다 이층계단에서 넘어져 머리를 크게 다쳤던 것이다.

사고는 모든 것을 한순간에 무너뜨렸다. 삶과 죽음의 경계선상에 자리한 중환자실에서 친구를 보는 마음이 너무나 아팠다. 열심히 일하였건만 생활은 크게 나아진 것도 없는데 여기서 주저앉아야 하는 삶이 맥주잔의 거품만 같다는 생각이 들었다.

몇 년에 걸친 재활치료를 위한 피나는 노력 결과 모든 면에서 정상화된 후의 만남이었다.

그동안 친구는 지나온 세월의 땀과 노력들이 아까워 본전만이라도 찾으려 악착같이 운동을 했다 하였다. 자기를 쳐다보고 있을 가족들이 생각나서 더욱 힘을 내야만 했을 것이다. 삶과 죽음은 늘 한 줄에 서 있음을 나 또한 친구에게 닥친 갑작스런 사고를 보고 더욱 느꼈다.

생과 사는 '이 편지를 가지고 가는 자를 처형하라'는 글이 쓰인 것도 모른 채 봉인된 밀서를 전하는 다윗의 편지처럼, 우리는 다가올 순간을 알 수 없는 봉투를 지닌 채 살아가는 것만 같았다.

한 치 앞도 못 보는 못난 철학자가 되어 고집스럽게 살아왔다는 생각이 하고 있을 때 친구가 술잔을 권해 왔다. 잔을 받으며 "야! 근데 니(너) 아까 만날 때 '라마지불까'라고 했는데 그 (그 말이) 무슨 소리고?" 하니 "거꾸로 한번 읽어 봐라." 한다. 더듬더듬 입속으로 거꾸로 읽으니 '아!' 하는 소리와 함께 웃음이 나왔다. '까불지 마라!'였다. 자기가 그때 상대의 말을 조금 더 듣고 천천히 나왔으면 좋았을 걸 무시하고 술자리를 박차고 나오다 그런 일을 당한 것 같아 이제는 인생을 얕잡아 보고 살지 말자며 스스로에게 다짐하는 말이라 했다.

모두는 자신이 걸어온 길이 최고인 것 같지만 삶은 순간이며 지나온 발자국은 녹아내리는 눈에 새긴 흔적임을 다치고 나서 크게 느끼게 되었다 했다.

급행열차를 타고 목적지에 빨리 간다고 성공한 것은 아닐 것이다. 빨리 가면 갈수록 눈으로 많은 것을 볼 수 없을뿐더러 내려올 때는 경사로 인해 더 빨리 내려오게 되어 있다. 하루를 아등바등 싸우듯이 살아갈 것이 아니라 친구와 이웃이 함께 웃으며 폼 나게 살아가는 것이 후회하지 않는 삶인 것 같다.

한때 나도 가진 것도 없으면서 체면을 중요시 여기며 지내 왔다. 철모르던 학창 시절에 병든 아버지께서 당신을 부축하여 지방의 침술원에 가자 했을 때 나는 친구들과 함께 여학생

들과 놀러 가기로 한 약속을 지킬 수 없어 짜증을 부리곤 했
다. 여학생에게 어려운 가정 일을 이야기 못 하고 늘 체면만을
생각했다. 가진 것은 쥐뿔도 없으면서 입을 꾹 다물고 말하지
않았다. 중풍으로 걸음을 제대로 못 걸으시는 아버지의 걸음
을 정상으로 돌리기 위해 기도하는 마음으로 부축하지 못한
현실 도피의 어리석은 마음이 있었다. 미래의 자신을 모르면
서 까불어 대는 어리석은 마음이었다.

부모님은 그러지 않으셨다. 어머니께서는 자식을 위하여
몸과 마음을 깨끗이 하시고 조용히 장독 위에 정화수를 떠 놓
고 그저 자식이 잘되게 해달라시며 두 손이 닳도록 비셨다. 아
버지께서도 자식을 위하는 일이면 체면이고 뭐고 따위는 필
요가 없었다. 하지만 어리석은 나는 그러지 못했다.

청춘은 아름답다 했건만 나에겐 어리석게 느껴진 후회의
세월이었다. 그것은 생각하고 경험한 만큼만 보이는 것임을
세월이 한참 흐른 후에 알았다. 지금과 달리 그때는 왜 세월을
바르게 보지 못했는지 친구의 인사말을 듣고 새삼 느끼게 되
었다. 조금 뒤에서 보는 눈, 간혹 거꾸로 보는 마음의 눈이 있
었다면 하는 생각을 술잔을 받으며 느꼈다.

'라마지불까!'라는 말은 불교적인 느낌이 들었지만 거꾸로

'까불지 마라!'고 하는 말은 철학적으로 들렸다. 그리스 철학자 '탈레스'는 한 치 앞도 보지 말라 했지만 한 치 앞을 모르는 것이 우리들 인간이기에 하루 이틀 혹은 분초를 나누며 살기보다 자신을 사랑하며 사는 것이 진정으로 바라던 삶이었음을 알았다. 술병의 술이 비워지는 것마냥 태양이 산 너머로 그림자를 비우고 있다.

난전에 앉아 생선을 팔던 아주머니들이 하나둘 자리를 거둔다. 지나가는 수많은 사람들을 향해 삶을 노래하던 모습 뒤로 어둠이 내릴 때 나는 그들의 뒷모습에서 행복한 그림자를 보며 느낀다.

'인생은 까불지 마라'인 것을!

차를 마시며

　은은하게 찻물이 데워질 기다림의 여유를 느낄 수 없이 데워진 탕관을 관계자가 놓고 갔다. 도동서원을 둘러보고 문화 교실에서 가져보는 차 문화 체험이다.

　다례茶禮는 우리나라의 차 의식이다. 예를 지키며 스스로를 낮추니 선비의 마음이 스며든다. 찻상을 가운데 두고 둘러앉았다. 하얀 천 위에는 미리 다기가 놓여있었다.

　탕관과 퇴수기 그리고 차를 담아둔 차호를 비롯한 찻잔과 물을 식히는 숙우와 차를 우리는 다관이 그 옆에 놓여 있다.

　나는 오늘의 덕주가 되어 차를 우리고 있다. 덕주는 차를 우리는 사람이라 하였다. 체험으로 해보는 나의 오른편에는 상석의 자리로 팽주라 불리며 덕목 있는 사람이 앉는다 했다. 그리고 나머지는 덕객 즉 손님이 되어 빙 둘러앉았다.

하루 세 번 정도 10년 이상 마시면 혈관에 좋다는 녹차는 우전, 작설, 세작의 세 종류로 24절기 중 하나인 곡우 전에 첫 잎을 따서 만든 것을 우전차라 했다. 이른 봄에 먼저 찐 차라 하여 첫물차라고도 불리는 녹차는 찻잎에 봄 향기를 가득 담고 있다.

중국의 차는 30% 발효시킨 황차와 50% 발효시킨 오룡차 등이 있지만 우리나라 차는 덖음 차다. 찻잎을 뜨거운 솥에 덖어서 만들기에 풋내가 적고 구수한 맛이 났다. 그래서 나는 오래전부터 녹차를 즐기고 있다.

차향을 맡으며 한 모금 할 때마다 푸른 풀밭에 앉아있는 것마냥 마음이 편안해서 좋다. 그런 녹차는 주전자에 끓여먹는 것이 아니라 우려먹는 것이다. 그렇기에 오늘도 찻잎이 우려 나기를 기다렸다 제일 먼저 팽주에게 따랐다. 그런 다음 오른쪽으로 차례대로 조심스럽게 잔의 70% 정도를 채워나갔다.

차는 세 번 나눠 마셔야 하는 데, 첫 모금은 찻잔을 가슴까지 가져가서 빛깔[色]을 보고 마음으로는 사랑하는 사람에게 먼저 한 잔 권하라 하였다. 하기야 차는 그대로인데 마음으로

권한다고 찻물이 줄지도 않고 맛도 즐길 수는 없지만 차향이
나마 아내에게 보냈다.

차 예법을 잘 모르는 나는 전통차 예법을 가르치는 선생님의
설명대로 병아리가 어미닭의 물 먹는 모습을 보고 하늘을 보듯
천천히 따라 했다. 한 모금 마신 찻잔은 다시 배꼽까지 내려져
은은한 향香을 맡는다. 또 한 모금 하고 세 번째 남은 차는 맛[味]
을 음미하며 다 마셨다. 한 잔의 차는 넉넉함 그 자체였다. 그렇
기에 우리나라는 오래전부터 시집가는 딸에게 차 봉지를 넣어
서 보내는 풍습이 있었나 보다. 그런데 나는 사랑스런 딸을 시
집보낼 때 그런 의미의 차를 넣어 보내지 못했다.

차의 의미를 설명해주고 넣었다면 좋았을 거란 생각이 오
늘에서야 드니 미안하기만 했다. 어렵거나 힘든 일이 있을 때
차를 우려서 마시고 맑은 정신으로 그 시련을 이겨 내라는 뜻
이 담겨있기에 녹차를 즐기는 사람들은 향을 느끼며 천천히
마시나 보다.

그렇게 첫잔을 다 마시고 나면 두 번째 잔은 따라 주지 않는
다. 스스로가 찻잔에 따라 마신다. 두 번째 차를 마시기 전에
덕주 역할을 하는 내가 "다식을 드십시오." 하니 팽주와 객주
가 되신 여러 선생님들이 "잘 먹겠습니다." 하고 다식 한 점을

들었다. 차를 마시는 법도가 이렇게 까다로운 줄 몰랐다.

지금도 차 예법을 전파시킨 초의선사를 기리며 전국의 여러 곳에서 추모 헌다례가 이어지고 있다 했다. 그것은 헌다례를 통하여 전통을 계승하고 예법을 통해서 무엇을 전승받고 무엇을 계승 발전시킬지 생각해보는 것이 마음의 자산일 것이다.

나는 녹차를 마실 때 음미하며 마시지 않았다. 그냥 몸과 마음의 휴식 정도였다. 오늘도 녹차를 음미하는 사람들 중에서도 선비의 마음으로 차를 즐기는 사람도 있고 그냥 어울려 마시는 물 한 모금 정도로 생각하는 사람도 있을 것이다.

차를 마시며 무슨 까다로운 격식을 따지냐 하겠지만 한 잔의 차를 마시기에 앞서 먼저 마음이 평화로운 가운데 사랑과 배려하는 마음을 가져야만 녹차를 마시는 자세를 가졌다 하겠다. 그것은 차가 되어 내게 오기까지의 수고로움과 인고의 세월이 물에 스며든 후 색色, 향香, 미味가 푸르름이 되어 가슴에 채워지기 때문이다.

나는 녹차를 즐기기 전해는 소위 말하는 다방커피를 즐겨 마셨다. 지금도 봉지커피를 간혹 먹을 때면 달고 부드러운 맛에 옛 생각이 나곤 한다. 지금은 오랜 추억이지만 총각 시절

거래처 약국장은 한가한 시간이 되면 "김 군아! 커피 한 잔할까?" 하면 나는 다방에 커피를 주문했다. 그러면 지하다방의 여종업원은 바깥공기를 쐬는 기쁨인지 밝은 얼굴로 커피를 따라줬던 기억이 많다.

소위 말하는 오봉에 가지고 온 커피가 요즘의 커피처럼 향기로운 것도 아니었다. 그저 부드럽고 달짝지근한 맛에 마셨다. 그렇게 오랜 세월 즐기다 우연히 녹차를 맛보니 풀냄새가 났다. "아니! 이걸 무슨 맛으로 마십니까?" 하고 물었던 기억도 난다.

그러다 결혼 후, 보성의 녹차 밭에 간 적이 있다. 수채화같이 펼쳐진 푸른 차밭에서 한참을 서 있었다. 차밭 주인의 집에 가서 차 만드는 법을 구경하기 위해서다.

겨울을 보낸 나무 위로 어린잎들을 가만 가만히 싱그러운 초봄을 즐기며 고개를 내밀 때 주인은 미안한 마음으로 그 잎들을 한 닢 한 닢 자루에 담았다. 바구니에 수북이 쌓인 잎은 따스하게 데워진 무쇠솥으로 솟아졌다. 손으로 이리저리 정신없이 섞인 찻잎은 솥에서 살청이 끝나면 산화효소를 파괴시켜 발효되지 않고, 덖음 차로서의 녹색을 그대로 유지한 채 차로 태어나는 길을 가고 있었다.

푸르디푸른 연한 잎은 또다시 무쇠솥에 몇 번이고 몸을 맡겼다. 닳아 오르는 열기에 찻잎의 피막은 벗겨지고 쉼 없는 덖음의 과정을 또 밟는다. 그러다 잠시 밖으로 나와 치대어지는 유념의 단계를 거친다. 손에서 비벼지는 잎은 연해지고, 뼈는 부스러지는 아픔을 참으며 진정한 차로 변해갔다.

차로 다가가는 여러 단계는 인고의 시간이었다. 마치 내가 이 세상을 살아오면서 수많은 어려움에 처하면서 지내온 그런 시간이었다. 아픔을 겪은 후 올바르게 성장하는 것마냥 찻잎 또한 고통의 과정을 겪고 나서야 향기를 내고 있었다.

어느새 더욱 연해진 잎에서 다른 맛은 모두 사라지고 차 본연의 맛만 있을 뿐이다. 그것은 산뜻한 자연이 찻잎에 그대로 스며듦이다.

나는 차를 마시며 차향처럼 부드럽고 향기 나는 사람으로 늙어 가리라 다짐한다. 현대는 까다로운 사람들의 입맛으로 여러 종류의 차도 많고 나도 많은 종류의 차 맛을 보았다. 하지만 나는 그중에서 이제는 녹차를 제일 좋아한다. 그래서 나 역시 차의 첫 향기는 사랑하는 사람에게 먼저 보내는 여유를 가지고 싶다. 그나저나 지난번 이심전심으로 보낸 첫 차향을 아내는 느꼈는지……

팬데믹과 나의 어깨

평안하던 일상이 갑자기 흐트러졌다. 앰뷸런스가 숨 가쁘게 달려가고 응급실엔 대기자들로 아우성이다. 그 누가 퍼뜨렸는지 모르는 전염병이 확산되어 사람들을 두려움에 떨고 있다.

봉사자들은 전국에서 대구로 오는데 예수님의 사랑을 실천않고 신도들은 꽁꽁 숨어 다니니 좀처럼 괴질은 숙지질 않는다. 문 닫은 가게들이 늘어나니 거리는 흡사 명절같이 한산한데 시내버스 기사는 마스크를 끼고 손님 없이 홀로 달리고 우체국 앞에는 족히 백 미터가 넘는 긴 마스크 구입 줄이 보인다. 나 또한 문밖 출입을 자제하고 평소 걷던 산책길이며 이곳저곳 찾아다니던 맛집은 물론 모임조차도 나가지 않으니 답답하기 그지없다. 보통의 일상이 큰 행복이었음을 새삼 느낄 뿐이다.

수요일 오후, 길을 걸어가는데 "마스크 받아가세요." 하며 KF94 방진 마스크를 건네주었다. "고맙습니다. 참으로 좋은 일 하시네요." 하니 "어려울 때일수록 힘내시고 코로나19를 잘 이겨 내세요." 하였다. 어느 교회는 바이러스를 집단으로 퍼뜨리고 전염병 확산 방지를 위한 진단 협조는커녕 총회장을 비롯한 많은 이들이 비협조적인 데 반해 또 다른 교회는 두려워하는 시민들에게 격려의 마스크를 나눠주고 있었다.

대조되는 사랑의 실천모습이다. '코로나' 하니 먼저 택시가 떠올랐다. 어릴 적 빵빵거리며 도로를 달리던 코로나 택시를 언제 한번 타 보나 설레는 마음으로 바라보았던 생각이 난다. 코로나는 태양의 테두리에 왕관같이 빛나는 주황색의 선명한 띠를 말한다. 그런 아름다움을 상징하는 코로나가 온 지구를 고통과 공포 속으로 몰고 있다.

오늘도 두려운 마음으로 병원에 납품을 하고 퇴근한 나에게 '할아버지' 하며 놀러온 손녀가 반갑게 다가온다. 나는 안아주려다 "잠깐! 할아버지 씻고 올게." 하며 손을 몇 번이나 씻

고 샤워를 하였다. 그리고 새 옷으로 갈아입고 안아주니 찾아
온 아이와 나의 반가운 감도는 뚝 떨어지게 되었다.

외손주가 해주는 뽀뽀도 이제는 하지 말라고 했다. 유치원
에도 가지 않는 손녀는 "할아버지 왜요? 할아버지 왜요?" 연
신 질문을 던졌다. 되도록 접촉을 피하게 만드는 코로나가 이
제는 두려움에서 미움의 대상이 되었다.

공포의 신종 코로나 바이러스는 중국 후베이성 우한지역에
서 최초로 시작되었다 한다. 다리 달린 것은 책상 빼고는 다
먹는다는 중국인들의 음식문화가 살아있는 동물을 요리해 먹
는 데서 바이러스가 인간에게 전파되었다지만 아직 예방이나
치료백신도 없는 상태다. 바이러스는 삽시간에 전 세계로 퍼
져 나갔으며 이탈리아는 수천 명이 사망하였고 미국 또한 국
가비상사태를 선포하였다. 사람들은 마스크, 손소독제, 휴지,
라면 등 필요한 것들을 사재기 시작하니 유통망이 흔들리고
가격은 천정부지로 치솟고 있다.

잘 대응하는 나라들이 있는 반면 그렇지 못한 나라도 많았
다. 많은 나라들이 한국 사람들에게도 빗장을 걸어 잠갔다. 이
처럼 우리 곁에는 불시에 다가오는 적도 있지만, 보이지 않는
적도 있다. 예상 못 한 코로나 바이러스가 찾아왔듯이 나에게

도 메르스 사태 때 예상 못 한 일이 있었다.

전염병이 돌자, 처음에는 대리점으로 잘 내려주던 소독제를 질병이 전국으로 확산되고 소독제가 귀해지자 본사는 이때다 싶었는지 장난을 치기 시작했다. 주문량의 일이십 프로 정도만 내려주니 병의원에 납품할 수량이 부족하여 차를 몰고 서울로 올라갔다. 한 차라도 싣고 올 요량이었지만 창고에는 겨우 몇 박스뿐이었다.

어쩔 수 없이 그것만 싣고 왔으나 며칠 뒤 텔레비전 홈쇼핑에서 손소독제를 묶음으로 대량 판매하고 있었다. 빈차로 내려온 짐칸을 배신감으로 가득 채운 꼴이었다. 현금으로 한몫 챙기자는 상술이 상거래를 송두리째 무너뜨렸다. 그러고는 "텔레비전으로 광고해주면 선전이 되어 앞으로 주문받기 좋아지잖습니까?"라는 어이없는 변명을 늘어놓았다.

예상 못 한 갑질이었다. 하지만 그들의 계획은 달포를 못 넘기고 전염병이 진정되고 제품은 남아돌았다. 그리고 나는 오랫동안 그 재고품을 판매했던 기억이 있다. 그건 대비하지 못한 마음의 적을 만난 것이다. 이처럼 생활에서도 대비가 되지 않았을 때 찾아오는 위기 또한 두려움이 대상이 된다.

그럴 때 그 공포를 조장하여 반사이익을 얻고자 하는 집단

 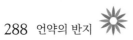

과 개인이 득세한다. 그리고 다른 한편으로는 위기를 극복하고자 힘을 모으는 사람들도 있다. 이번 코로나19 사태 때에도 우리 지역으로 오지 말라며 회피한 지역이 있는 반면, 확진자를 주저 없이 받아준 광주시와 두려움과 맞서 싸우자며 스스로 지원 나온 의료봉사 팀을 보았다.

참으로 상반된 마음을 본 것이다. 그렇지만 어려움이 닥치면 헤쳐 나가는 한국인들의 순발력과 따뜻한 마음을 더욱 많이 느꼈다. 우리 민족은 어려움이 있을 때 단결하여 슬기롭게 극복하는 민족이다. 일제 시절 국채보상운동이 그러했으며 IMF때 금모으기 운동 역시 그러했다.

병원은 만원이 되어 검체하기조차 어려웠지만 그 해결책으로 제시된 '드라이브 스루' 방식은 차에 탄 채 검사를 하기에 보안과 시간 절약에서 큰 호응을 받았다. 그리고 이제는 의료진들도 안심할 수 있는 '워킹 스루' 방식으로 진보되어 외국의 찬사를 받는다.

공중전화 부스 같은 곳으로 환자가 들어가면 의료진은 별도의 문으로 들어가 만들어 놓은 구멍으로 팔을 넣어 환자의 검체를 채취하고 있었다. 이런 방식으로 한 시간에 10명 정도의 검사가 가능하니 확진자를 빨리 구분하여 관리할 수 있었다. 세계보건기구WHO는 세계적인 대유행인 '팬데믹'을 선언하고 전 인류가 공동으로 대응하여 질병과 싸워 이기자고 하였다.

팬데믹은 많은 국가들이 빗장을 걸어 잠가 경제를 곤두박질치게 할 수 있다. 그렇기에 우리는 불안과 공포를 노리는 또 다른 바이러스와 같은 개인과 집단이 나오지 않도록 감시를 잘하여야 할 것이다. 질서 정연하게 늘어선 마스크 구입 줄과 의료진들을 도우려 모이는 봉사자들의 행동에서 나는 한국인임이 자랑스러워 어깨가 으쓱해졌다.

아프가니스탄 탈출

아프가니스탄 철수는 마치 영화의 한 장면 같다. 국제시장이란 영화는 한국전쟁 기간 중 북쪽의 주민들이 철수하는 미군정을 타고 탈출하는 장면이 가장 기억에 남았다. 눈앞에 닥친 전쟁의 공포를 겪어보지 않은 나는 영화를 보면서 긴장감을 느낄 수 있었다. 그런데 세월이 지난 오늘 아프가니스탄에서 미군이 철수하는 과정에서 똑같은 장면이 나왔다.

당시 흥남부두에서는 한 사람이라도 더 배에 태우려 미군은 전쟁무기를 모두 다 버렸다. 하지만 피란민들은 먼저 오르려 서로 밀치니 팔에 힘이 부쳐 차가운 바다로 떨어졌다. 자식을 놓치지 않으려 죽을힘을 다했건만 잡은 손을 놓친 어린아이들. 전쟁이 만든 이별이며 공포였다.

아프가니스탄에서도 미 군용기를 탈 수 없어 바퀴에 매달리고 날개에도 매달렸다. 그러면 아무 탈 없이 공포의 나라를 떠나 자유롭게 살 줄 알았다. 하지만 그것도 모르고 하늘로 이륙한 비행기에서 두 사람이 떨어지는 장면이 텔레비전을 통해 그대로 방영되었다. 흥남의 차가운 겨울 바다나 아프가니스탄 카불의 하늘에서나 살기 위해 잡은 손에 힘이 풀려 떨어진 것은 똑같다. 고귀한 생명을 잃는 것을 보는 내내 마음이 아프다.

미국 대통령도 그 장면을 본 후 "아프가니스탄에서 우리가 보고 있는 장면들은 고통스럽다."면서도 "국익에 도움이 되지 않는 미군의 잔류는 않을 것이다."고 했다.

아프가니스탄 정부가 붕괴되기 23일 전 미국 대통령이 아프가니스탄 대통령과 나눈 통화 녹음에서 "당신에게는 최고의 군대가 있다. 탈레반 대원은 7만~8만 명 정도인데 당신은 잘 무장되고 싸울 수 있는 30만 명의 군대를 가졌다."고 말했다. 미군이 사용하던 좋은 무기도 물려주었으나 제 나라를 지키지 못했다.

반군 탈레반은 저항도 받지 않고 전국을 장악해 나갔다. 교도소의 죄수들까지 풀어주며 카불로 진격해 왔다. 탈레반이 쳐들어와도 몇 년이 걸릴 것이란 미국의 예상은 완전히 빗나갔다.

약속한 철수까지의 기간은 별로 없는데 그나마 이제까지 국제군에 협조했던 수십만 명의 아프가니스탄 국민들의 안전이 문제였다. 그런데 그들의 대통령은 국민에게 함께 싸우자고 말은 물론 아프간 지도자와의 안전협상도 않은 채 혼자살기 위해 많은 돈을 챙겨 도망을 갔다. 국민의 생명을 책임져야 할 나라의 최고 책임자가 할 짓은 분명 아니다. 사람들은 당황하고 나라는 통제 밖이 되었다.

집에 불이 났을 때 부모가 먼저 살려고 뛰쳐나가면 방에 있던 어린 자식들은 어쩌란 말인가. 불이 무서워 도망간 것이나 탈레반이 두려워 도망간 지도자나 어른으로서 현명한 판단은 아니다.

자기만 살고자 한 것이 수많은 어린이와 여성들을 지옥으로 몰고 간 치욕스런 행동이 되었다. 거리에는 웃는 사람이 사라졌으며 "오늘 아침에 모든 것이 끝났다."며 집 밖으로 나가지 못하는 여성을 보았다. 탈레반은 눈엣가시 같은 청바지와 간편복들을 불태웠다. 어떤 여성은 "오빠가 나가서 부르카(얼굴까지 가리는 검은 옷)를 사다 줬어요." 하며 울면서 말했다. 그녀들은 원하지 않는 삶의 세계로 이미 들어서고 있었다.

'아메리카 퍼스트'를 주창하고 그들의 말에 세계가 따르길 원하는 미국의 민주주의 법과, 잘못된 율법을 가지고 그 결정을 따르도록 하는 이슬람 율법이 서로 바뀌는 날이었다.

무함마드 알라신으로부터 계시를 받았다는 이슬람교는 세계에서 15억 신도를 거느리고 있다. 부족단위로 갈라져있던 아랍인들을 모으는 이슬람교는 지배층으로부터는 큰 지지를 받지 못했지만 하층민들의 전폭적인 지지를 받아 세력이 확장된 것이다. 한쪽 손에는 '코란'을 들고 또 다른 손에는 칼을 들고 정복지마다 개종을 시켜 나갔다.

수니파가 80%이며 시아파가 20% 정도인 아프가니스탄에는 이슬람 율법을 내세우는 사람들로 구성된 탈레반 무장 세력이 생겼다. 이들은 아프가니스탄 북부지역에서 이슬람 이상국가 건설을 주창하며 무장투쟁을 벌여 왔다. 자금을 모으기 위해 양귀비를 재배하였으며 납치와 살인을 멈추지 않았다. 이 와중에 테러단체인 알카에다와 연계되어 미국의 세계무역센터를 납치한 비행기 충돌로 자폭하였던 것이다. 수많은 사상자를 낸 미국은 알카에다를 소탕하기 위하여 그들의 거점지인 아프가니스탄에 들어갔고 20년이 지난 오늘날에 이른 것이다.

반군에 잡히지 않고 공군 수송기에 짐짝처럼 앉아있는 멍한 사람들의 표정을 본다. 콩나물시루같이 움직일 수조차 없는 그들은 잡히지 않은 것만으로도 다행이라 여기며 함께하지 못한 가족을 찾고 있었다. 마치 함흥철수 때 미군의 배에 타고 있던 북쪽 주민들의 모습과 하나도 다를 바 없었다.

공군 수송기의 화물칸 안에는 무거운 침묵의 시간이 흐른다. 어린아이의 손을 꼭 잡은 엄마, 달랑 윗도리만 걸치고 있는 사람, 연신 휴대폰을 만지작거리는 사람, 그래도 비행기 화물칸이라도 탔다고 안심하는 표정은 수백 수천 가지가 되어 있다.

무엇이 그들을 악착같이 비행기에 타게 했을까? 그것은 인간답게 살기 위해서일 것이다. 아침 일찍 일어나 일하고 밤늦게 잠자리에 드는 것은 가족의 행복을 지키기 위해서 흘리는 피와 땀인데 그것을 보장받지 못하니 목숨을 건 탈출이었다. 스스로를 지킬 힘이 없으면 우리도 언젠가 위험에 처하게 됨을 느낀다.

국가도 회사도 하물며 가정도 마찬가지다. 한때 내가 다니던 직장도 안정적이었다. 경영주는 영업이 잘되자 하고 있는 사업에 재투자하고 여윳돈은 만약을 위하여 저축을 하여야 하건만 부동산에 투자하고 하던 사업과 관계없는 다른 업종에 눈을 돌렸다. 경험이 없기에 남의 말을 들어야 하고 밑 빠진 독에 물 붓기로 돈은 계속 투자가 되니 수동적 사업은 부도였다.

마치 많은 달러를 챙긴 후 국민은 생각 않고 탈출한 아프가니스탄 대통령처럼 돈을 빼돌리고 사라졌다. 그리고 소문을 들었다. 동생 앞으로 별도의 빌딩을 사고 노후 준비를 해뒀다 하였다. 하지만 법적으로 어쩌지 못했다. 직원들은 부도 후 오랫동안 많은 고생을 하였다.

그때 나는 다짐했다. 영화 장면과 같이 잡고 있던 손을 놓아 결코 두려운 날들은 만들지 않겠노라고.

월남 스키부대

너무 덥다. '헉헉' 숨 막히는 더위가 며칠째 이어지고 있다. 일본은 코로나19로 올림픽 열기가 살아나지 않아 걱정이지만 세계는 기상이변이 더 걱정이다. AP 통신과 워싱턴 포스트는 그리스가 섭씨 47.1도까지 올랐으며 미국 서부지역은 비가 오지 않아 최악의 폭염 속에 산불이 계속되고 있다고 발표했다.

서울은 39도를 넘었고 강원도 홍천은 40.6도를 찍었다. 우리나라 기상관측 시작 후 111년 만의 최악의 폭염기록이다. 차가운 눈 위라도 뒹굴다 잠들었으면 좋겠다는 생각하며 자리에 누웠는데 전화벨이 울린다.

소식이 끊긴 지 십 년도 넘은 옛 직장 동료였다. 하던 사업이 부도나고 제주도 감귤농장에서 품일 한다는 소식을 들었지만 통화도 되지 않던 그가 불현듯 "여기는 베트남 하노이입니다."라 했다. 일 마치고 한잔하다 보니 예전에 함께 웃으며 마시던 맥주 맛이 그립고 보고 싶어 전화를 걸었다 했다.

고향을 떠나본 사람이 그리움을 알듯 먼 타국에서 얼마나 그리운 것들이 많았으랴. 갑자기 나도 그가 보고 싶고 더위가 '확' 달아났다. 우리나라 사람들은 인연을 많이 따진다. 특히 혈연, 지연, 학연을 따지고 남자들은 군대까지 추가된다. 직장 다니던 그때가 생각난다.

어느 날 직원들이 함께하는 회식자리가 있었다. 모임에서 한두 사람이 군대 이야기를 하였다. 나이 들어 보이지 않는 나도 자연스럽게 전방 수색중대와 스키부대 이야기를 하게 되었다. 하지만 그들은 믿지 않는 눈치였다.

지금은 스키장도 여러 곳에 있지만 나의 군인 시절에는 대관령 스키장뿐이었다. 세월이 조금 지나 용평스키장을 개장한 것으로 기억이 난다. 그때 내가 교육받던 스키부대는 강원도 J령에 있었다.

KBS 방송국 배달의 기수란 프로에서 촬영해 갔지만 내무

반에 텔레비전이 없던 시절이라 볼 수는 없었다. 한번은 민간인 스키장을 구경할 기회도 있었다. 영화 촬영차 스키장을 찾은 예쁜 배우들의 자유스러운 모습에 멀리서 한참이나 보았다. 우리들이 입던 국방색 파카는 뒤집으면 흰옷이 된다. 적군에게 겨울 눈 위에서 쉽게 노출되지 않기 위해서다.

민간인들은 여러 색깔의 아름다운 옷을 입고 있었다. 장갑과 고글을 꼈으며 스키화와 스키 또한 고급스럽게 번쩍거리고 있었다. 우리들이 지급받은 장비는 얇은 옷에 딸린 모자가 있었으며 눈 위에서 기합을 받고 나면 젖어버리는 반피라고 불리는 장갑, 알파인 스키화 대신 즉각적인 전투가 가능한 노르딕용 전투화, 미끄럽게 잘 내려가도록 덧칠해진 왁스가 벗겨진 스키, 방독면을 잘라 만든 고글이 당시의 장비였다. 하지만 대원들은 일당백의 정신을 가지고 있었다.

지금처럼 대여해주는 곳도 없던 시절이니 스키를 탄다는 것은 연예인이거나 부자들이 아니라면 상상도 할 수 없었다. 그때 눈이 많이 내리는 강원도 사람들은 일명 곰발이라는 설화를 신고 다니거나 대나무로 만든 스키를 타고 다녔다.

스키는 눈이 많이 내리는 알프스 산맥 등지에서 교통수단으로 출발하였다 한다. 나무 스키를 타고 다니던 것이 19세기

북유럽에서 스포츠로 인정받은 후 전 세계로 퍼져 나갔다. 나는 오래전에 보았던 007이란 첩보영화에서 슬로프를 미끄러져 내려오는 스키어들의 환상적인 모습을 지금도 기억하고 있다.

구한말 서양 선교사들에 의해 도입된 스키는 겨울이 되면 타는 사람들이 늘어났다. 그러다 군에서 전투력 상승의 일환으로 스키부대가 창설되었다. 내가 속한 스키부대는 우리나라 지형에 맞는 산악훈련으로 스키를 타고 내려와 순식간에 적진에 침투하여 폭파 또는 적 지휘관을 제거하여 혼란에 빠뜨린 후 철수하는 훈련이었다.

10명이 한 조가 되어 앞의 다섯 명이 '산악'이라 목이 터져라 '악' 소리를 내면 뒤의 다섯 명이 '스키'라 되받으며 쉬지 않고 높은 산을 오를 때 목에서 피가 날 때도 있었다. 소리가 약간이라도 마음에 들지 않으면 느닷없이 '적기출현'이라는 말이 떨어짐과 동시에 스키화를 신은 채로 뒤로 발라당 누워 적 비행기를 향해 사격하는 자세를 취해야 했다. 어쩌면 기합을 받을 때가 편하기도 하였다. 기합을 받는 시간은 몸의 고통은 따르지만 순간적으로 푸른 하늘을 볼 수가 있었다.

누워서 보는 푸른 하늘에는 하얀 구름이 흘러가고 있다. 저 구름도 흘러 흘러 고향으로 가겠지 하며 생각에 잠긴다. 어릴 적 고향의 개울에도 겨울이 되면 냇물이 꽁꽁 얼어 썰매타기가 좋았다. 아이들은 아버지가 만들어준 썰매를 저으며 시간 가는 줄 모르고 논다. 뾰족한 송곳으로 얼음을 지치다 미끄러지기라도 할 때 바라보던 그때의 하늘과 군인이 되어 보는 하늘이 왜 다른지 모르겠다.

순간적인 생각에 긴장을 풀면 여착없이 "적기 3시 방향 출현"이란 구호와 함께 이동된 적기를 향해 몸을 틀어야 했다. 이리저리 방향을 옮길 때는 허리에 통증이 심해진다.

고생 고생하여 수백 미터의 목적지까지 오르면 숨 고를 시간도 없이 활강 차례가 된다. 그리고 "45번 독수리 활강 준비 끝!"이라고 큰 소리로 도착을 알리면 교관은 아래를 '휙' 한 번 둘러보고 내려가는 독수리들이 지체가 되면 "애인 있습니까?" "예쁜 여동생 있습니까?" 하고 묻기도 하지만 없다면 올라간 즉시 "활강!"이란 출발 구호가 떨어진다. 턱에까지 차오른 숨을 고를 몇 초의 여가도 없이 아군 한 사람이 적군 백 명을 상대한다는 "당백 스키!"란 구호와 함께 스키를 타고 아래로 내려간다. 그러다 어느 지점에 이르면 폴대를 엑스자로 받치거나 엎드려 사격을 하고 다시 출발한다. 군인이 아니라면 참으로 재미날 것 같은 설원의 한나절이었다.

단체로 스키를 타고 내려갈 때는 제일 앞서 출발하는 군인은 마치 꽁꽁 언 바다를 깨우며 나아가는 세빙선이 되고, 하얀 스키복을 입고 에스자 모양으로 뒤따르는 대회전의 모습은 마치 거대한 아나콘다가 된다.

제대 후 수십 년이 지난 어느 겨울날, 무주 리조트 스키장을 간 적이 있다. 도로 좌우로 여러 집의 '스키장비 대여'란 간판이 줄줄이 보였다. 큼직한 점포에 들어서니 형형색색의 옷과 장비들이 걸려 있었다. 몸만 가면 장비는 다 빌릴 수 있었다. 그것도 비싸지 않은 가격에 튜닝된 스키를 고를 수 있었다.

그리고 힘들게 '계단 걸음'이나 '게각 걸음'으로 낑낑 대며 오르지 않아도 리프트에 올라앉으면 출발지까지 편하게 태워주었다. 나이보다 어리고 순하게 보였던 나를 아마도 '방위' 출신이라 여겼던 그들이다. 여기저기서 주워들은 군대 이야기를 소위 말하는 '뽕깠다'로 놀리며 불렀던 옛 동료가 걸어온 전화가 생각나게 한 지난날들.

더운 월남에는 스키부대가 없다는 뜻으로 놀리며 부른 '월남 스키부대'는 지금은 들을 수 없다. 우연히 집에 놀러온 동료가 본 앨범 속의 스키부대 사진과 증명서를 다른 이들에게 알려 주었기 때문이다.

　지금은 베트남으로 바뀐 옛 월남이 있었듯이 우리나라에도 스키부대가 오래전부터 있었음이 증명된 독수리 넘버 제45번 군번 12땡땡 시절을 생각하니 더위가 조금은 사라지는 것 같다.

| 서평 |

웅숭깊은 정회情懷를 통한 진솔한 언어의 결구結構
— 김복건 작가의 수필집 『갔던 길을 뭐 하러 가노』의 작품세계

장 사 현

(문학평론가, 영남문학 발행인)

1. 들어가며

 자전적 글쓰기는 어렵지 않다. 그러나 수필을 창작하기란 쉽지 않다. 21세기에 들어섰을 때, 아나톨 프랑스가 예언한대로 '수필이 온 문예를 주름잡을 것'이라고 한 말이 적중하는가 싶더니 다시 과거로 돌아가는 느낌이다. 스마트폰과 컴퓨터의 급격한 발달로 인하여 종이책을 읽지 않는 것은 물론 긴 글도 읽지 않는다. 더욱이 시를 창작하는 사람은 많아지는 반면에 수필을 창작하는 사람은 점차 줄어들고 있다. 과거에는 시가 어려워서 수필을 쓰겠다고 했던 사람들도 수필의 이론을 제대로 알고부터는 수필은 포기하고 시를 쓰는 경우가 제법 있다. 문학적 형상화를 시키는 기법이 비슷하다고 볼 때 많은 문장의 직조로 긴 글쓰기를 회피하고 있으며 독자 또한 짧은 글을 선호하니 그럴 수밖에 없다. 그럼에도 불구하고 수필을 아끼고 수필문학 발전을 위하여 애쓰는 작

가들에게 경의를 표하고 싶다.

김복건 수필가로부터 수필집 서평을 써달라는 청탁을 받았다. 작가는 시인이고 수필가이다. 등단한 지가 오래 되었으며 지역문단에서 중추적인 역할을 하고 있는 작가다. 필자와는 오래된 인연이다 보니 인품과 성품을 잘 알고 있다. 건강하고 올곧은 정신과 사고思考로 철학이 뚜렷하신 분이다. 평소에 김 작가의 작품을 가끔씩 접해본 바로 '문文은 인人이다'라는 말을 실감하게 된다.

보내온 수필 50여 편을 읽어보았다. 작가는 인생 여정을 통하여 길 위에서 길을 찾으며 삶을 응시하고 살아가는 방법을 제시하고 있다. 보이는 사물을 관조하며 통찰하여 재해석하고 사물 너머의 의미를 캐내어 새로운 길을 열고 있다. 그는 먼저 안으로 자신의 위치를 확인하여 성찰하고, 삶의 가치관을 추출抽出하여 공명共鳴을 느낄 수 있는 대안을 객관화시키고 있다. 또 밖으로는 상상의 무한 나래를 펴면서 상징과 심상을 통하여 문학적 형상화라는 예술세계를 펼치고 있다.

작가의 작품은 문장과 문체가 거침없이 흐르고 형식과 구성이 견고한 성관을 이루고 있다. 문장 속에 드러나는 여과된 감정이 아름답고, 발효된 사색에 운치가 있고 정이 서린다. 유연하게 흐르는 문맥을 따라가면 화자의 감성과 정서에 동화同化되는 마력을 느낀다. 한 편 한 편의 수필에 깃들어진 역동적인 기개와 섬세한 배려의 시선, 그리고 연민의 정이 조화를 이루면서 인간미를 느끼게 한다. 특히 내면세계를 진솔하게 보여주는 가운데 아내에 대한 깊은 사랑이 감동적이다.

2. 서정적 감성의 형상화

작가의 수필 대부분은 순수 예술성을 지향하는 서정성 확보가 잘된 작품들이다. 수필에서 서정성은 매우 중요하다. 한 편의 서사시 속에도 서정적인 감성이나 정서가 깃들기도 하고, 소설 속에도 묘사한 문장이나 서술기법과 표현에 서정성이 흠뻑 묻어나기도 한다. 수필 역시 그렇다. 한 편의 서사수필 속에도 스토리 전개를 섬세하고 정적이며 리듬감 있는 유려한 문체로 쓰게 되면 서정성이 확보되는 것이다. 함축된 언어로 화자의 정서와 사상을 독자에게 전달하면서 인식의 가치, 정서적 가치, 미적 가치를 주는 동시에 여운을 남게 하는 것이야말로 수필이 지향할 과제다.

> 스승과 제자가 한 대문을 사용했다는 것은 가시적인 질서 없이 일렬로 배열한 것 같으면서도 통일되고, 단아한 모습 속에 위계질서를 느낄 수 있었다.
> 당시 선비들이 학문을 배우면서 심신이 피로할 때, 잠시 거닐었을 것 같은 마당 한쪽의 소나무 아래 이르러 나도 걸음을 멈추었다. 선비처럼 먼 하늘을 보았다. 파란 하늘 저 멀리 흰 구름이 흘러간다. 어디선가 불어오는 바람은 흐트러진 몸맵시를 바로 하라는 듯 모자를 흔든다. 햇볕을 가리려 비뚤하게 쓴 모자를 고쳐 쓴다.

옛 선비의 문화 속에서 미래지향적인 것을 찾고 싶은 나의 마음이 행동으로 표출된 것일까? 다시 천천히 걷는다.

〈중략〉

눈을 크게 뜨고 마음을 열면 못 보던 것을 볼 수 있고, 느낄 수 있음을 나무는 말하려 기다리고 있었던 것이다. 수많은 세대를 지켜보았던 나무는 우리가 이 세상을 떠나고 없을지라도 무엇을 해야 할지를 말하고 싶었나 보다.

매화처럼 아름다운 꽃을 피우지도 않고, 고운 향을 풍기지도 않지만 천년을 살아가며 널리 인간을 이롭게 하였다. 그런 은행나무를 보고 있으니 왠지 모를 힘이 났다. 남편에게 용기를 주려고 구운 열매가 생각나서인지도 모른다. 고약한 냄새가 나는 열매를 구우면서 아내는 무슨 생각을 했을까? 한 그루의 나무에서 맺히는 수천 수만의 열매를 보여주고 싶었나 보다.

나무는 오래되고 자랄수록 더 큰 보답으로 되돌려 준다는 것을 눈으로 확인했다. 나는 길을 걸으며 오백 년의 역사를 읽었고, 의견 충돌로 어려움에 처했던 지난 시절도 오늘을 바로 세우는 기틀이 되었음을 인지하였다.

석양에 물들어가는 귀갓길에 아내의 눈물 같았던 오백 년의 토실한 황금 열매가 톡톡 떨어진다.

－「서원書院과 오백 년 은행나무」 중에서

소수서원을 둘러보며 느낀 소회所懷를 겸허한 자세로 정겹게 펼쳐놓았다. 서원 경내에 있는 은행나무와 건축물 구조를 보면서 과거 직장에서 연대책임을 지고 실업자가 되었을 때 아내의 애틋한 사랑에 대하여 회상하고 있다. 층층의 위계질서가 있는 사회현상과, 일렬로 배열된 듯한 가운데 질서와 위엄이 있는 서원을 대비시켜 가치관의 기준을 설정하고 있다. 수필의 소재가 되는 현실의 사물을 보면서 과거의 제재를 도입시켜 서정적으로 표현하는 문장과 구성이 돋보인다. 작가는 시선에 들어오는 소재를 기점으로 과거에 체험한 스토리를 이끌어와 의미화를 시키고 생각과 느낌의 정서를 만들어 내면서 형상화에까지 이르게 한다.

과거 영동군 심천면의 한 노파가 손자의 과거급제를 위하여 밤마다 뒤뜰 장독대에 정화수를 떠 놓고 치성을 드렸다. 그랬더니 하늘이 감동하여 큰 북채를 주시기에 노파는 신령이 건네준 북채로 힘껏 두드리는 이상한 꿈을 꾼 며칠 뒤 손자가 과거급제를 하여 금의환향하였다 한다.

세월이 흘러 영동군민은 할머니의 소망이 서린 울림의 북을 만들었다. 그리고 기네스북에도 등재된 세계 최대의 북에다 하늘의 북이라는 뜻이 담긴 '천고'라 이름 지었다. 바로 세파에 시달리는 사람들의 마음을 위로하려는 소망의 북인 것이다.

〈중략〉

화음은 일종의 일치이며 어울림이다. 둘 이상의 여러 악기가 잘 어울려 아름다운 소리가 나야 화음이 잘 맞다 하겠다. 인생도 각자의 삶이 세상과 어우러졌을 때 세상을 이롭게 하고 자기의 삶이 행복할 때 인생화음이 잘 맞았다 할 수 있을 것이다.

한번 흘러간 물에는 발을 담글 수 없듯이 소리 또한 악기를 떠나면 다시 담을 수 없다. 우리가 만나는 모든 일에는 조화가 필요하듯 북을 쳐서 소원을 빈다는 것은 내가 바라는 바를 이루게 하기 위해서다.

나는 북을 치듯 힘찬 세상과 화음을 맞추고 싶다. 비는 계속 내리고 바람에 나뭇잎이 한 잎 두 잎 떨어진다. 비를 피하려 한 마리 새가 앉으려다 깜짝 놀라 천고 소리를 안고 푸드득 하늘로 날아오른다.

- 「천고天鼓에 비는 내리고」 중에서

충북 영동 국악거리에 있는 세계에서 가장 큰북을 보고 쓴 수필이다. 여행에서 보고 들은 내용과 사물을 설명하는 것은 단순한 기행문이다. 수필이 되자면 견문한 내용에 생각과 느낌의 정서를 곁들여야 하고 나아가 그 사물의 존재가치를 밝히면서 인생 문제와 결부하여 의미화시켜야 한다. 또한 문장과 문체에 묻어나는 작가의 사상과 철학, 그리고 교시적인 주제를 통해 독자에게 전해지는 독특한 메시지가 있어야 한다.

작가는 천고天鼓를 보면서 북 만드는 장인匠人을 찾아갔을 때 그 공정을 본 기억을 생각한다. 여기서 화음和音이라는 화두話頭를 꺼내면서 인생 문제를 생각하며 살아갈 방법을 제시하고 있다. 적절한 비유와 주제의식이 돋보이면서 여운이 남는 수필이다.

3. 문장과 문체를 통한 비유적 심상의 형상화

수필은 '작가가 체험한 사실을 진실하게 써야' 한다는 전제하에 문학성 확보를 위하여 수사어修辭語를 통한 형상화와 심상과 상상의 정경情景을 수필어隨筆語로 나타내는 예술품이다. 그런데 '체험한 사실'이라는 기본원리 때문에 지나간 어떤 사건이나 상황을 시간의 연쇄에 따라 서술하는 경향이 많다. 그래서 항상 문학성에 대한 논란이 있는 것이다.

같은 장소에서 같은 사물을 보면 비슷한 말을 할 수가 있다. 그러나 그 감정을 글로 표현하라고 하면 각기 다른 문장과 문체로 쓰게 된다. 각자의 사상이나 느낌 또는 표현하고자 하는 정서를 어떤 색채로 표현하는가의 문제다. 여기서 작가의 상상과 심상으로 직조된 문장과 문체를 보자.

> 어디서 왔는지 노랑나비 한 마리 창밖에서 맴돈다. 그곳이 창살 안인 듯 안타까이 바라보는 소년의 눈빛이 애처롭다. 펄럭이는 날갯짓은 마치 그곳에서 얼른 나오라는 손짓만 같다. 소년은 함께 날고 싶은 듯 어깨를 들썩인다. 그러다 나와 눈길이 마주치자 자세를 가다듬는다. 순진한 눈빛이다.
>
> 〈중략〉
>
> 처음 적어 봤다는 자신의 시를 읽어 내려가는 학생의 목소리는 가늘게 떨고 있었다. 소년의 아픔이 나에게 전달되어왔다. 자유가 없고 고요함만이 흐르는 공간에서 날아올라 바람을 일으키는 나비가 되고 싶었던 마음을 시로써 날개를 펄럭이며 하늘을 나는 법과 부모님의 사랑과 지난 잘못을 친구들에게 말하고 있었다. 그의 마음에는 바람이 일었고 연필에서 뜨거운 태양을 피할 수 있는 우산을 그렸던 것이다.
>
> 꽃은 추운 겨울을 견뎌야만 아름답고 향기로운 꽃이 핀다. 따뜻한 봄만 계속된다면 잎만 무성할 뿐이다. 실개천의 물은 냇가를 지나 강

물을 거쳐야만 바다에 이를 수 있다. 단번에 바다로 가는 길은 없다. 우리의 삶 또한 마찬가지일 것이다.

〈중략〉

소년들의 진지한 눈빛이 머무는 강의실 저 멀리서 구름이 밀려온다. 어두운 철창에 갇혀있는 청소년들에게 하늘은 시원한 비로 깨끗이 씻길 것 같다. 이제 남은 건 우리 어른들의 몫이리라.

이 여름날 가슴 한편에 어두운 기억으로 남아있을 날들을 지우는 씻김비가 되기를 바란다. 들어섰던 길을 반대로 세 번의 철문을 통과하여 나오며 하늘을 본다.

소년이 빙그레 웃으며 보고 있던 노랑나비는 어디로 갔는지 보이지 않았다.

-「그해 여름의 나비소년」 중에서

참으로 진한 감동이다. 대상이 눈물겹고 화자의 심경에는 따스한 인간미가 흐른다. 그러나 작가는 감정을 여과하고 담담한 마음처럼 행간의 의미를 심도 있게 드러내고 있다. 이 수필은 작가가 소년교도소에 인성교육 강사로 갔을 때의 체험담이다. 거기서 문학과 시에 관한 강의를 하면서 사진 한 장을 보여주며 '느낀 점을 시로 써보라' 했을 때 어떤 학생이 쓴 시를 보고 그날의 소회所懷를 쓴 수필이다.

이 작품은 상상을 통하여 시각적 심상으로 문학적 형상화를 시킨 수필이다. 교도소라는 특수한 장소의 '창窓 안과 창밖'이라는 가설의 세계를 설정하고 화자話者가 대상자의 입장이 되기도

하고 청자聽者의 입장에서 관망하기도 한다. 보편적인 생각으로는 작품의 소재가 자유롭지 못하다는 느낌에서 건조한 문장이 나올법하다. 그러나 인용한 문장들의 대부분이 비유적 심상으로 유려하다.

> 저 멀리 푸른 하늘은 뛰노는 흰 구름의 화폭이 되고 돌담은 이젤이 된다. 이때다 싶어 주위를 맴도는 한 마리 잠자리가 이젤에 걸터앉는다. 한 폭의 동양화다. 담은 어울려 있음으로 더욱 아름답다.
> 꽃그림이 그려진 화초담이 되어 나의 마음을 즐겁게 한다. 싸리나 갈대를 넣어 만든 바자울이나 흙에 짚을 잘게 썰어 만든 흙 담처럼 시골 풍경을 생각나게 해서 좋다. 하지만 나는 크든 작든 아니 모나거나 어여쁘거나 함께 엉겨 쌓여진 돌담을 나는 더 좋아했다. 엉김 속에는 어울림의 미학이 있고 시기와 질투가 없기 때문이다.
> 〈중략〉
> 돌이 맞물려 쌓여 있을 때는 아름답지만 그렇지 않으면 보기도 싫다. 가냘픈 돌일지라도 채워져 있음이 좋다.
> 계곡바람이 불어온다. 심호흡을 하니 산의 기운이 온몸으로 퍼진다. '아! 이렇게 사랑하는 이들과 함께 웃으며 생활한다는 것은 축복이다.'는 생각이 든다. 모두가 고맙고 보고 싶다. 친구가 꼭 건강을 되찾고 제자리로 돌아오기를 기원하며 집으로 빠른 발걸음을 옮긴다.
> ─「돌담과 벽」 중에서

서경의 세계를 그린 유려한 문체와 비유를 통한 교시적인 문장의 융합이다. 예술에서 말하는 아름다움이란, 대상의 아름다움과 그 대상을 표현한 문장의 아름다움이다. 작가가 가산산성에서 주변 풍광과 성벽에 심취한 가운데 장모님과 제수씨에 대한 아픈 마음의 사연, 그리고 친구의 안타까운 소식을 접한 심경을 쓴 수필이다.

위 인용문은 시제時制를 현재형으로 하여 시각적 심상으로 서정의 세계를 펼쳐놓았다. 적절한 비유의 수사修辭와 의미화가 돋보이는 작품이다. 무엇보다 수필 전편에 묻어나는 작가의 인품과 인간미를 여하히 볼 수 있다.

4. 상상의 무한 공간 묘사와 사색적 감성의 형상화

상상은 인간의 근원적인 능력이고 즐거운 여행이다. 인간은 상상을 통하여 과거의 경험을 새롭게 재구성하여 삶의 척도를 바꾸기도 하고 미래의 꿈을 현실로 이루게도 한다. 상상에 의해 현실의 여러 질곡을 떠나 무한 자유를 누리기도 하고 현실을 개혁하기도 한다. 수필창작에 있어서 상상을 통하여 어떤 소재를 예술적으로 재창조할 때 문학적 형상화라고 한다. 상상에는 재생적 상상과 창의적 상상으로 구분하여 창작에 접목을 하는데 공상과는 구분하여야 한다.

김복건 수필가의 작품 중에는 상상을 통하여 형상화시킨 작품과 더불어 소재를 두고 깊이 사색하는 가운에 얻어지는 주지적

또는 비유적 언어로 형상화시킨 작품도 많다. 논어 위정편 15장에 '배우기만 하고 사색하지 않으면 얻는 것이 없고, 사색하기만 하고 배우지 않으면 위태롭다.'라는 공자의 말이 있다. 이렇듯 작가는 모든 생각을 정리하여 세상에 내놓기 위하여 배움과 사색을 병행하여 발효된 언어를 사용하고 있음을 알 수 있다.

  톡 하고 뭔가 어깨에 떨어진다. 고개를 들어 천장을 바라본다. 수많은 물방울들이 박쥐처럼 거꾸로 매달려 있다. 팔에 힘이 빠진 하얀 박쥐 몇 마리가 또 탕 속으로 떨어진다. 퐁! 퐁!
  그러나 보석같이 하얗게 빛나던 녀석은 이내 잠수를 하고 보이지 않는다. 찾으려 했으나 어디에도 없다. 순식간에 산화한 그들은 수증기가 되어 창가로 날아가고 내 마음을 실은 물방울의 여행이 시작된다. 윙윙거리는 목욕탕 환풍기 사이로 빙그르르 돌며 나오니 탕 속과 달리 바깥 공기는 참으로 시원하다.
  〈중략〉
  철모르던 어린 시절엔 천천히 가는 것 같지만 세상을 조금만 알고 나면 그 속도를 따라잡기조차 힘들 것이다. 젊은 시절에 나이조차 신경 쓰지 않고 지내다 언제 내 나이가 이렇게 되었지 하고 뒤돌아본다. 물이 바다 가까이 다 닿았나 생각이 들면 나도 어느새 황혼길에 접어든 것을 느낄 때가 있다. 내가 목욕탕에서 거꾸로 매달린 물방울을 탕 속에서 찾으려 한 것은 지나온 삶 속에서 잘못된 시간들을 되돌리고 싶었는지도 모른다.
                                    -「물방울의 여행」 서두와 결미 부분

화자는 목욕탕에서 천장에 매달려 있는 물방울을 응시하며 자신이 물방울이 되어 여행을 떠난다. 구름이 되어 비가 되고, 도랑물에서 강물이 되어 바다에 이르기까지 세상 구경을 한다. 아이에서부터 노인에 이르기까지, 어머니들의 모습과 가장家長의 모습 등 인간세상을 두루 살펴보고 있다. 어느 지점에 이르러서는 '파도가 없으니 맑은 거울이요./ 한 폭의 유화다./ 그 속에는 울창한 나무와 푸른 숲이 그려져 있다./ 하이얀 구름이 쪽빛 물에서 그네를 타고/ 구름은 바람을 조각배 삼아 노래를 부르며 흘러가고 있다.//' 라고 노래를 한다. 그 여정을 통하여 자연의 이치를 깨닫고 인간 삶의 모습을 관조하고 있다. 무엇보다 자신을 발견하고 성찰하면서 새로운 모색을 하고 있다는 점이 돋보인다.

　

　　푸른 바다로 한 발 한 발 내딛는 발이 추상화 앞에서 멈춘다. 어느 유명한 화가가 이곳에 그림을 그려 놓은 것같이 너무나 아름답다. 마치 세계 7대 불가사의 중의 하나인 나스카 지상화같이 묘한 느낌이 든다. 관람객이 온 것도 아랑곳하지 않고 화가는 그림을 계속 그리고 있다.

　　힘차게, 그리고 천천히 온몸으로 그리고 있는 모습은 마치 행위예술의 극치를 느끼게 한다.

　　숨을 죽이고 그를 내려 보고 있으니 모래 캔버스의 그림은 외계의 아티스트가 그리는 크롭 서클crop circle로 변하고 있다.

　　그때였다. 쏴~아 하고 큰 파도가 밀려오니 해변의 그림은 흔적도 없이 사라지고 만다. 화가 역시 모래 세계로 사라졌다. 그 화가의 이름은 선디얼 고둥이라 했다.

- 「선디얼 고둥」 서두 부분

다도해 비금도 여행을 하면서 느낀 감정을 쓴 수필이다. 바닷가에서 고둥을 보며 아내가 했던 말을 상기하며 세상 사는 이치를 한 폭의 그림처럼 펼쳐놓는다. 직장생활이나 공직생활은 물론 인간사회 어느 분야에도 있을 법한 평범한 이야기지만 농익은 생각으로 비범하게 제시하고 있다.

문예창작에 있어 묘사란 참으로 중요하다. 보고 느낀 내용을 사실적으로 기록을 하면 문학이 될 수 없다. 김복건 수필가의 작품에는 묘사를 통한 이미지 처리와 주지적인 언어로 형상화시킨 작품을 많이 볼 수 있다.

5. 길 위에서 길 찾기를 통한 인생 문제 고찰

인생 삶의 여정을 흔히 길[道]에 비유하고 있다. 글자 하나로 된 명사名詞가 지니고 있는 뜻은 무한하다. 흔히 인생은 연극(또는 여행)에 비유하고 세상은 무대(여관)로, 사람은 배우(나그네), 인생 살이는 길에 비유하고 있다. 이 길에 대한 의미는 교통수단으로서의 길, 정신문화와 종교적 의미의 길, 관념적 의미의 길 등 수많

은 뜻을 내포하고 있다. 여기서 김복건 수필가의 수필집 표제작
품에 나와 있는 길은 어떤 길인가를 살펴보자.

　　칼바람이다. 정상에서 얼음 미끄럼을 타고 내려오는 계곡 바람이
세차고 차갑다. 옷깃을 한 번 더 여미는 나의 옆을 마치 경쟁이라도
하듯 등산객이 씩씩거리며 지나간다. 그때 지인으로부터 전화가 왔
다. 등산 겸 갓바위로 간다고 하니 "이 사람아! 한두 번 갔으면 됐지,
뭐 볼게 있다고 거기를 자꾸 가노?" 한다.
　　그 말에 "그때는 여럿이 갔었고 지금은 친구와 걷고, 봄이면 꽃길
이요 겨울이면 눈을 맞으며 걷는데 뭣이 같아요?" 하니 또 다른 토를
단다.
　　〈중략〉
　　경북 김천의 시골 면에서 새벽버스와 열차를 이용하여 수십 년을
한 달에 두 번씩 다니신다는 것이 어디 보통 일이겠는가?
　　당신의 일생은 오로지 자식의 미래를 밝히고자 하는 일심의 합장
이셨다. 그 결과 판검사 둘에다 공무원 아들딸까지 두셨다고 그동안
의 고생을 자랑스럽게 이야기보따리를 풀어 놓으신다.
　　할머니의 걸음은 길을 인도하는 샛별이며 사랑이었지만 나는 한
낮의 여가 선양이며 운동이었다.
　　〈중략〉
　　이정표 하나가 있다면 인생길을 큰 어려움 없이 나아갈 수 있을
것만 같았던 지난 시절. 그러나 우리네 삶은 갔던 길 같지만 항상 초
행길을 걸었듯이 그 길에서 첫발을 잘못 들이면 또 다른 길을 가게
되어있다. 그리고 고난 또한 따른다. 그러니 갔던 길을 새롭게 느끼

며 초심을 가짐이 어찌 중요하지 않겠는가.

　지금 걷고 있는 이 길은 일생일대에서 영원히 만날 수 없는 길이다. 아름답고 신비로운 첫길인 것이다. 그러기에 길 위에서 나는 또다른 길을 찾기 위해 오늘도 갔던 길을 걷는다.

- 「갔던 길을 뭐 하러 가노」 서두, 전개, 결미 부분

　본 수필집에 있는 50여 편 작품을 압축하면 '김복건 작가가 걸어온 인생길'이다. 이 수필은 팔공산 갓바위를 오르면서 체험한 생각과 느낌을 쓴 서정수필이다. 수십 년 동안 같은 길을 가고 있는 노인을 통해 자신이 걸어온 길을 반추하고 가야 할 길을 모색하고 있다.

　사람들은 길을 가고 있으며 길 위에 서 있다. 탁 트인 길이 있는가 하면 막힌 길도 있고 갈림길에서는 어느 길을 선택할 건가에 대한 갈등도 있다. 어떤 길을 걸어왔으며 어떤 길을 가야만 하는가에 대한 질문과 해답은 끝이 없다. 여기서 화자는 '또 다른 길을 찾기 위해 갔던 길을 걷는다.'라며 독백처럼 추상적인 명제命題를 던지고 있다.

　본시 길이란 본인이나 타인이 이용하려고 만든 것이다.

　나만 이용한다면 언젠가는 사라져 버릴 것이고 함께 이용한다면 가치 있는 길로 계속 사용될 것이다. 이 길의 주인공인 왕 회장의 말이 생각난다.

"이봐! 해봤어?"

희망을 가지고 해보지도 않고 먼저 '그것이 될까?' 하는 부정적인 생각을 하는 직원들을 질책하고 많은 사람들에게 긍정적인 마인드를 심어준 말이다.

배고픔을 벗어나고파 소 한 마리를 팔아 떠났던 한 많은 길은 성공의 길이 되었고, 황소 1,001마리를 몰고 북으로, 고향으로 가면서 '소떼길'이라는 새로운 명칭을 생기게 한 그의 정신을 기리기 위해서 현대자동차의 담 따라 길을 새로 만들고 호를 도로명으로 하였다.

그 길을 지나갈 때면 안 되면 되게 하라는 그분의 정신이 내게로 전해져 오는 것만 같다. 그래서 목적을 이룰 수 있다는 용기가 생기게 된다.

－「가슴 찡한 아산로」 중에서

앞의 예문 「갔던 길을 뭐 하러 가노」가 관념적인 길이라면 이 예문은 현실적인 길이다. '아산로'라고 불리는 울산 현대자동차 담길의 도로명을 보면서 신화를 이룬 정주영 회장의 정신을 생각하고 있다. 문학은 '상대성원리'라고 한다. 대상을 바라보고 거기서 새로운 의미를 창출하는 것이 창작이다. 우리들의 현실적인 삶도 마찬가지다. 대상을 보고 거기서 살아가는 방법을 찾는 것이다. 그냥 예사로 보이는 도로의 간판 하나도 통찰의 시선으로 보고 자아실현의 원동력으로 삼고 있다.

6. 맺는 말

한 권의 수필집을 읽으면서 작가의 인생관을 엿보았다. 사고思考와 철학이 뚜렷하고 의지가 강하여 일정한 목표를 성취하여 왔다. 삶의 마디마다 힘겨운 일도 있었고 난관에 부딪칠 때가 있어도 슬기롭게 헤쳐 왔다. 그러한 삶의 조각들을 모아서 펼쳐놓으니 커다란 인생전시관이 되었다. '나'에서 시작하여 '가정'이라는 작은 집단을 거쳐 점층적으로 거슬러 우주공간에까지 이르게 되었다. 그래서 평범한 소재도 감각기관과 내면세계를 거치면서 주지적主知的으로 표상表象하여 비범한 예술세계로 이끌어 내었다.

김복건 작가의 수필은 함축된 언어로 미적 감동이 있다. 유기적으로 이어지는 구성과 문맥에 정情이 흐르고 있다. 문장의 바른 표현과 언어 선택, 그리고 사회상규에 부합되는 내용이다. 무엇보다 수필의 가장 큰 과제인 문학적 형상화에 성공한 작품들이어서 평자評者의 시선과 손끝이 바빴다. 독자를 미리 만나서 독자와 함께 지은 듯한 느낌의 수필들을 읽으면서 낭만에 흠뻑 젖었다. 벌써 그의 또 다른 문학세계가 기다려진다.